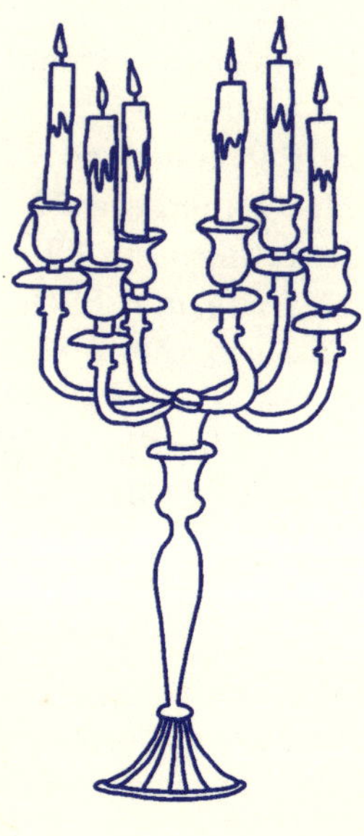

SUMÁRIO

MACHADO DE ASSIS

Memórias póstumas de Brás Cubas

Orientação pedagógica e notas de leitura:
Douglas Tufano

MODERNA

COORDENAÇÃO EDITORIAL Maristela Petrili de Almeida Leite
EDIÇÃO DE TEXTO Janette Tavano
COORDENAÇÃO DE EDIÇÃO DE ARTE Camila Fiorenza
CAPA Bruna Assis Brasil
FOTOS UTILIZADAS NA MONTAGEM DA CAPA ©Found Image Press/Corbis/Latinstock, © Tarker/Corbis/Latinstock, © The Print Collector/Corbis/Latinstock
DIAGRAMAÇÃO Michele Figueredo, Cristina Uetake
COORDENAÇÃO DE REVISÃO Elaine Cristina del Nero
REVISÃO Andrea Ortiz
COORDENAÇÃO DE PESQUISA ICONOGRÁFICA Luciano Baneza Gabarron
PESQUISA ICONOGRÁFICA Rosa André, Lourdes Guimarães
COORDENAÇÃO DE *BUREAU* Américo Jesus
TRATAMENTO DE IMAGENS Arleth Rodrigues, Resolução Arte e Imagem
PRÉ-IMPRESSÃO Rubens Mendes Rodrigues
COORDENAÇÃO DE PRODUÇÃO INDUSTRIAL Wilson Aparecido Troque
IMPRESSÃO E ACABAMENTO: EGB Editora Gráfica Bernardi Ltda
LOTE: 774088
COD: 12096922

Dados Internacionais de Catalogação na Publicação (CIP)
(Câmara Brasileira do Livro, SP, Brasil)

Assis, Machado de, 1839-1908.
Memórias póstumas de Brás Cubas / Machado de Assis ; orientação pedagógica e notas de leitura Douglas Tufano. — 5. ed. — São Paulo : Moderna, 2015. — (Coleção travessias)

ISBN 978-85-16-09692-2

1. Romance brasileiro I. Tufano, Douglas, 1948- II. Título. III. Série.

15-00622 CDD-869.93

Índices para catálogo sistemático:

1. Romances : Literatura brasileira 869.93

EDITORA MODERNA LTDA.
Rua Padre Adelino, 758 - Belenzinho
São Paulo - SP - Brasil - CEP 03303-904
Vendas e Atendimento: Tel. (11) 2790-1300
www.modernaliteratura.com.br
2023

LIVROS ANTIGOS PARA UM PÚBLICO JOVEM

Para o público de hoje, a leitura de um romance do século XIX pode parecer uma tarefa pouco prazerosa. Além da dificuldade para compreender o sentido de muitas palavras e expressões de épocas passadas, da estranheza de certas construções sintáticas pouco usuais atualmente, há nessas obras uma sensibilidade artística bem diferente da nossa, valores morais que privilegiam outros comportamentos. Mas não será possível ao leitor contemporâneo entender essas obras e até mesmo extrair delas o prazer da leitura?

A Editora Moderna apostou no "sim" e investiu numa edição diferenciada dos clássicos. A exemplo do que já é feito em outros países, em que uma mesma obra é editada com diferentes níveis de informação, os clássicos da coleção Travessias apresentam um minucioso trabalho de comentários à margem do texto integral.

O leitor iniciante tem muito a ganhar com essa leitura sinalizada, em que informações históricas, notas explicativas de vocabulário e características literárias da obra em questão são apresentadas de forma concisa e acessível pelo professor Douglas Tufano, reconhecido autor de livros didáticos na área de língua portuguesa e literatura.

A nossa intenção principal é aproximar passado e presente, levando o leitor a descobrir nos enredos dos livros antigos as mesmas emoções humanas que nos empolgam hoje.

MACHADO DE ASSIS: VIDA E OBRA

Nasce o menino Joaquim Maria

Foi no dia 21 de junho de 1839 que nasceu o menino Joaquim Maria Machado de Assis, no morro do Livramento, na cidade do Rio de Janeiro.

Do alto desse morro, tinha-se uma bela vista da baía da Guanabara, que encantava todos aqueles que chegavam à cidade. Mas os pais do garoto Joaquim Maria não tinham muito tempo para apreciar a paisagem: com uma vida difícil, eles precisavam trabalhar bastante.

Sua mãe chamava-se Maria Leopoldina Machado de Assis. Ela era uma emigrante portuguesa, natural do arquipélago dos Açores, e tinha vindo para o Brasil ainda menina. O pai era um pintor de casas carioca chamado Francisco José de Assis. O bisavô de Joaquim Maria tinha sido escravo liberto, mas o avô e o pai eram homens livres.

O menino cresceu num lar em que os pais eram alfabetizados, o que não era muito comum naquela época. E foi com eles, provavelmente, que aprendeu a ler e a escrever e recebeu estímulo para continuar a estudar por conta própria, pois até hoje não há registro de que ele tenha frequentado regularmente alguma escola.

A família morava numa casa modesta na chácara do Livramento e era protegida pela dona da propriedade, uma senhora rica chamada Maria José de Mendonça Barroso, que foi madrinha de Joaquim Maria.

Em 1840, nasceu sua irmã, a menina Maria, que, no entanto, morreu aos cinco anos, em 1845, vítima de sarampo – que, na época, matava muita gente no Brasil, adultos e crianças. Nesse mesmo ano, aliás, sua madrinha Maria José também contraiu a doença e faleceu.

MACHADO DE ASSIS AOS 25 ANOS.

Joaquim Maria perde a mãe e enfrenta a cidade

No dia 18 de janeiro de 1849, a mãe de Joaquim Maria morreu, vítima de tuberculose. Tinha 36 anos de idade. Sozinho com o pai, aquele deve ter sido um ano difícil para o menino de apenas 10 anos. Mudaram-se para São Cristóvão e o garoto frequentemente pegava a barca que ligava o bairro ao centro da cidade. Durante o percurso, aproveitava para ler.

Em 1854, seu pai casou-se com Maria Inês da Silva. Ela era doceira, e Joaquim Maria passou a ajudá-la a vender doces para os alunos de um colégio rico de São Cristóvão. Mas isso durou pouco. Nesse mesmo período, Joaquim Maria, com quinze anos, resolveu sair do subúrbio e morar na cidade. Precisava ganhar a vida sozinho. Sabia ler e escrever, era inteligente e esperto. Gostava de estudar. E tinha muita força de vontade.

O gosto pela literatura

Atraído pela literatura, Joaquim Maria logo começou a frequentar redações de jornal, pois era lá que se reuniam os escritores da época. Antes de lançar seus romances em livros, os autores quase sempre os publicavam nos jornais. As histórias, chamadas folhetins, saíam em capítulos que eram seguidos com interesse pelo pequeno público leitor. O autor que fizesse sucesso juntava os capítulos e editava um livro. Assim surgiram muitas obras famosas da literatura brasileira, como O *guarani*, de José de Alencar.

Joaquim Maria começou a colaborar na imprensa e logo em janeiro de 1855, quando ainda não tinha completado dezesseis anos, viu publicada uma de suas poesias na *Marmota Brasileira*, um jornal de variedades e literatura muito lido pelas famílias cariocas. O dono desse periódico era Francisco de Paula Brito e em sua casa funcionava uma tipografia e uma livraria. O jovem Joaquim Maria deve ter trabalhado lá como tipógrafo e vendedor. E deve também ter participado das reuniões de escritores e políticos que se encontravam frequentemente no local. Assim, aos poucos, ele foi se integrando nesse ambiente intelectual estimulante, muito diferente da pacata vida do subúrbio que deixara para trás. Conheceu pessoas da classe alta, começou a comparecer a festas e reuniões sociais, aproveitando para declamar seus próprios poemas e fazer-se conhecido.

Em busca de mais cultura, Joaquim Maria começou a frequentar o Gabinete Português de Leitura, uma biblioteca pública que possuía um bom acervo, pois já em 1850 colocava à disposição dos leitores cerca de dezesseis mil obras. Sabia também que, se quisesse se aprofundar nos estudos literários, teria que conhecer outras línguas, por isso, estudava inglês e francês.

Teatro: a grande diversão carioca

A grande atração das noites cariocas era o teatro. Havia vários espetáculos na época, que começaram a atrair a atenção de Joaquim Maria.

O público apreciava muito as óperas italianas, e as cantoras líricas arrebatavam os jovens espectadores, que se uniam em verdadeiras torcidas a favor desta ou daquela atriz, chegando inclusive a se colocar no lugar dos cavalos da carruagem para transportar suas preferidas. O jovem Joaquim Maria também participou dessas manifestações de fanatismo, sendo um grande fã de Augusta Candiani (Milão, 1820 – Rio de Janeiro, 1890), uma das mais populares cantoras líricas da época.

Como o seu interesse por esse tipo de espetáculo cresceu, ele logo se animou a escrever peças teatrais, ao lado das poesias que já começavam a tornar seu nome conhecido. Dedicou-se a escrever crítica de teatro na imprensa e aos poucos iniciou-se como cronista e contista.

Nasce o escritor Machado de Assis

Poeta, contista, autor de peças teatrais, cronista, crítico – o jovem Joaquim Maria firmava-se como um intelectual participativo da vida cultural carioca e começava a ser conhecido como Machado de Assis.

Participou ativamente da imprensa da época, escrevendo crônicas durante muitos anos em diversos jornais e revistas, comentando tudo o que acontecia de importante ou curioso na cidade e no Brasil, revelando-se um atento observador da vida social e política, capaz de críticas agudas, mas sempre feitas em tom educado. Aliás, ele mesmo, certa vez, afirmou que suas crônicas eram como gatos: acariciavam arranhando.

Carolina: o grande amor de sua vida

A vida profissional de Machado de Assis ia bem, embora trabalhasse muito e ainda ganhasse pouco. Tinha muitos amigos influentes e, em março de 1867, recebeu do imperador o título de Cavaleiro da Ordem da Rosa. Ainda nesse mesmo ano, em 8 de abril, foi nomeado ajudante do diretor do *Diário Oficial*. Era um cargo modesto, com ordenado também moderado. Mas, de qualquer forma, era o início de uma carreira no funcionalismo público, que poderia trazer-lhe estabilidade financeira.

Mas, enquanto na vida profissional as coisas caminhavam bem, na pessoal ele sentia falta de um grande amor. Até que isso finalmente aconteceu graças a uma portuguesa bonita, culta e prendada chamada Carolina, que tinha vindo ao Rio de Janeiro para ajudar a cuidar do irmão doente, Faustino Xavier de Novais, que era amigo de Machado de Assis.

Carolina Augusta Xavier de Novais era natural da cidade do Porto, em Portugal, onde nascera em 20 de fevereiro de 1835. Era, portanto, quatro anos e quatro meses mais velha que Machado de Assis. E era branca, o que parece ter provocado uma certa resistência da família em consentir no casamento, pois Machado era mulato, e isso ainda pesava muito em 1868. Mas o amor que havia entre eles era muito forte e, depois da morte do irmão de Carolina, eles se casaram, no dia 12 de novembro de 1869.

Foi um casamento feliz, que consolidou o amor que sentiam. Carolina foi um apoio fundamental para Machado, que passou a dedicar-se mais a seus próprios livros.

Quanto à saúde de Machado, comenta-se que ele teria sido gago e epiléptico. Segundo alguns estudiosos, se ele sofria de gagueira, não deve ter sido uma coisa grave, pois há inúmeros testemunhos de que ele mesmo declamava suas poesias e lia textos em reuniões sociais sem nenhum problema. Quanto à epilepsia, segundo o depoimento de uma amiga de Carolina, citado pelo historiador Jean-Michel Massa, esta lhe confidenciara que "o marido sentia aquelas coisas esquisitas desde a infância". Embora não tenhamos depoimentos definitivos acerca desse problema, parece que realmente Machado de Assis, com o tempo, sofria ataques epilépticos cada vez mais constantes.

O JOVEM MACHADO.

CAROLINA AUGUSTA.

Como viver da literatura?

Havia muito amor entre o casal, mas pouco dinheiro, e Machado passou por várias dificuldades com os preparativos do casamento e o início da vida a dois, pois as despesas aumentaram.

No campo literário, ele era bem conhecido, escrevia contos e já tinha publicado um livro de poesias — *Crisálidas* —, mas não recebia um bom salário fixo que pudesse garantir-lhe uma sobrevivência tranquila, porque, como acontece com a maioria dos escritores ainda hoje, ninguém conseguia viver apenas da literatura...

E como viver da literatura no século XIX, com tão poucos leitores?

Numa crônica de 15 de agosto de 1876, Machado de Assis escreveu: "A nação não sabe ler. Há só 30% dos indivíduos residentes neste país que podem ler; desses, uns 9% não leem letra de mão. 70% jazem em profunda ignorância". E, comentando as consequências políticas desse analfabetismo, afirmou: "70% dos cidadãos votam do mesmo modo que respiram: sem saber por que nem o quê. Votam como vão à festa da Penha — por divertimento. A Constituição é para eles uma coisa inteiramente desconhecida. Estão prontos para tudo: uma revolução ou um golpe de Estado".

Isso explica por que as tiragens dos romances eram, em média, muito baixas, não passando de mil exemplares, limitando ainda mais a difusão da literatura.

Em 1887, outro escritor da época, Artur Azevedo, disse numa crônica: "Pode-se afirmar, sem receio de exageração, que o grosso do nosso público, em coisas de literatura, só lê e só conhece o folhetim-romance e as seções alegres das folhas diárias, mas que não excedem uma coluna".

Essa era a situação enfrentada pelos escritores brasileiros no final do século XIX.

O funcionário público e o escritor

Em 1873, Machado de Assis ganhou uma promoção: foi nomeado 1º oficial de secretaria do Estado do Ministério da Agricultura, Comércio e Obras Públicas. Em 1888, foi agraciado pelo imperador com o título de oficial da Ordem da Rosa. Em 1889, passou a diretor da Diretoria do Comércio e, em 1892, foi designado diretor-geral da Viação. Sua carreira como funcionário público ia muito bem.

À medida que se estabilizava na vida profissional, Machado dedicava-se cada vez mais à literatura, lendo, estudando e escrevendo, sempre com o apoio de Carolina. De tempos em tempos, reunia em livro os contos que continuava escrevendo em jornais e revistas, mas também dedicava-se regularmente à produção de romances. Os quatro primeiros foram publicados sempre com um intervalo de dois anos: *Ressurreição* (1872), *A mão e a luva* (1874), *Helena* (1876) e *Iaiá Garcia* (1878).

PRÉDIO DO MINISTÉRIO DA INDÚSTRIA, VIAÇÃO E OBRAS PÚBLICAS, ONDE MACHADO TRABALHOU.

Em 1878, Machado ficou muito doente e, a conselho médico, foi passar uma temporada na vizinha cidade de Friburgo. Estava proibido de ler e escrever, mas não de pensar... E tinha Carolina, que o ajudava, anotando o que ele ditava.

Em 1881, publicou o livro que marcaria a literatura brasileira: *Memórias póstumas de Brás Cubas*. Essa obra revelou a maturidade de Machado de Assis como escritor. Mais tarde, lançou *Quincas Borba* (1891), *Dom Casmurro* (1899), *Esaú e Jacó* (1904) e *Memorial de Aires* (1908).

Um escritor que olha além das aparências

"Eu gosto de catar o mínimo e o escondido. Onde ninguém mete o nariz, aí entra o meu, com a curiosidade estreita e aguda que descobre o encoberto."

Essa afirmação de Machado de Assis pode servir como resumo de sua característica principal: o gosto em investigar o que move realmente o comportamento das pessoas, em revelar as intenções secretas dos atos humanos. Essa profunda análise do mundo interior do ser humano é a marca típica da literatura machadiana. E essa análise psicológica feita por Machado de Assis é quase sempre marcada pela ironia, que é um meio de provocar o leitor e fazê-lo pensar naquilo que o texto sugere ou insinua.

A Academia Brasileira de Letras

No dia 15 de dezembro de 1896, realizava-se a primeira sessão da Academia Brasileira de Letras, uma iniciativa de um grupo de jovens escritores do Rio de Janeiro. Machado de Assis foi aclamado presidente. Era a consagração de seu nome, o reconhecimento público e oficial de que era o maior nome das letras brasileiras.

A Academia Brasileira de Letras seguia de perto o modelo da famosa Academia Francesa, fundada em 1635. Cada membro era titular de uma cadeira, batizada com o nome de um escritor falecido. Na morte de um membro, realizava-se uma eleição para a escolha de seu sucessor. Esse procedimento é adotado até hoje.

Na sessão inaugural, tomaram posse os quarenta fundadores, tendo cada um escolhido seu patrono. Machado de Assis ocupava a cadeira número 23 e seu patrono era um escritor por quem ele tinha muita admiração — José de Alencar.

Chega o novo século!

No final do século XIX, vários fatos importantes mudaram a vida social brasileira. Em 13 de maio de 1888, a Lei Áurea decretou o fim da escravidão, depois de muita pressão dos grupos abolicionistas. Em 15 de novembro de 1889, caiu a monarquia e proclamou-se a república, marcando o início de uma nova fase na história do Brasil.

Machado de Assis assistiu a tudo isso com seus olhos críticos. E participou também da chegada do século XX, com novidades científicas e tecnológicas que transformavam rapidamente a face do mundo e o dia a dia das pessoas. Quanta diferença com relação ao mundo que viu quando criança!

CAPA DE RESSURREIÇÃO.

DOM CASMURRO

POR

MACHADO DE ASSIS

DA ACADEMIA BRAZILEIRA

1ª EDIÇÃO DE DOM CASMURRO.

H. GARNIER, LIVREIRO-EDITOR

71, RUA MOREIRA CEZAR, 71
RIO DE JANEIRO

6, RUE DES SAINTS-PERES, 6
PARIZ

MACHADO AOS 40 ANOS.

MACHADO, NA 1ª FILA (2º À ESQUERDA), EM 1906.

GRUPO DE ESCRITORES E ARTISTAS QUE SE REUNIAM PARA FALAR SOBRE POLÍTICA E ARTE: RODOLFO AMOEDO, ARTUR AZEVEDO, INGLÊS DE SOUSA, OLAVO BILAC, JOSÉ VERÍSSIMO, SOUSA BANDEIRA, FILINTO DE ALMEIDA, GUIMARÃES PASSOS, VALENTIM MAGALHÃES, BERNARDELLI, RODRIGO OCTAVIO, HEITOR PEIXOTO; SENTADOS: JOÃO RIBEIRO, MACHADO, LÚCIO DE MENDONÇA E SILVA RAMOS.

Algumas novidades no fim do século 19 e início do 20:

NA ALEMANHA, KARL BENZ PRODUZIU COM SUCESSO O PRIMEIRO AUTOMÓVEL A GASOLINA EM 1885.

ANÚNCIO DA CÂMERA FOTOGRÁFICA KODAK, NOVIDADE DA ÉPOCA.

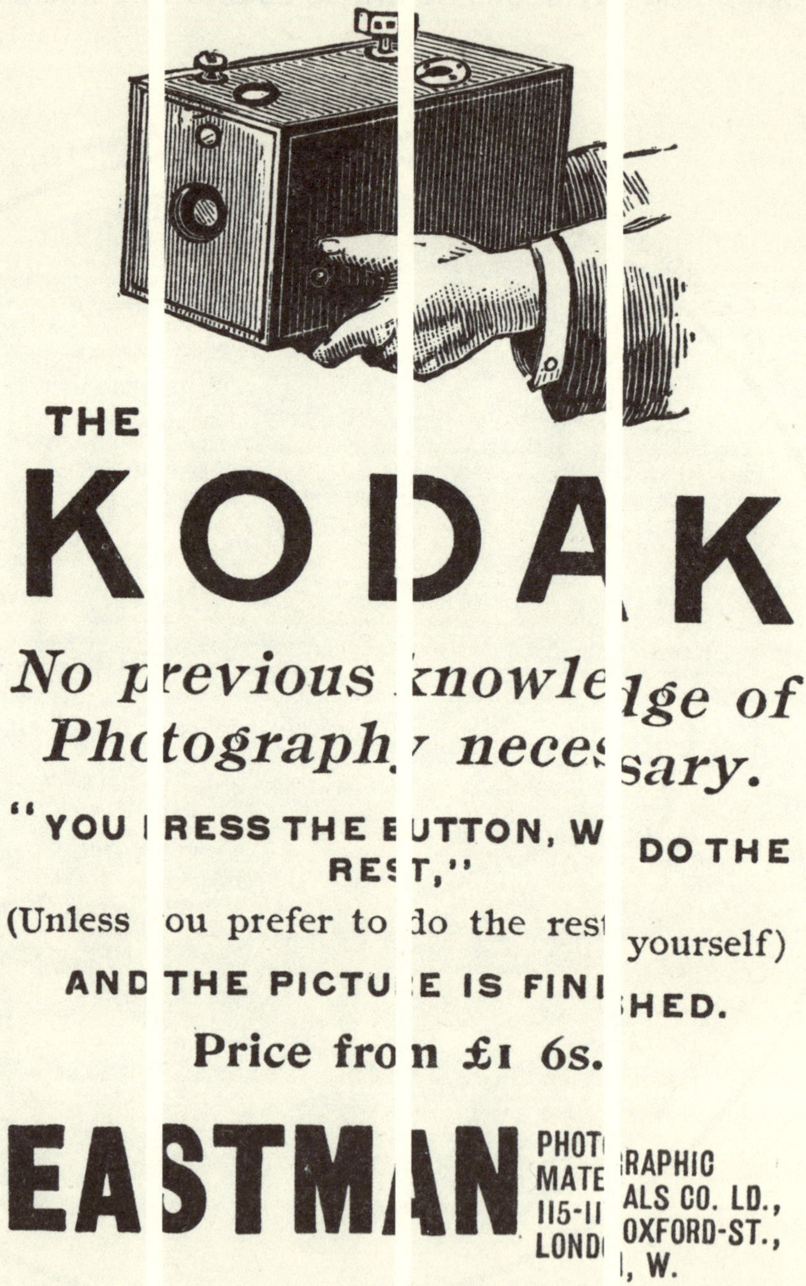

EM 1888, O ESCOCÊS JOHN DUNLOP FABRICA O PRIMEIRO PNEU DE BICICLETA CHEIO DE AR.

O ITALIANO MARCONI REALIZOU AS PRIMEIRAS TRANSMISSÕES DO TELÉGRAFO SEM FIO EM 1902.

Aos 57 anos.

"Tudo me lembra a minha meiga Carolina"

Mas o novo século não começou bem para Machado de Assis.

O dia 20 de outubro de 1904 foi o mais triste de sua vida. Depois de 35 anos de casados, Carolina morreu. Sozinho em casa, Machado sentia-se perdido, mergulhado nas lembranças da "meiga Carolina", sua companheira na vida e grande estimuladora na carreira literária. Com o amigo Joaquim Nabuco, abriu o coração e desabafou:

"Foi-se a melhor parte da minha vida, e aqui estou só no mundo. Note que a solidão não me é enfadonha, antes me é grata, porque é um modo de viver com ela, ouvi-la, assistir aos mil cuidados que essa companheira de 35 anos de casados tinha comigo; mas não há imaginação que não acorde, e a vigília aumenta a falta da pessoa amada. Éramos velhos, e eu contava morrer antes dela, o que seria um grande favor; primeiro, porque não acharia ninguém que melhor me ajudasse a morrer; segundo, porque ela deixa alguns parentes que a consolariam das saudades, e eu não tenho nenhum. Os meus são os amigos, e verdadeiramente são os melhores, mas a vida os dispersa, no espaço, nas preocupações do espírito e na própria carreira que a cada um cabe. Aqui me fico, por ora na mesma casa, no mesmo aposento, com os mesmos adornos seus. Tudo me lembra a minha meiga Carolina. Como estou à beira do eterno aposento, não gastarei muito tempo em recordá-la. Irei vê-la, ela me esperará".

Amargurado, Machado de Assis transformou em poesia a dor que estava sentindo:

A CAROLINA

QUERIDA, AO PÉ DO LEITO DERRADEIRO
EM QUE REPOUSAS DESSA LONGA VIDA,
AQUI VENHO E VIREI, POBRE QUERIDA,
TRAZER-TE O CORAÇÃO DO COMPANHEIRO.

PULSA-LHE AQUELE AFETO VERDADEIRO
QUE, A DESPEITO DE TODA A HUMANA LIDA,
FEZ A NOSSA EXISTÊNCIA APETECIDA
E NUM RECANTO PÔS O MUNDO INTEIRO.

TRAGO-TE FLORES, — RESTOS ARRANCADOS
DA TERRA QUE NOS VIU UNIDOS
E ORA MORTOS NOS DEIXA E SEPARADOS.

QUE EU, SE TENHO NOS OLHOS MALFERIDOS
PENSAMENTOS DE VIDA FORMULADOS,
SÃO PENSAMENTOS IDOS E VIVIDOS.

© Arquivo ABL

A morte de Machado de Assis

A saúde de Machado de Assis piorava. Aconteceu aquilo que ele previra na carta a Joaquim Nabuco: "Como estou à beira do eterno aposento, não gastarei muito tempo em recordá-la". Realmente, ele viveu apenas mais quatro anos, falecendo no dia 29 de setembro de 1908 aos 69 anos. Seu funeral foi um acontecimento notável na cidade. Um imenso cortejo formou-se até o cemitério São João Batista, onde ele foi enterrado ao lado de Carolina.

O Rio de Janeiro homenageava um filho famoso e querido. E o Brasil se despedia de um dos maiores escritores da sua história.

CASA DA RUA COSME VELHO, ONDE MACHADO E CAROLINA VIVERAM.

A PRIMEIRA EDIÇÃO DE *MEMORIAL DE AYRES*, COM DEDICATÓRIA E ÓCULOS DE MACHADO.

ESTÁTUA EM SUA HOMENAGEM NA ACADEMIA BRASILEIRA DE LETRAS.

A ESCRIVANINHA ONDE TRABALHAVA.

JOGO DE XADREZ QUE PERTENCEU AO ESCRITOR.

A MORTE DE MACHADO CAUSOU UMA GRANDE COMOÇÃO.

Ao verme que primeiro roeu as frias carnes do meu cadáver dedico como saudosa lembrança estas memórias póstumas.

AO LEITOR

Que **Stendhal** confessasse haver escrito um de seus livros para cem leitores, coisa é que admira e **consterna**. O que não admira, nem provavelmente consternará, é se esse outro livro não tiver os cem leitores de Stendhal, nem cinquenta, nem vinte, e, quando muito, dez. Dez? Talvez cinco. Trata-se, na verdade, de uma obra **difusa**, na qual eu, Brás Cubas, se adotei a forma livre de um **Sterne** ou de um **Xavier de Maistre**, não sei se lhe meti algumas **rabugens** de pessimismo. Pode ser. Obra de **finado**. Escrevi-a com a pena da **galhofa** e a tinta da melancolia, e não é difícil antever o que poderá sair desse **conúbio**. **Acresce** que a gente **grave** achará no livro umas aparências de puro romance, ao passo que a gente **frívola** não achará nele o seu romance usual; ei-lo aí fica privado da estima dos graves e do amor dos frívolos, que são as duas colunas máximas da opinião.

Mas eu ainda espero **angariar** as simpatias da opinião, e o primeiro remédio é fugir a um prólogo explícito e longo. O melhor prólogo é o que contém menos coisas, ou o que as diz de um jeito obscuro e truncado. Conseguintemente, evito contar o processo extraordinário que empreguei na composição destas Memórias, trabalhadas cá no outro mundo*. Seria curioso, mas **nimiamente** extenso, e aliás desnecessário ao entendimento da obra. A obra em si mesma é tudo: se te agradar, fino leitor, pago-me da tarefa; se te não agradar, pago-te com um **piparote**, e adeus.

Brás Cubas

Stendhal: pseudônimo do romancista francês Henri Beyle (1783-1842), autor de *O vermelho e o negro* e *A cartuxa de Parma*, obras-primas de análise psicológica.

Consterna: entristece, abate (o ânimo).

Difusa: obscura, imprecisa.

Laurence Sterne (1713-1768): escritor irlandês cujo estilo é marcado pela ironia e pelo humor, sendo sua obra mais famosa o romance *A vida e as opiniões do cavalheiro Tristram Shandy.*

Xavier de Maistre (1763-1852): escritor francês que, como Sterne, tornou-se famoso pela ironia e pelo humor de seus livros. Sua obra mais conhecida é *Viagem à volta de meu quarto.*

Rabugens: rabugices, coisas típicas de quem é rabugento, resmungão, ranzinza.

Finado: defunto. O narrador declara ser alguém que já morreu.

Galhofa: gozação, brincadeira.

Conúbio: casamento.

Acresce: acrescente-se.

Grave: séria, exigente.

Frívola: leviana, que não é séria.

Angariar: conquistar.

* O narrador afirma que está escrevendo do além-túmulo.

Nimiamente: grandemente.

Piparote: bater com a ponta do dedo, de brincadeira, na face de alguém.

1. ÓBITO DO AUTOR

Algum tempo hesitei se devia abrir estas memórias pelo princípio ou pelo fim, isto é, se poria em primeiro lugar o meu nascimento ou a minha morte. Suposto o uso vulgar seja começar pelo nascimento, duas considerações me levaram a adotar diferente método: a primeira é que eu não sou propriamente um autor defunto, mas um defunto autor*****, para quem a **campa** foi outro berço; a segunda é que o escrito ficaria assim mais galante e mais novo. Moisés, que também contou a sua morte, **não a pôs no introito, mas no cabo**: diferença radical entre este livro e o **Pentateuco**.

Dito isto, expirei às duas horas da tarde de uma sexta-feira do mês de agosto de 1869, na minha bela chácara de Catumbi. Tinha uns sessenta e quatro anos, rijos e prósperos, era solteiro, possuía cerca de trezentos contos e fui acompanhado ao cemitério por onze amigos. Onze amigos! Verdade é que não houve cartas nem anúncios. Acresce que chovia — peneirava — uma chuvinha miúda, triste e constante, tão constante e tão triste que levou um daqueles fiéis da última hora a intercalar essa **engenhosa** ideia no discurso que proferiu à beira de minha cova: "Vós, que o conhecestes, meus senhores, vós podeis dizer comigo que a natureza parece estar chorando a perda irreparável de um dos mais belos caracteres que tem honrado a humanidade. Este ar sombrio, estas gotas do céu, aquelas nuvens escuras que cobrem o azul como um **crepe funéreo**, tudo isso é a dor crua e má que lhe rói à natureza as mais íntimas entranhas; tudo isso é um sublime louvor ao nosso ilustre finado".

Bom e fiel amigo! Não, não me arrependo das vinte apólices que lhe deixei******. E foi assim que cheguei à cláusula dos meus dias; foi assim que me encaminhei para o ***undiscovered country*** de Hamlet, sem as ânsias nem as dúvidas do moço príncipe, mas pausado e **trôpego**, como quem se retira tarde do espetáculo. Tarde

*** O narrador é um defunto que escreve (defunto autor) e não um autor que morreu (autor defunto).**

Campa: **túmulo.**

Não a pôs no introito, mas no cabo: **não a pôs na introdução, mas no fim.**

Pentateuco: **os cinco primeiros livros da Bíblia, atribuídos a Moisés.**

Engenhosa: **criativa.**

Crepe funéreo: **tecido fúnebre.**

**** Observe a ironia desse comentário. O que fica insinuado sobre a sinceridade das palavras desse amigo?**

***Undiscovered country* (em inglês):** **"região desconhecida", isto é, a morte. Palavras com que Hamlet se refere à morte na peça *A tragédia de Hamlet, o príncipe da Dinamarca*, do escritor inglês William Shakespeare (1564-1616).**

Trôpego: **cambaleante, que anda com dificuldade.**

e aborrecido. Viram-me ir umas nove ou dez pessoas, entre elas três senhoras, minha irmã Sabina, casada com o Cotrim, a filha, um lírio do vale, — e... Tenham paciência!* Daqui a pouco lhes direi quem era a terceira senhora. Contentem-se de saber que essa anônima, ainda que não parenta, padeceu mais do que as parentas.

É verdade, padeceu mais. Não digo que **se carpisse**, não digo que se deixasse rolar pelo chão, **convulsa**. Nem o meu óbito era coisa altamente dramática... Um solteirão que expira aos sessenta e quatro anos não parece que reúna em si todos os elementos de uma tragédia. E, dado que sim, o que menos convinha a essa anônima era aparentá-lo. De pé, à cabeceira da cama, com os olhos estúpidos, a boca entreaberta, a triste senhora mal podia crer na minha extinção.

— Morto! Morto! — dizia consigo.

E a imaginação dela, como as cegonhas que um ilustre viajante viu desferirem o voo desde o Ilisso às **ribas africanas**, **sem embargo** das ruínas e dos tempos, a imaginação dessa senhora também voou por sobre os destroços presentes até as ribas de uma **África juvenil**... Deixá-la ir; lá iremos mais tarde; lá iremos quando eu me restituir aos primeiros anos. Agora, quero morrer tranquilamente, metodicamente, ouvindo os soluços das damas, as falas baixas dos homens, a chuva que **tamborila** nas folhas de **tinhorão** da chácara e o som **estrídulo** de uma navalha que um amolador está afiando lá fora, à porta de um **correeiro**. Juro-lhes que essa orquestra da morte foi muito menos triste do que podia parecer. De certo ponto em diante chegou a ser deliciosa. A vida **estrebuchava-me no peito**, com uns ímpetos de **vaga** marinha, **esvaía-se-me a consciência**, eu descia à imobilidade física e moral, e o corpo fazia-se-me planta, e pedra, e lodo, e coisa nenhuma.

Morri de uma pneumonia; mas, se lhe disser que foi menos a pneumonia, do que uma ideia grandiosa e útil, a causa da minha morte, é possível que o leitor me não

* Note como o narrador conversa com o leitor sobre a própria elaboração da história que está conduzindo.

Se carpisse: se lamentasse muito, chorasse ruidosamente.

Convulsa: agitada, descontrolada.

Ribas africanas: margens de rios africanos. Alusão a uma passagem do livro de viagens do francês François-René, Vicomte de Chateaubriand (1768-1848), chamado *Itinerário de Paris a Jerusalém*, onde ele afirma ter visto cegonhas voando do Ilisso, pequeno rio da Grécia, em direção à África.

Sem embargo: apesar.

África juvenil: isto é, a imaginação dela voou ao passado, até os tempos de juventude.

Tamborila: bate de leve e ritmado.

Tinhorão: certo tipo de planta com folhas grandes.

Estrídulo: estridente, agudo.

Correeiro: pessoa que fabrica ou vende correias.

Estrebuchava-me no peito: debatia-se, agitava-se violentamente dentro dele.

Vaga: onda de grande altura em mar agitado.

Esvaía-se-me a consciência: a minha consciência desaparecia.

creia, e todavia é verdade. Vou expor-lhe sumariamente o caso. Julgue-o por si mesmo.

2. O EMPLASTO

Com efeito, um dia de manhã, estando a passear na chácara, pendurou-se-me uma ideia no trapézio que eu tinha no cérebro. Uma vez pendurada, entrou a **bracejar, a pernear**, a fazer as mais arrojadas **cabriolas de volatim**, que é possível crer. Eu deixei-me estar a contemplá-la. Súbito, deu um grande salto, estendeu os braços e as pernas, até tomar a forma de um X: decifra-me ou devoro-te.

Essa ideia era nada menos que a invenção de um medicamento sublime, um **emplasto anti-hipocondríaco**, destinado a aliviar a nossa melancólica humanidade. Na **petição de privilégio** que então redigi, chamei a atenção do governo para esse resultado, verdadeiramente cristão. Todavia não neguei aos amigos as vantagens **pecuniárias** que deviam resultar da distribuição de um produto de tamanhos e tão profundos efeitos. Agora, porém, que estou cá do outro lado da vida, posso confessar tudo: o que me influiu principalmente foi o gosto de ver impressos nos jornais, mostradores, folhetos, esquinas, e enfim nas caixinhas do remédio, estas três palavras: "Emplasto Brás Cubas". Para que negá-lo? Eu tinha a paixão do **arruído**, do cartaz, do **foguete de lágrimas**. Talvez os modestos me **arguam** esse defeito; **fio**, porém, que esse talento me hão de reconhecer os hábeis. Assim, a minha ideia trazia duas faces, como as medalhas, uma virada para o público, outra para mim. De um lado, **filantropia** e lucro; de outro lado, sede de **nomeada**. Digamos: amor da glória.

Um tio meu, **cônego de prebenda inteira**, costumava dizer que o amor da glória temporal era a perdi-

Bracejar e pernear: mexer os braços e as pernas.

Cabriolas de volatim: saltos de acrobata.

Emplasto anti--hipocondríaco: emplasto capaz de curar a hipocondria, enfermidade psíquica caracterizada por profunda melancolia e exagerada inquietação por tudo que diz respeito à saúde, sem haver, no entanto, nenhum sintoma físico para isso.

Petição de privilégio: petição de garantia exclusiva dos direitos de venda sobre o produto (isto é, o emplasto).

Pecuniárias: financeiras.

Arruído: ruído, estardalhaço.

Foguete de lágrimas: certo tipo de rojão de grande impacto visual e sonoro.

Arguam: questionem.

Fio: acredito, confio.

Filantropia: amor à humanidade.

Nomeada: fama.

Cônego de prebenda inteira: religioso com cargo rendoso.

ção das almas, que só devem cobiçar a glória eterna. Ao que **retorquia** outro tio, oficial de um dos antigos **terços** de infantaria, que o amor da glória era a coisa mais verdadeiramente humana que há no homem, e, conseguintemente, a sua mais genuína feição.

Decida o leitor entre o militar e o cônego; eu volto ao emplasto.

3. GENEALOGIA

Mas, já que falei nos meus dois tios, deixem-me fazer aqui um curto esboço genealógico.

O fundador da minha família foi um certo Damião Cubas, que floresceu na primeira metade do século XVIII. Era **tanoeiro** de ofício, natural do Rio de Janeiro, onde teria morrido na penúria e na obscuridade se somente exercesse a tanoaria. Mas não; fez-se lavrador, plantou, colheu, permutou o seu produto por boas e honradas **patacas**, até que morreu, deixando grosso **cabedal** a um filho, o licenciado Luís Cubas. Nesse rapaz é que verdadeiramente começa a série de meus avós — dos avós que a minha família sempre confessou — porque o Damião Cubas era afinal de contas um tanoeiro, e talvez mau tanoeiro, ao passo que o Luís Cubas estudou em Coimbra, **primou** no Estado, e foi um dos amigos particulares do vice-rei conde da Cunha.

Como esse apelido de **Cubas** lhe cheirasse excessivamente a tanoaria, alegava meu pai, bisneto do Damião, que o dito apelido fora dado a um cavaleiro, herói nas jornadas da África, em prêmio da façanha que praticou, arrebatando trezentas cubas aos **mouros**. Meu pai era homem de imaginação; escapou à tanoaria nas asas de um ***calembour***. Era um bom caráter, meu pai, varão digno e leal como poucos. Tinha, é verdade, uns **fumos de pacholice**; mas quem não é

Retorquia: respondia.

Terços: regimentos.

Tanoeiro: fabricante de pipas, vasilhames, cubas e recipientes semelhantes.

Pataca: moeda antiga.

Cabedal: riqueza.

Primou: destacou-se.

Cuba: certo tipo de recipiente ou tonel grande. Hoje em dia, designa também a bacia da pia.

Mouros: antigos povos árabes do norte da África.

Calembour **(em francês):** o mesmo que trocadilho, jogo de palavras.

Fumos de pacholice: certos modos de pachola, isto é, brincalhão.

um pouco pachola neste mundo? Releva notar que ele não recorreu à inventiva senão depois de experimentar a falsificação; primeiramente, entroncou-se na família daquele meu famoso **homônimo**, o capitão-mor, **Brás Cubas**, que fundou a vila de São Vicente, onde morreu em 1592, e por esse motivo é que me deu o nome de Brás. Opôs-se-lhe, porém, a família do capitão-mor, e foi então que ele imaginou as trezentas cubas **mouriscas**.

Vivem ainda alguns membros de minha família, minha sobrinha Venância, por exemplo, o lírio do vale, que é a flor das damas do seu tempo; vive o pai, o Cotrim, um sujeito que... Mas não antecipemos os **sucessos**; acabemos de uma vez com o nosso emplasto.

4. A IDEIA FIXA

A minha ideia, depois de tantas cabriolas, constituíra-se ideia fixa. Deus te livre, leitor, de uma ideia fixa; antes um **argueiro**, antes uma **trave** no olho. Vê o **Cavour**; foi a ideia fixa da unidade italiana que o matou. Verdade é que **Bismarck** não morreu; mas cumpre advertir que a natureza é uma grande caprichosa e a história uma eterna **loureira**. Por exemplo, **Suetônio** deu-nos um **Cláudio**, que era um simplório — ou "uma abóbora" como lhe chamou **Sêneca**, e um **Tito**, que mereceu ser as delícias de Roma. Veio modernamente um professor e achou meio de demonstrar que, dos dois césares, o delicioso, o verdadeiro delicioso, foi o "abóbora" de Sêneca. E tu, madama **Lucrécia**, flor dos Bórgias, se um poeta te pintou como a **Messalina** católica, apareceu um **Gregorovius** incrédulo que te apagou muito essa qualidade, e, **se não vieste a lírio, também não ficaste pântano**. Eu deixo-me estar entre o poeta e o sábio.

Homônimo: que tem o mesmo nome.

Brás Cubas: colonizador português que, na verdade, fundou em 1543 o povoado de Santos, no litoral paulista. Foi governador da capitania de São Vicente, fundada em 1532 por Martim Afonso de Sousa.

Mouriscas: mouras.

Sucessos: acontecimentos.

Argueiro: cisco.

Trave: grande pedaço de madeira.

Conde de Cavour (1810-1861): um dos promotores da unificação italiana.

Otto von Bismarck (1815-1898): um dos fundadores da unidade alemã.

Loureira: mulher que procura agradar ou seduzir.

Suetônio (69-125): historiador latino, autor de *Vida dos doze césares*.

Cláudio (10 a.C.-54 d.C.): imperador romano.

Sêneca (4 a.C.-65 d.C.): filósofo latino, preceptor de Nero.

Tito (39-81): imperador romano.

Lucrécia Bórgia (1480-1519): mulher italiana célebre por sua beleza e também por seus crimes e licenciosidade.

Messalina (25-48): mulher do imperador romano Cláudio;

Ferdinand Gregorovius (1821-1891): historiador e poeta alemão. Entre outras obras, escreveu *Lucrécia Bórgia*.

Se não vieste a lírio, também não ficaste pântano: se não foi transformada em pura (lírio) também não foi reduzida a lama (pântano).

Ideia móbil, vaga ou furta-cor: ideia variável, incerta e indefinida.

Dieta: assembleia política.

Que melhor lhe quadrar: que melhor lhe ajustar ou convier.

* Observe que o narrador novamente se dirige ao leitor imaginando que este esteja impaciente com a demora do início da "história", isto é, das peripécias do enredo.

Anedota: episódios cheios de ação.

Pachorra: lentidão, sem pressa.

Desafrontado da brevidade do século: livre do tempo que passa no mundo dos vivos.

Supinamente: altamente.

Edifica: instrui.

Não inflama nem regela: não entusiasma nem esfria.

Apostolado: propaganda de uma doutrina.

Salamina: ilha grega onde, em 480 a.C., os gregos venceram os persas.

Confissão de Augsburgo: texto apresentado por Melanchthon em 1530 e que constituiu a profissão de fé luterana.

Oliver Cromwell (1599-1658): estadista inglês que chefiou a revolução que destronou e executou o rei Carlos I.

Arraia-miúda: camada mais pobre da sociedade.

Graúda e castelã: grande e nobre, isto é, que ganhou poder e prestígio.

Viva pois a história, a volúvel história que dá para tudo; e, tornando à ideia fixa, direi que é ela a que faz os varões fortes e os doidos; a **ideia móbil, vaga ou furta-cor** é a que faz os Cláudios — fórmula Suetônio.

Era fixa a minha ideia, fixa como... Não me ocorre nada que seja assaz fixo neste mundo: talvez a lua, talvez as pirâmides do Egito, talvez a finada **dieta** germânica. Veja o leitor a comparação **que melhor lhe quadrar**, veja-a e não esteja daí a torcer-me o nariz, só porque ainda não chegamos à parte narrativa destas memórias*. Lá iremos. Creio que prefere a **anedota** à reflexão, como os outros leitores, seus confrades, e acho que faz muito bem. Pois lá iremos. Todavia importa dizer que este livro é escrito com **pachorra**, com a pachorra de um homem já **desafrontado da brevidade do século**, obra **supinamente** filosófica, de uma filosofia desigual, agora austera, logo brincalhona, coisa que não **edifica** nem destrói, **não inflama nem regela**, e é todavia mais do que passatempo e menos do que **apostolado**.

Vamos lá; retifique o seu nariz, e tornemos ao emplasto. Deixemos a história com os seus caprichos de dama elegante. Nenhum de nós pelejou a batalha de **Salamina**, nenhum escreveu a **confissão de Augsburgo**, pela minha parte, se alguma vez me lembro de **Cromwell** é só pela ideia de que Sua Alteza, com a mesma mão que trancara o parlamento, teria imposto aos ingleses o emplasto Brás Cubas. Não se riam dessa vitória comum da farmácia e do puritanismo. Quem não sabe que, ao pé de cada bandeira grande, pública, ostensiva, há muitas vezes várias outras bandeiras modestamente particulares, que se hasteiam e flutuam à sombra daquela, e não poucas vezes lhe sobrevivem? Mal comparando, é como a **arraia-miúda**, que se acolhia à sombra do castelo feudal; caiu este e a arraia ficou. Verdade é que se fez **graúda e castelã**... Não, a comparação não presta.

5. EM QUE APARECE A ORELHA DE UMA SENHORA

Senão quando, estando eu ocupado em preparar e apurar a minha invenção, recebi em cheio um golpe de ar; adoeci logo, e não me tratei. Tinha o emplasto no cérebro; trazia comigo a ideia fixa dos doidos e dos fortes. Via-me, ao longe, ascender do chão das **turbas** e remontar ao céu, como um águia imortal, e não é diante de tão **excelso** espetáculo que um homem pode sentir a dor que o **punge**. No outro dia estava pior; tratei-me enfim, mas incompletamente, sem método, nem cuidado, nem persistência, tal foi a origem do mal que me trouxe à eternidade. Sabem já que morri numa sexta-feira, dia **aziago**, e creio haver provado que foi a minha invenção que me matou. Há demonstrações menos lúcidas e não menos triunfantes.

Não era impossível, entretanto, que eu chegasse a galgar o **cimo** de um século e a figurar nas **folhas públicas**, entre **macróbios**. Tinha saúde e robustez. Suponha-se que, em vez de estar lançando os alicerces de uma invenção farmacêutica, tratava de **coligir** os elementos de uma instituição política, ou de uma reforma religiosa. Vinha a corrente de ar, que vence em eficácia o cálculo humano, e lá se ia tudo. Assim corre a sorte dos homens.

Com essa reflexão me despedi eu da mulher, não direi mais discreta, mas com certeza mais formosa entre as contemporâneas suas, a anônima do primeiro capítulo, a tal, cuja imaginação à semelhança das cegonhas do Ilisso... Tinha então cinquenta e quatro anos, era uma ruína, uma imponente ruína. Imagine o leitor que nos amamos, ela e eu, muitos anos antes e que um dia, já enfermo, vejo-a **assomar** à porta da alcova...

Turbas: multidões.

Excelso: magnífico.

Punge: aflige, atormenta.

Aziago: azarento.

Cimo: ponto mais alto.

Folhas públicas: jornais.

Macróbios: pessoas com idade avançada.

Coligir: reunir, juntar.

Assomar: aparecer.

6. *CHIMÈNE, QUI L'EÛT DIT? RODRIGUE, QUI L'EÛT CRU?*

Vejo-a assomar à porta da alcova, pálida, comovida, trajada de preto, e ali ficar durante um minuto, sem ânimo de entrar, ou detida pela presença de um homem que estava comigo. Da cama, onde jazia, contemplei-a durante esse tempo, esquecido de lhe dizer nada ou de fazer nenhum gesto. Havia já dois anos que nos não víamos, e eu via-a agora não qual era, mas qual fora, quais fôramos ambos, porque um **Ezequias** misterioso fizera recuar o sol até os dias juvenis. Recuou o sol, sacudi todas as misérias, e esse punhado de pó, que a morte ia espalhar na eternidade do nada, pôde mais do que o tempo, que é o ministro da morte. Nenhuma **água de Juventa** igualaria ali a simples saudade.

Creiam-me, o menos mau é recordar; ninguém se fie da felicidade presente; há nela uma gota da baba de Caim*. Corrido o tempo e cessado o **espasmo**, então sim, então talvez se pode gozar deveras, porque entre uma e outra dessas duas ilusões, melhor é a que se gosta sem doer.

Não durou muito a evocação; a realidade dominou logo; o presente expeliu o passado. Talvez eu exponha ao leitor, em algum canto deste livro, a minha teoria das edições humanas. O que por agora importa saber é que Virgília — chamava-se Virgília — entrou na alcova, firme, com a gravidade que lhe davam as roupas e os anos, e veio até o meu leito. O estranho levantou-se e saiu. Era um sujeito que me visitava todos os dias para falar do câmbio, da colonização e da necessidade de desenvolver a viação férrea; nada mais interessante para um moribundo**. Saiu; Virgília deixou-se estar de pé; durante algum tempo ficamos a olhar um para o outro, sem articular palavra. Quem diria? De dois grandes

***Chimène, qui l'eût Dit? Rodrigue, qui l'eût Cru?* (em francês):** quer dizer "Ximena, quem o teria dito? Rodrigo, quem o teria acreditado?" Versos extraídos da tragédia *Le Cid*, do escritor francês Pierre Corneille (1606-1684).

Ezequias: profeta que, segundo o relato bíblico, ao sentir próxima a hora da morte, orou a Deus, que lhe concedeu mais quinze anos de vida: "Assim recuou o sol dez graus pelos graus que já tinha andado" (Isaías 38:1-8).

Água de Juventa: água de uma fonte que, na mitologia romana, rejuvenescia quem nela se banhasse.

* Caim é filho de Adão e Eva, segundo a Bíblia. Por inveja, matou seu irmão Abel.

Espasmo: arrebatamento, êxtase.

** Observe a ironia desse comentário do narrador.

namorados, de duas paixões sem freio, nada mais havia ali, vinte anos depois; havia apenas dois corações murchos, devastados pela vida e saciados dela, não sei se em igual dose, mas enfim saciados. Virgília tinha agora a beleza da velhice, um ar austero e maternal; estava menos magra do que quando a vi, pela última vez, numa festa de São João, na Tijuca; e, porque era das que resistem muito, só agora começavam os cabelos escuros a intercalar-se de alguns fios de prata.

— Anda visitando os defuntos? — disse-lhe eu.

— Ora, defuntos! — respondeu Virgília com um **muxoxo**. E depois de me apertar as mãos: — Ando a ver se ponho os vadios para a rua.

Não tinha a carícia lacrimosa de outro tempo; mas a voz era amiga e doce. Sentou-se. Eu estava só, em casa, com um simples enfermeiro; podíamos falar um ao outro, sem perigo. Virgília deu-me longas notícias de fora, narrando-as com graça, com um **certo travo de má língua**, que era o **sal** da palestra; eu, prestes a deixar o mundo, sentia um prazer satânico em **mofar** dele, em persuadir-me que não deixava nada.

— Que ideias essas! — interrompeu-me Virgília um tanto zangada. — Olhe que não volto mais. Morrer! Todos nós havemos de morrer; basta estarmos vivos.

E vendo o relógio:

— Jesus! São três horas. Vou-me embora.

— Já?

— Já; virei amanhã ou depois.

— Não sei se faz bem, retorqui; o doente é um solteirão e a casa não tem senhoras...

— Sua mana?

— Há de vir cá passar uns dias, mas não pode ser antes de sábado. Virgília refletiu um instante, levantou os ombros e disse com gravidade:

— Estou velha! Ninguém mais repara em mim. Mas, para cortar dúvidas, virei com o Nhonhô.

Nhonhô era um bacharel, único filho de seu casamento, que, na idade de cinco anos, fora cúmplice in-

Muxoxo: estalo com a língua para indicar contrariedade ou desdém.

Certo travo de má língua: certo tom de fofoca.

Sal: tempero; aquilo que dá sabor à conversa.

Mofar: zombar.

consciente de nossos amores. Vieram juntos, dois dias depois, e confesso que, ao vê-los ali, na minha **alcova**, fui tomado de um acanhamento que nem me permitiu corresponder logo às palavras **afáveis** do rapaz. Virgília adivinhou-me e disse ao filho:

— Nhonhô, não repares nesse grande manhoso que aí está; não quer falar para fazer crer que está à morte.

Sorriu o filho, eu creio que também sorri, e tudo acabou em pura galhofa. Virgília estava serena e risonha, tinha o aspecto das vidas **imaculadas**. Nenhum olhar suspeito, nenhum gesto que pudesse denunciar nada; uma igualdade de palavra e de espírito, uma dominação sobre si mesma, que pareciam e talvez fossem raras. Como tocássemos, casualmente, nuns amores ilegítimos, meio secretos, meio divulgados, vi-a falar com desdém e um pouco de indignação da mulher de que se tratava, aliás sua amiga. O filho sentia-se satisfeito, ouvindo aquela palavra digna e forte, e eu perguntava a mim mesmo o que diriam de nós os gaviões, se **Buffon** tivesse nascido gavião...

Era o meu delírio que começava.

7. O DELÍRIO

Que me conste, ainda ninguém relatou o seu próprio delírio; faço-o eu, e a ciência mo agradecerá. Se o leitor não é dado à contemplação desses fenômenos mentais, pode saltar o capítulo; vá direito à narração. Mas, por menos curioso que seja, sempre lhe digo que é interessante saber o que se passou na minha cabeça durante uns vinte a trinta minutos.

Primeiramente tomei a figura de um barbeiro chinês, **bojudo, destro**, **escanhoando** um **mandarim**, que me pagava o trabalho com beliscões e **confeitos**: caprichos de mandarim.

Alcova: quarto de dormir.

Afáveis: gentis.

Imaculadas: puras.

Georges-Louis Leclerc, Conde de Buffon (1707-1788): naturalista e escritor francês. Foi autor de vários estudos científicos sobre os pássaros. Considerando seu romance adúltero com Virgília, o que insinua o narrador sobre a indignação dela ao falar da amiga? Se Buffon fosse um gavião e examinasse os humanos como fez com os pássaros, o que ele diria sobre isso?

Bojudo e destro: gordo e hábil.

Escanhoando: barbeando.

Mandarim: alto funcionário da China.

Confeitos: doces e balas.

Logo depois, senti-me transformado na *Summa Theologica* de **São Tomás**, impressa num volume e encadernada em **marroquim**, com fechos de prata e estampas; ideia essa que me deu ao corpo a mais completa imobilidade; e ainda agora me lembra que, sendo as minhas mãos os fechos do livro e cruzando-as eu sobre o ventre, alguém as descruzava (Virgília decerto), porque a atitude lhe dava a imagem de um defunto.

Ultimamente, restituído à forma humana, vi chegar um hipopótamo, que me arrebatou. Deixei-me ir, calado, não sei se por medo ou confiança; mas, dentro em pouco, a carreira de tal modo se tornou vertiginosa, que me atrevi a interrogá-lo, e com alguma arte lhe disse que a viagem me parecia sem destino.

— Engana-se — replicou o animal —, nós vamos à origem dos séculos.

Insinuei que deveria ser muitíssimo longe; mas o hipopótamo não me entendeu ou não me ouviu, se é que não fingiu uma dessas coisas; e, perguntando-lhe, visto que ele falava, se era descendente do cavalo de **Aquiles** ou da asna de Balaão*, **retorquiu-me** com um gesto peculiar a esses dois quadrúpedes: abanou as orelhas. Pela minha parte fechei os olhos e deixei-me ir **à ventura**. Já agora **não se me dá** de confessar que sentia umas tais ou quais cócegas de curiosidade, por saber onde ficava a origem dos séculos, se era tão misteriosa como a origem do Nilo, e sobretudo se valia alguma coisa mais ou menos do que a **consumação** dos mesmos séculos: reflexões de cérebro enfermo. Como ia de olhos fechados, não via o caminho; lembra-me só que a sensação de frio aumentava com a jornada, e que chegou uma ocasião em que me pareceu entrar na região dos gelos eternos. Com efeito, abri os olhos e vi que o meu animal galopava numa planície branca de neve, com uma ou outra montanha de neve, vegetação de neve, e vários animais grandes e de neve. Tudo neve; chegava a gelar-nos um sol de neve. Tentei falar, mas apenas pude **grunhir** esta pergunta ansiosa:

São Tomás de Aquino (1225-1274): teólogo católico, autor do livro *Suma Teológica*.

Marroquim: pele curtida de bode ou cabra, usada em revestimentos de artefatos.

Ultimamente: por último.

Aquiles: herói do poema *Ilíada*, de Homero. Possuía um cavalo, Janto, que lhe previu a morte no combate contra os troianos.

* Referência ao episódio bíblico em que a asna de Balaão é dotada de fala por Deus (cf. Números 22:22-35).

Retorquiu-me: respondeu-me.

À ventura: ao acaso.

Não se me dá: pouco me importa.

Consumação: fim.

Grunhir: falar com dificuldade.

Abraão: patriarca hebreu e uma das grandes figuras da Bíblia. É considerado o antepassado dos israelitas e dos árabes.

Redarguiu motejando: respondeu zombando.

Vexado e aturdido: envergonhado e pasmado.

Devassarem: descobrirem.

Brutesca: bruta e selvagem, como no estado natural.

Meneando: balançando.

Rutilantes: brilhantes.

Diáfano: transparente.

Estupefato: pasmado, atônito.

Pandora: a primeira mulher, segundo o mito contado pelo poeta grego Hesíodo (séc. VIII a.C.), no poema *Os trabalhos e os dias*, Zeus enviou Pandora a Epimeteu. Fascinado por sua beleza, ele a desposou, esquecendo a advertência de seu irmão Prometeu, que lhe dissera não aceitar nenhum presente de Zeus. Havia uma caixa que continha todos os males, e Pandora, muito curiosa, destampou-a. Os males escaparam e espalharam-se pelo mundo. Apenas a Esperança, que estava no fundo, não fugiu, porque Pandora recolocou a tampa. Segundo outra versão, essa caixa continha não os males, mas os bens, e Pandora a teria levado como presente a Epimeteu. Abrindo-a, ela deixou escapar os bens, que voltaram para a morada dos deuses. Aos homens restou a Esperança, para consolo de seus males.

— Onde estamos?

— Já passamos o Éden.

— Bem; paremos na tenda de **Abraão**.

— Mas se nós caminhamos para trás! – **redarguiu motejando** a minha cavalgadura.

Fiquei **vexado e aturdido**. A jornada entrou a parecer-me enfadonha e extravagante, o frio incômodo, a condução violenta e o resultado impalpável. E depois — cogitações de enfermo —, dado que chegássemos ao fim indicado, não era impossível que os séculos, irritados com lhes **devassarem** a origem, me esmagassem entre as unhas, que deviam ser tão seculares como eles. Enquanto assim pensava, íamos devorando caminho, e a planície voava debaixo dos nossos pés, até que o animal estacou e pude olhar mais tranquilamente em torno de mim. Olhar somente; nada vi além da imensa brancura da neve, que dessa vez invadira o próprio céu, até ali azul. Talvez, a espaços, me aparecia uma ou outra planta enorme, **brutesca**, **meneando** ao vento as suas largas folhas. O silêncio daquela região era igual ao do sepulcro: dissera-se que a vida das coisas ficara estúpida diante do homem.

Caiu do ar? Destacou-se da terra? Não sei; sei que um vulto imenso, uma figura de mulher me apareceu então, fitando-me uns olhos **rutilantes** como o sol. Tudo nessa figura tinha a vastidão das formas selváticas, e tudo escapava à compreensão do olhar humano, porque os contornos perdiam-se no ambiente, e o que parecia espesso era muita vez **diáfano**. **Estupefato**, não disse nada, não cheguei sequer a soltar um grito; mas, ao cabo de algum tempo, que foi breve, perguntei quem era e como se chamava: curiosidade de delírio.

— Chama-me Natureza ou **Pandora**; sou tua mãe e tua inimiga.

Ao ouvir esta última palavra, recuei um pouco, tomado de susto. A figura soltou uma gargalhada, que produziu em torno de nós o efeito de um tufão; as plantas torceram-se e um longo gemido quebrou a mudez das coisas externas.

— Não te assustes — disse ela —, minha inimizade não mata; é sobretudo pela vida que se afirma. Vives: não quero outro **flagelo**.

— Vivo? — perguntei eu, enterrando as unhas nas mãos, como para certificar-me da existência.

— Sim, verme, tu vives. Não receies perder esse **andrajo** que é teu orgulho; provarás ainda, por algumas horas, o pão da dor e o vinho da miséria. Vives: agora mesmo que **ensandeceste**, vives; e, se a tua consciência **reouver** um instante de sagacidade, tu dirás que queres viver.

Dizendo isso, a visão estendeu o braço, segurou-me pelos cabelos e levantou-me ao ar, como se fora uma pluma. Só então pude ver-lhe de perto o rosto, que era enorme. Nada mais quieto; nenhuma contorção violenta, nenhuma expressão de ódio ou ferocidade; a feição única, geral, completa, era a da **impassibilidade** egoísta, a da eterna surdez, a da vontade imóvel. Raivas, se as tinha, ficavam encerradas no coração. Ao mesmo tempo, nesse rosto de expressão glacial, havia um ar de juventude, mescla de força e **viço**, diante do qual me sentia eu o mais débil e **decrépito** dos seres.

— Entendeste-me? — disse ela, no fim de algum tempo de mútua contemplação.

— Não — respondi —, nem quero entender-te; tu és absurda, tu és uma fábula. Estou sonhando, decerto, ou, se é verdade que enlouqueci, tu não passas de uma concepção de **alienado**, isto é, uma coisa vã, que a razão ausente não pode reger nem palpar. Natureza, tu? a Natureza que eu conheço é só mãe e não inimiga; não faz da vida um flagelo, nem, como tu, traz esse rosto indiferente, como o sepulcro. E por que Pandora?

— Porque levo na minha bolsa os bens e os males, e o maior de todos, a esperança, consolação dos homens. Tremes?

— Sim; o teu olhar fascina-me.

— Creio; eu não sou somente a vida; sou também a morte, e tu estás prestes a devolver-me o que te em-

Flagelo: tormento.

Andrajo: trapo, farrapo.

Ensandeceste: enlouqueceste.

Reouver: recuperar.

Impassibilidade: indiferença.

Viço: vigor.

Decrépito: fraco.

Alienado: louco.

prestei. Grande **lascivo**, espera-te a **voluptuosidade** do nada.

Quando essa palavra ecoou, como um trovão, naquele imenso vale, **afigurou-se-me** que era o último som que chegava a meus ouvidos; pareceu-me sentir a decomposição súbita de mim mesmo. Então, encarei-a com olhos **súplices** e pedi mais alguns anos.

— Pobre minuto! — exclamou. — Para que queres tu mais alguns instantes de vida? Para devorar e seres devorado depois? Não estás farto do espetáculo e da luta? Conheces **de sobejo** tudo o que eu **te deparei** menos **torpe** ou menos aflitivo: o alvor do dia, a melancolia da tarde, a quietação da noite, os aspectos da terra, o sono, enfim, o maior benefício das minhas mãos. Que mais queres tu, sublime idiota?

— Viver somente, não te peço mais nada. Quem me pôs no coração esse amor da vida, se não tu? E, se eu amo a vida, por que te hás de golpear a ti mesma, matando-me?

— Porque já não preciso de ti. Não importa ao tempo o minuto que passa, mas o minuto que vem. O minuto que vem é forte, **jucundo**, supõe trazer em si a eternidade, e traz a morte, e perece como o outro, mas o tempo subsiste. Egoísmo, dizes tu? Sim, egoísmo, não tenho outra lei. Egoísmo, conservação. A onça mata o **novilho** porque o raciocínio da onça é que ela deve viver, e se o novilho é tenro tanto melhor: eis o estatuto universal. Sobe e olha.

Isso dizendo, arrebatou-me ao alto de uma montanha. Inclinei os olhos a uma das vertentes e contemplei, durante um tempo largo, ao longe, através de um nevoeiro, uma coisa única. Imagina tu, leitor, uma redução dos séculos, e um desfilar de todos eles, as raças todas, todas as paixões, o tumulto dos impérios, a guerra dos **apetites** e dos ódios, a destruição recíproca dos seres e das coisas. Tal era o espetáculo, **acerbo** e curioso espetáculo. A história do homem e da Terra tinha assim uma intensidade que lhe não podiam dar nem a ima-

Lascivo: sensual, que se deixa dominar pelos sentidos.

Voluptuosidade: volúpia, prazer sensual.

Afigurou-se-me: pareceu-me.

Súplices: suplicantes.

De sobejo: de sobra.

Te deparei: te apresentei

Torpe: repugnante, infame.

Jucundo: alegre, agradável, prazeroso.

Novilho: boi ainda novo.

Apetites: ambições.

Acerbo: amargo.

ginação nem a ciência, porque a ciência é mais lenta e a imaginação mais vaga, enquanto o que eu ali via era a condensação viva de todos os tempos. Para descrevê-la seria preciso fixar o relâmpago. Os séculos desfilavam num turbilhão, e, **não obstante**, porque os olhos do delírio são outros, eu via tudo o que passava diante de mim — flagelos e delícias —, desde essa coisa que se chama glória até essa outra que se chama miséria, e via o amor multiplicando a miséria, e via a miséria agravando a debilidade. Aí vinham a cobiça que devora, a cólera que inflama, a inveja que baba, e a enxada e a pena, úmidas de suor, e a ambição, a fome, a vaidade, a melancolia, a riqueza, o amor, e todos agitavam o homem, como um chocalho, até destruí-lo, como um farrapo. Eram as formas várias de um mal, que ora mordia a víscera, ora mordia o pensamento, e passeava eternamente as suas **vestes de arlequim**, **em derredor** da espécie humana. A dor cedia alguma vez, mas cedia à indiferença, que era um sono sem sonhos, ou ao prazer, que era uma dor **bastarda**. Então o homem, **flagelado** e rebelde, corria diante da fatalidade das coisas, atrás de uma figura nebulosa e **esquiva**, feita de retalhos, um retalho de impalpável, outro de improvável, outro de invisível, **cosidos** todos a ponto **precário**, com a agulha da imaginação; e essa figura — nada menos que a **quimera** da felicidade — ou lhe fugia perpetuamente, ou se deixava apanhar pela **fralda**, e o homem a **cingia ao peito**, e então ela ria, como um **escárnio**, e sumia-se, como uma ilusão.

Ao contemplar tanta calamidade, não pude reter um grito de angústia, que Natureza ou Pandora escutou sem protestar nem rir; e não sei por que, lei de transtorno cerebral, fui eu que me pus a rir — de um riso descompassado e idiota.

— Tens razão — disse eu —, a coisa é divertida e vale a pena, talvez monótona, mas vale a pena. Quando **Jó** amaldiçoava o dia em que fora concebido, é porque lhe davam **ganas** de ver cá de cima o espetáculo. Vamos

Não obstante: apesar disso.

Vestes de arlequim: nesta passagem, significa roupas coloridas, como as de um palhaço.

Em derredor: em volta, em torno.

Bastarda: modificada.

Flagelado: castigado, torturado.

Esquiva: fugidia, arredia.

Cosidos: costurados, unidos.

Precário: frágil.

Quimera: ilusão, fantasia.

Fralda: camisa.

Cingia ao peito: abraçava.

Escárnio: zombaria

Jó: personagem bíblico, conhecido pelo livro do Antigo Testamento, que traz seu nome.

Ganas: vontade, desejo.

lá, Pandora, abre o ventre, e digere-me; a coisa é divertida, mas digere-me.

A resposta foi **compelir-me** fortemente a olhar para baixo, e a ver os séculos que continuavam a passar, velozes e turbulentos, as gerações que se superpunham às gerações, umas tristes, como os Hebreus do cativeiro, outras alegres, como os devassos de **Cômodo**, e todas elas pontuais na sepultura. Quis fugir, mas uma força misteriosa me retinha os pés; então disse comigo: "Bem, os séculos vão passando, chegará o meu, e passará também, até o último, que me dará a decifração da eternidade". E fixei os olhos, e continuei a ver as idades, que vinham chegando e passando, já então tranquilo e resoluto, não sei até se alegre. Talvez alegre. Cada século trazia a sua porção de sombra e de luz, de apatia e de combate, de verdade e de erro, e o seu cortejo de sistemas, de ideias novas, de novas ilusões; em cada um deles rebentavam as **verduras** de uma primavera, e amareleciam depois, para remoçar mais tarde. Ao passo que a vida tinha assim uma regularidade de calendário, fazia-se a história e a civilização, e o homem, nu e desarmado, armava-se e vestia-se, construía o **tugúrio** e o palácio, a rude aldeia e **Tebas** de cem portas, criava a ciência, que **perscruta**, e a arte que **enleva**, fazia-se orador, mecânico, filósofo, corria a face do globo, descia ao ventre da Terra, subia à esfera das nuvens, colaborando assim na obra misteriosa, com que entretinha a necessidade da vida e a melancolia do desamparo. Meu olhar, **enfarado** e distraído, viu enfim chegar o século presente, e atrás dele os futuros. Aquele vinha ágil, destro, vibrante, cheio de si, um pouco **difuso**, audaz, sabedor, mas **ao cabo** tão miserável como os primeiros, e assim passou e assim passaram os outros, com a mesma rapidez e igual monotonia. Redobrei de atenção; fitei a vista; ia enfim ver o último — o último! Mas então já a rapidez da marcha era tal que escapava a toda a compreensão; **ao pé dela** o relâmpago seria um século. Talvez por isso entraram os objetos a trocarem-se; uns cresceram, outros minguaram, outros perderam-se no ambiente, um nevoeiro cobriu

Compelir-me: forçar-me.

Cômodo (161-192): imperador romano célebre por sua crueldade.

Verduras: frescores.

Tugúrio: casebre.

Tebas: famosa cidade do Egito antigo, chamada "cidade das cem portas" pelo poeta Homero.

Perscruta: investiga.

Enleva: encanta, deleita.

Enfarado: entediado.

Difuso: confuso, impreciso.

Ao cabo: ao fim.

Ao pé dela: perto dela.

tudo, menos o hipopótamo que ali me trouxera, e que aliás começou a diminuir, a diminuir, a diminuir, até ficar do tamanho de um gato. Era efetivamente um gato. Encarei-o bem; era o meu gato Sultão, que brincava à porta da alcova com uma bola de papel...

8. RAZÃO CONTRA SANDICE

Já o leitor compreendeu que era a Razão que voltava à casa e convidava a **Sandice** a sair, clamando, e com melhor jus, as palavras de Tartufo:

La maison est à moi, c'est à vous d'en sortir.

Mas é **sestro** antigo da Sandice criar amor às casas alheias, de modo que, apenas senhora de uma, dificilmente lha farão despejar. É sestro; não se tira daí; há muito que lhe calejou a vergonha. Agora, se **advertirmos** no imenso número de casas que ocupa, umas de vez, outras durante as suas estações calmosas, concluiremos que essa amável **peregrina** é o terror dos proprietários. No nosso caso, houve quase um distúrbio à porta do meu cérebro, porque a **adventícia** não queria entregar a casa, e a dona não cedia da intenção de tomar o que era seu. Afinal, já a Sandice se contentava com um cantinho no sótão.

— Não, senhora — replicou a Razão —, estou cansada de lhe ceder sótãos, cansada e experimentada, o que você quer é passar mansamente do sótão à sala de jantar, daí à de visitas e ao resto.

— Está bem, deixe-me ficar algum tempo mais, estou na pista de um mistério...

— Que mistério?

— De dois — emendou a Sandice —, o da vida e o da morte; peço-lhe só uns dez minutos.

Sandice: loucura.

La maison est à moi, c'est à vous d'en sortir **(em francês):** significa "A casa é minha, cabe a vós sair". Passagem da peça *Tartufo*, do comediógrafo francês Molière (1622-1673). A citação de Machado não transcreve fielmente as palavras de Tartufo.

Sestro: mania.

Advertirmos: repararmos.

Peregrina: andarilha, viajante.

Adventícia: estrangeira.

A Razão pôs-se a rir.

— Hás de ser sempre a mesma coisa... Sempre a mesma coisa... Sempre a mesma coisa...

E, dizendo isso, travou-lhe dos pulsos e arrastou-a para fora; depois entrou e fechou-se. A Sandice ainda gemeu algumas súplicas, grunhiu algumas zangas; mas desenganou-se depressa, **deitou a língua de fora, em ar de surriada**, e foi andando...

9. TRANSIÇÃO

E vejam agora com que **destreza**, com que arte faço eu a maior transição deste livro. Vejam: o meu delírio começou em presença de Virgília; Virgília foi o meu grão-pecado da juventude; não há juventude sem meninice; meninice supõe nascimento; e eis aqui como chegamos nós, sem esforço, ao dia 20 de outubro de 1805, em que nasci. Viram? Nenhuma juntura aparente, nada que **divirta** a atenção pausada do leitor: nada. De modo que o livro fica assim com todas as vantagens do método, sem a rigidez do método. Na verdade, era tempo. Que isso de método, sendo, como é, uma coisa indispensável; todavia é melhor tê-lo sem gravata nem suspensórios, mas um pouco à fresca e à solta, como quem não se lhe dá da vizinha fronteira, nem do inspetor de quarteirão. É como a eloquência, que há uma genuína e vibrante, de uma arte natural e feiticeira, e outra **tesa**, engomada e chocha. Vamos ao dia 20 de outubro.

10. NAQUELE DIA

Naquele dia, a árvore dos Cubas brotou uma graciosa flor. Nasci; recebeu-me nos braços a Pascoela, **insigne**

Deitou a língua de fora em ar de surriada: mostrou a língua em sinal de vaia ou protesto.

Destreza: habilidade.

Divirta: distraia, desvie.

Tesa: rígida, dura.

Insigne: afamada.

parteira **minhota**, que se gabava de ter aberto a porta do mundo a uma geração inteira de fidalgos. Não é impossível que meu pai lhe ouvisse tal declaração; creio, todavia, que o sentimento paterno é o que o induziu a gratificá-la com duas **meias dobras**. Lavado e enfaixado, fui desde logo o herói da nossa casa. Cada qual prognosticava a meu respeito o que mais lhe **quadrava** ao sabor. Meu tio João, o antigo oficial de Infantaria, achava-me um certo olhar de Bonaparte, coisa que meu pai não pôde ouvir sem náuseas; meu tio Ildefonso, então simples padre, farejava-me cônego.

— Cônego é o que ele há de ser, e não digo mais por não parecer orgulho; mas não me admiraria nada se Deus o destinasse a um bispado... É verdade, um bispado; não é coisa impossível. Que diz você, mano Bento?

Meu pai respondia a todos que eu seria o que Deus quisesse; e alçava-me ao ar, como se intentasse mostrar-me à cidade e ao mundo; perguntava a todos se eu me parecia com ele, se era inteligente, bonito...

Digo essas coisas por alto, segundo as ouvi narrar anos depois; ignoro a **mor** parte dos pormenores daquele famoso dia. Sei que a vizinhança veio ou mandou cumprimentar o recém-nascido, e que durante as primeiras semanas muitas foram as visitas em nossa casa. Não houve **cadeirinha** que não trabalhasse; **aventou-se** muita casaca e muito **calção**. Se não conto os mimos, os beijos, as admirações, as bênçãos é porque, se os contasse, não acabaria mais o capítulo, e é preciso acabá-lo.

Item, não posso dizer nada do meu batizado, porque nada me referiram a tal respeito, a não ser que foi uma das mais **galhardas** festas do ano seguinte, 1806; batizei-me na igreja de São Domingos, uma terça-feira de março, dia claro, luminoso e puro, sendo padrinhos o coronel Rodrigues de Matos e sua senhora. Um e outro descendiam de velhas famílias do Norte e honravam deveras o sangue que lhes corria nas veias, outrora derramado na guerra contra Holanda. Cuido que os nomes

Minhota: natural do Minho, certa região de Portugal.

Meias dobras: nome de certa moeda portuguesa.

Quadrava: agradava.

Mor: maior.

Cadeirinha: era uma espécie de cadeira com encosto, coberta e geralmente fechada, carregada por dois escravos e usada para transportar pessoas pelas ruas naquela época.

Aventou-se: arejou-se.

Calção: antiga calça curta que ia da cintura até o joelho.

Item: da mesma forma.

Galhardas: elegantes.

de ambos foram das primeiras coisas que aprendi; e certamente os dizia com muita graça, ou revelava algum talento precoce, porque não havia pessoa estranha diante de quem me não obrigassem a recitá-los.

— Nhonhô, diga a estes senhores como é que se chama seu padrinho.

— Meu padrinho? É o excelentíssimo senhor coronel Paulo Vaz Lobo César de Andrade e Sousa Rodrigues de Matos; minha madrinha é a excelentíssima senhora dona Maria Luísa de Macedo Resende e Sousa Rodrigues de Matos.

— É muito esperto o seu menino — exclamavam os ouvintes.

— Muito esperto — concordava meu pai; e os olhos babavam-se-lhe de orgulho, e ele espalmava a mão sobre a minha cabeça, fitava-me longo tempo, **namorado**, cheio de si. Item, comecei a andar, não sei bem quando, mas antes do tempo. Talvez por apressar a natureza, obrigavam-me cedo a agarrar às cadeiras, pegavam-me da fralda, davam-me carrinhos de pau.

— Só só, nhonhô, só só — dizia-me a **mucama**. E eu, atraído pelo chocalho de lata, que minha mãe agitava diante de mim, lá ia para a frente, cai aqui, cai acolá; e andava, provavelmente mal, mas andava, e fiquei andando.

11. O MENINO É PAI DO HOMEM*

Cresci; e nisso é que a família não interveio; cresci naturalmente, como crescem as magnólias e os gatos. Talvez os gatos são menos **matreiros**, e, com certeza, as magnólias são menos inquietas do que eu era na minha infância. Um poeta dizia que o menino é pai do homem. Se isso é verdade, vejamos alguns **lineamentos** do menino.

Namorado: encantado, fascinado.

Mucama: escrava doméstica.

* Frase do poeta inglês William Wordsworth (1770-1850).

Matreiros: malandros, espertos.

Lineamentos: características.

Desde os cinco anos merecera eu a **alcunha** de "menino-diabo"; e verdadeiramente não era outra coisa; fui dos mais malignos do meu tempo, **arguto**, indiscreto, **traquinas e voluntarioso**. Por exemplo, um dia quebrei a cabeça de uma escrava, porque me negara uma colher do doce de coco que estava fazendo, e, não contente com o malefício, deitei um punhado de cinza ao tacho, e, não satisfeito da travessura, fui dizer à minha mãe que a escrava é que estragara o doce "por pirraça"; e eu tinha apenas seis anos. Prudêncio, um moleque de casa, era o meu cavalo de todos os dias; punha as mãos no chão, recebia um **cordel** nos queixos, **à guisa de** freio, eu trepava-lhe ao dorso, com uma varinha na mão, fustigava-o, dava mil voltas a um e outro lado, e ele obedecia — algumas vezes gemendo —, mas obedecia sem dizer palavra, ou, quando muito, um "ai, nhonhô!", ao que eu retorquia: "Cala a boca, besta!" Esconder os chapéus das visitas, **deitar** rabos de papel a pessoas **graves**, puxar pelo rabicho das cabeleiras, dar beliscões nos braços das **matronas**, e outras muitas façanhas desse **jaez**, eram mostras de um gênio indócil, mas devo crer que eram também expressões de um espírito robusto, porque meu pai tinha-me em grande admiração; e, se às vezes me repreendia, à vista de gente, fazia-o por simples formalidade: em particular dava-me beijos.

Não se conclua daqui que eu levasse todo o resto da minha vida a quebrar a cabeça dos outros nem a esconder-lhes os chapéus; mas **opiniático**, egoísta e algo **contemptor** dos homens, isso fui; se não passei o tempo a esconder-lhes os chapéus, alguma vez lhes puxei pelo rabicho das cabeleiras.

Outrossim, **afeiçoei-me** à contemplação da injustiça humana, inclinei-me a atenuá-la, a explicá-la, a classificá-la por partes, a entendê-la, não segundo um padrão rígido, mas ao sabor das circunstâncias e lugares. Minha mãe doutrinava-me a seu modo, fazia-me decorar alguns **preceitos** e orações; mas eu sentia que, mais do que as orações, me governavam os nervos e o

Alcunha: apelido.

Arguto: astuto, vivo.

Traquinas e voluntarioso: travesso e teimoso.

Cordel: cordinha.

À guisa de: à maneira de.

Deitar: pôr, colocar.

Graves: sérias.

Matronas: senhoras.

Jaez: tipo.

Opiniático: teimoso.

Contemptor: desrespeitoso.

Outrossim: igualmente.

Afeiçoei-me: acostumei-me.

Preceitos: ensinamentos.

sangue, e a boa regra perdia o espírito, que a faz viver, para se tornar uma **vã** fórmula. De manhã, antes do mingau, e de noite, antes da cama, pedia a Deus que me perdoasse, assim como eu perdoava aos meus devedores; mas entre a manhã e a noite fazia uma grande maldade, e meu pai, passado o alvoroço, dava-me pancadinhas na cara, e exclamava a rir: "Ah! **Brejeiro**! Ah! Brejeiro!"

Sim, meu pai adorava-me. Minha mãe era uma senhora fraca, de pouco cérebro e muito coração, **assaz** crédula, sinceramente piedosa, caseira, apesar de bonita, e modesta, apesar de **abastada**; temente às trovoadas e ao marido. O marido era na Terra o seu deus. Da colaboração dessas duas criaturas nasceu a minha educação, que, se tinha alguma coisa boa, era no geral viciosa, incompleta e, em partes, negativa. Meu tio cônego fazia às vezes alguns reparos ao irmão; dizia-lhe que ele me dava mais liberdade do que ensino e mais afeição do que **emenda**; mas meu pai respondia que aplicava na minha educação um sistema inteiramente superior ao sistema usado; e por esse modo, sem confundir o irmão, iludia-se a si próprio.

De envolta com a transmissão e a educação, houve ainda o exemplo estranho, o meio doméstico. Vimos os pais; vejamos os tios. Um deles, o João, era um homem de língua solta, vida galante, conversa **picaresca**. Desde os onze anos entrou a admitir-me às anedotas reais ou não, **eivadas** todas de obscenidade ou imundície. Não me respeitava a adolescência, como não respeitava a batina do irmão; com a diferença de que este fugia logo que ele enveredava por assunto **escabroso**. Eu não; deixava-me estar, sem entender nada, a princípio, depois entendendo, e enfim achando-lhe graça. No fim de certo tempo, quem o procurava era eu; e ele gostava muito de mim, dava-me doces, levava-me a passeio. Em casa, quando lá ia passar alguns dias, não poucas vezes me aconteceu achá-lo, no fundo da chácara, no lavadouro, a palestrar com as escravas que batiam roupa; aí é que

Vã: vazia.

Brejeiro: malandrinho, maroto.

Assaz: bastante.

Abastada: rica.

Emenda: correção.

De envolta: junto.

Picaresca: divertida.

Eivadas: plenas.

Escabroso: imoral.

era um desfiar de anedotas, de ditos, de perguntas, e um estalar de risadas, que ninguém podia ouvir, porque o lavadouro ficava muito longe de casa. As pretas, com uma tanga no ventre, a arregaçar-lhes um palmo dos vestidos, umas dentro do tanque, outras fora, inclinadas sobre as peças de roupa, a batê-las, a ensaboá-las, a torcê-las, iam ouvindo e **redarguindo às pilhérias** do tio João, e a comentá-las de quando em quando com esta palavra:

— Cruz, diabo!... Este sinhô João é o diabo!

Bem diferente era o tio cônego. Esse tinha muita austeridade e pureza; tais dotes, contudo, não realçavam em espírito superior, apenas compensavam um espírito medíocre. Não era homem que visse a parte substancial da Igreja; via o lado externo, a hierarquia, as **preeminências**, as **sobrepelizes**, as **circunflexões**. Vinha antes da sacristia que do altar. Uma lacuna no ritual **excitava-o** mais do que uma infração dos mandamentos. Agora, a tantos anos de distância, não estou certo se ele poderia **atinar** facilmente com um trecho de **Tertuliano**, ou expor, sem titubear, a história do símbolo de **Niceia**, mas ninguém, nas festas cantadas, sabia melhor o número e caso das cortesias que se deviam ao oficiante. Cônego foi a única ambição de sua vida; e dizia de coração que era a maior dignidade a que podia aspirar. Piedoso, severo nos costumes, minucioso na observância das regras, frouxo, acanhado, subalterno, possuía algumas virtudes, em que era exemplar, mas carecia absolutamente da força de as incutir, de as impor aos outros.

Não digo nada de minha tia materna, dona Emerenciana, e aliás era a pessoa que mais autoridade tinha sobre mim; essa diferençava-se grandemente dos outros; mas viveu pouco tempo em nossa companhia, uns dois anos. Outros parentes e alguns íntimos não merecem a pena de ser citados; não tivemos uma vida comum, mas intermitente, com grandes claros de separação. O que importa é a expressão geral do meio doméstico, e essa

Redarguindo às pilhérias: respondendo às brincadeiras.

Preeminências: distinções.

Sobrepeliz: certo tipo de manto usado por religiosos sobre a batina.

Circunflexões: reverências, saudações.

Excitava-o: nesse contexto significa "perturbava-o".

Atinar: compreender.

Tertuliano (155-220): um dos doutores da Igreja.

Niceia: antiga cidade da Ásia Menor onde, em 325, realizou-se um concílio ecumênico que condenou o arianismo e definiu o *Credo* ou *Símbolo de Niceia*.

aí fica indicada, — vulgaridade de caracteres, amor das aparências rutilantes, do arruído, frouxidão da vontade, domínio do capricho, e o mais. Dessa terra e desse estrume é que nasceu esta flor.

12. UM EPISÓDIO DE 1814

Mas eu não quero passar adiante, sem contar sumariamente um galante episódio de 1814; tinha nove anos.

Napoleão, quando eu nasci, estava já em todo o esplendor da glória e do poder; era imperador e granjeara inteiramente a admiração dos homens. Meu pai, que à força de persuadir os outros da nossa nobreza, acabara persuadindo-se a si próprio, nutria contra ele um ódio puramente mental. Era isso motivo de renhidas contendas em nossa casa, porque meu tio João, não sei se por espírito de classe e simpatia de ofício, perdoava no déspota o que admirava no general, meu tio padre era inflexível contra o corso, os outros parentes dividiam-se; daí as controvérsias e as rusgas.

Chegando ao Rio de Janeiro a notícia da primeira queda de Napoleão, houve naturalmente grande abalo em nossa casa, mas nenhum **chasco ou remoque**. Os vencidos, testemunhas do regozijo público, julgaram mais decoroso o silêncio; alguns foram além e bateram palmas. A população, cordialmente alegre, não **regateou** demonstrações de afeto à real família*; houve iluminações, salvas, ***Te Deum***, cortejo e aclamações. Figurei nesses dias com um espadim novo, que meu padrinho me dera no dia de Santo Antônio; e, francamente, interessava-me mais o espadim do que a queda de Bonaparte. Nunca me esqueceu esse fenômeno. Nunca mais deixei de pensar comigo que o nosso espadim é sempre maior do que a espada de Napoleão. E notem

Chasco ou remoque: zombaria ou caçoada.

Regateou: economizou.

* A fuga da família real portuguesa para o Brasil deveu-se à invasão de Portugal pelas tropas de Napoleão.

Te Deum (em latim): "A Ti, Deus". Primeiras palavras de um hino católico de ação de graças.

que eu ouvi muito discurso, quando era vivo, li muita página **rumorosa** de grandes ideias e maiores palavras, mas, não sei por quê, no fundo dos aplausos que me arrancavam da boca, lá ecoava alguma vez este conceito de experimentado:

— Vai-te embora, tu só cuidas do espadim*.

Não se contentou a minha família em ter um **quinhão** anônimo no regozijo público; entendeu oportuno e indispensável celebrar a destituição do imperador com um jantar, e tal jantar que o ruído das aclamações chegasse aos ouvidos de sua alteza, ou quando menos, de seus ministros. Dito e feito. Veio abaixo toda a velha prataria**, herdada do meu avô Luís Cubas; vieram as toalhas de **Flandres**, as grandes jarras da Índia; matou-se um **capado**; encomendaram-se às madres de Ajuda as compotas e marmeladas; lavaram-se, arearam-se, poliram-se as salas, escadas, castiçais, arandelas, as vagas **mangas de vidro**, todos os aparelhos do luxo clássico.

Dada a hora, achou-se reunida uma sociedade seleta, o juiz de fora, três ou quatro oficiais militares, alguns comerciantes e letrados, vários funcionários da administração, uns com suas mulheres e filhas, outros sem elas, mas todos **comungando** no desejo de atolar a memória de Bonaparte no papo de um peru. Não era um jantar, mas um *Te Deum*; foi o que pouco mais ou menos disse um dos letrados presentes, o doutor Vilaça, **glosador** insigne, que acrescentou aos pratos de casa **o acepipe das musas**. Lembra-me, como se fosse ontem, lembra-me de o ver erguer-se, com a sua longa cabeleira de rabicho, casaca de seda, uma esmeralda no dedo, pedir a meu tio padre que lhe repetisse o mote, e, repetido o mote, cravar os olhos na testa de uma senhora, depois tossir, alçar a mão direita, toda fechada, menos o dedo índice, que apontava para o teto; e, assim posto e composto, devolver o mote glosado. Não fez uma glosa, mas três; depois jurou aos seus deuses não acabar mais. Pedia um mote, davam-lho, ele glosava-o prontamente, e logo pedia outro e mais outro; a tal ponto que uma

Rumorosa: escandalosa.

* Para Brás Cubas, as ações humanas, no fundo, são motivadas sempre pelo egoísmo, pelos interesses pessoais.

Quinhão: parte.

** Modo de falar que foram usadas todas as peças de prata.

Flandres: região do norte da Bélgica.

Capado: porco castrado destinado ao consumo.

Mangas de vidro: objetos tubulares que envolvem alguma coisa para proteger ou isolar, especialmente nos castiçais e braços de lustres.

Comungando: compartilhando.

Glosador: aquele que glosa um mote, isto é, que pega uma palavra ou verso dito por alguém e improvisa uma ou mais estrofes sobre isso.

O acepipe das musas: os petiscos da poesia.

das senhoras presentes não pôde calar a sua grande admiração.

— A senhora diz isso — retorquia modestamente o Vilaça — porque nunca ouviu o **Bocage**, como eu ouvi, no fim do século, em Lisboa. Aquilo sim! Que facilidade! E que versos! Tivemos lutas de uma e duas horas, no botequim do Nicola, a glosarmos, no meio de palmas e bravos. Imenso talento o do Bocage! Era o que me dizia, há dias, a senhora Duquesa de Cadaval...

E estas três palavras últimas, expressas com muita ênfase, produziram em toda a assembleia um frêmito de admiração e pasmo. Pois esse homem tão dado, tão simples, além de **pleitear** com poetas, **discreteava** com duquesas! Um Bocage e uma Cadaval! Ao contato de tal homem, as damas sentiam-se superfinas; os varões olhavam-no com respeito, alguns com inveja, não raros com incredulidade. Ele, entretanto, ia caminho, a acumular adjetivo sobre adjetivo, advérbio sobre advérbio, a desfiar todas as rimas de tirano e de usurpador. Era à sobremesa; ninguém já pensava em comer. No intervalo das glosas, corria um burburinho alegre, um palavrear de estômagos satisfeitos; os olhos moles e úmidos, ou vivos e cálidos, espreguiçavam-se ou saltitavam de uma ponta à outra da mesa, atulhada de doces e frutas, aqui o ananás em fatias, ali o melão em talhadas, as compoteiras de cristal deixando ver o doce de coco, finamente ralado, amarelo como uma gema, ou então o melado escuro e grosso, não longe do queijo e do cará. De quando em quando um riso jovial, amplo, **desabotoado**, um riso de família, vinha quebrar a gravidade política do banquete. No meio do interesse grande e comum, agitavam-se também os pequenos e particulares. As moças falavam das modinhas que haviam de cantar ao cravo, e do minuete e do **solo inglês**; nem faltava matrona que prometesse bailar um **oitavado de compasso**, só para mostrar como **folgara** nos seus bons tempos de criança. Um sujeito, ao pé de mim, dava a outro notícia recente dos negros novos, que estavam

Manuel Maria Barbosa du Bocage (1765-1805): um dos maiores poetas líricos portugueses; deixou também fama de talentoso improvisador.

Pleitear: competir.

Discreteava: conversava familiarmente.

Desabotoado: franco.

Solo inglês: dança e sapateado executado apenas por uma pessoa, com acompanhamento musical.

Oitavado de compasso: dança popular no século 18.

Folgara: se divertira.

a vir, segundo cartas que recebera de Luanda, uma carta em que o sobrinho lhe dizia ter já negociado cerca de quarenta **cabeças**, e outra carta em que... Trazia-as justamente na **algibeira**, mas não as podia ler naquela ocasião. O que afiançava é que podíamos contar, só nessa viagem, uns cento e vinte negros, pelo menos.

— Trás... Trás... Trás... — fazia o Vilaça batendo com as mãos uma na outra. O rumor cessava de súbito, como um estacado de orquestra, e todos os olhos se voltavam para o glosador. Quem ficava longe **aconcheava** a mão atrás da orelha para não perder palavra; a mor parte, antes mesmo da glosa, tinha já um meio riso de aplauso, trivial e cândido.

Quanto a mim, lá estava, solitário e **deslembrado**, a namorar certa compota da minha paixão. No fim de cada glosa ficava muito contente, esperando que fosse a última, mas não era, e a sobremesa continuava intacta. Ninguém se lembrava de dar a primeira voz. Meu pai, à cabeceira, saboreava a goles extensos a alegria dos convivas, mirava-se todo nos carões alegres, nos pratos, nas flores, deliciava-se com a familiaridade travada entre os mais distantes espíritos, **influxo** de um bom jantar. Eu via isso, porque arrastava os olhos da compota para ele e dele para a compota, como a pedir-lhe que ma servisse; mas fazia-o em vão. Ele não via nada; via-se a si mesmo. E as glosas sucediam-se, como **bátegas d'água**, obrigando-me a recolher o desejo e o pedido. Pacientei quanto pude; e não pude muito. Pedi em voz baixa o doce; enfim, bradei, berrei, bati com os pés. Meu pai, que seria capaz de me dar o sol, se eu lho exigisse, chamou um escravo para me servir o doce; mas era tarde. A tia Emerenciana arrancara-me da cadeira e entregara-me a uma escrava, não obstante os meus gritos e **repelões**.

Não foi outro o delito do glosador: retardara a compota e dera causa à minha exclusão. Tanto bastou para que eu cogitasse uma vingança, qualquer que fosse, mas grande e exemplar, coisa que de alguma maneira o tornasse ridículo. Que ele era um homem grave

Cabeças: escravos. Esse comentário insere, no meio da alegria do jantar, a lembrança da violência da escravidão que ainda existia no Brasil e que fazia a riqueza de muita gente.

Algibeira: bolso.

Aconcheava: punha a mão em concha sobre a orelha para ouvir melhor.

Deslembrado: esquecido.

Influxo: influência.

Bátegas d'água: pancadas de chuva.

Repelões: empurrões.

o doutor Vilaça, medido e lento, quarenta e sete anos, casado e pai. Não me contentava o rabo de papel nem o rabicho da cabeleira; havia de ser coisa pior. Entrei a espreitá-lo, durante o resto da tarde, a segui-lo, na chácara, aonde todos desceram a passear. Vi-o conversar com dona Eusébia, irmã do sargento-mor Domingues, uma robusta donzelona, que, se não era bonita, também não era feia.

— Estou muito zangada com o senhor — dizia ela.

— Por quê?

— Porque... Não sei por quê... Porque é a minha sina... Creio às vezes que é melhor morrer.

Tinham penetrado numa pequena moita; era **lusco-fusco**; eu segui-os. O Vilaça levava nos olhos umas **chispas** de vinho e de **volúpia**.

— Deixe-me — disse ela.

— Ninguém nos vê. Morrer, meu anjo? Que ideias são essas! Você sabe que eu morrerei também... Que digo?... Morro todos os dias, de paixão, de saudades...

Dona Eusébia levou o lenço aos olhos. O glosador vasculhava na memória algum pedaço literário e achou este, que mais tarde verifiquei ser de uma das óperas do **Judeu**:

— Não chores, meu bem; não queiras que o dia amanheça com duas auroras.

Disse isto; puxou-a para si; ela resistiu um pouco, mas deixou-se ir; uniram os rostos, e eu ouvi estalar, muito ao de leve, um beijo, o mais medroso dos beijos.

— O doutor Vilaça deu um beijo em dona Eusébia! — bradei eu correndo pela chácara.

Foi um estouro essa minha palavra; a estupefação imobilizou a todos; os olhos espraiavam-se a uma e outra banda; trocavam-se sorrisos, segredos, **à socapa**, as mães arrastavam as filhas, pretextando o sereno. Meu pai puxou-me as orelhas, disfarçadamente, irritado deveras com a indiscrição, mas, no dia seguinte, ao almoço, lembrando o caso, sacudiu-me o nariz a rir: "Ah! Brejeiro! Ah! Brejeiro!"

Lusco-fusco: hora do entardecer, quase noite.

Chispas: brilhos.

Volúpia: sensualidade.

Judeu: referência ao teatrólogo português Antônio José da Silva (1705-1739), chamado "o Judeu", que foi condenado a morrer queimado pela Inquisição. As peças que tinham acompanhamento musical recebiam o nome de óperas.

À socapa: disfarçadamente.

13. UM SALTO

Unamos agora os pés e demos um salto por cima da escola, a enfadonha escola, onde aprendi a ler, escrever, contar, dar **cacholetas**, apanhá-las e ir fazer diabruras, ora nos morros, ora nas praias, onde quer que fosse propício a ociosos.

Tinha amarguras esse tempo; tinha os **ralhos**, os castigos, as lições árduas e longas, e pouco mais, mui pouco e mui leve. Só era pesada a **palmatória**, e ainda assim... Ó palmatória, terror dos meus dias **pueris**, tu que foste o ***compelle intrare*** com que um velho mestre, ossudo e calvo, me incutiu no cérebro o alfabeto, a prosódia, a sintaxe, e o mais que ele sabia, benta palmatória, tão praguejada dos modernos, quem me dera ter ficado sob o teu jugo, com a minha alma **imberbe**, as minhas ignorâncias e o meu espadim, aquele espadim de 1814, tão superior à espada de Napoleão! Que querias tu, afinal, meu velho mestre de primeiras letras? Lição de cor e compostura na aula; nada mais, nada menos do que quer a vida, que é das últimas letras; com a diferença que tu, se me metias medo, nunca me meteste zanga. Vejo-te ainda agora entrar na sala, com as tuas chinelas de couro branco, capote, lenço na mão, calva à mostra, barba rapada; vejo-te sentar, bufar, grunhir, absorver uma **pitada** inicial, e chamar-nos depois à lição. E fizeste isso durante vinte e três anos, calado, obscuro, pontual, metido numa casinha da Rua do Piolho, sem **enfadar** o mundo com a tua mediocridade, até que um dia deste o grande mergulho nas trevas, e ninguém te chorou, salvo um preto velho, ninguém, nem eu, que te devo os rudimentos da escrita.

Chamava-se Ludgero o mestre; quero escrever-lhe o nome todo nesta página: Ludgero Barata — um nome funesto, que servia aos meninos de eterno **mote a chufas**. Um de nós, o Quincas Borba, esse então era cruel com o pobre homem. Duas, três vezes por semana, havia de lhe deixar na algibeira das calças, umas largas calças

Cacholeta: pancada de brincadeira que se dá com as mãos cruzadas em alguém.

Ralhos: advertências.

Palmatória: peça de madeira, geralmente com cinco orifícios e um cabo, usada nas escolas de antigamente para bater nas palmas das mãos dos alunos.

Pueris: infantis.

***Compelle intrare* (em latim)**: significa "obriga-os a entrar". Frase de uma parábola de Cristo (Lucas 14,23), que se aplica à insistência de alguém em fazer outra pessoa aceitar algo cujo valor desconhece.

Imberbe: sem barba. Nessa passagem, "alma imberbe" tem o sentido de alma infantil, remetendo ao período da infância do narrador.

Pitada: absorver pitada de rapé era costume entre os homens da época.

Enfadar: aborrecer.

Mote a chufas: pretexto para caçoadas.

de enfiar, ou na gaveta da mesa, ou ao pé do tinteiro, uma barata morta. Se ele a encontrava ainda nas horas da aula, dava um pulo, circulava os olhos chamejantes, dizia-nos os últimos nomes*: éramos **sevandijas, capadócios**, malcriados, moleques. Uns tremiam, outros rosnavam; o Quincas Borba, porém, deixava-se estar quieto, com os olhos espetados no ar.

Uma flor, o Quincas Borba. Nunca em minha infância, nunca em toda a minha vida, achei um menino mais gracioso, inventivo e travesso. Era a flor, e não já da escola, senão de toda a cidade. A mãe, viúva, com alguma coisa de seu, adorava o filho e trazia-o amimado, asseado, enfeitado, com um vistoso pajem atrás, um pajem que nos deixava **gazear a escola**, ir caçar ninhos de pássaros, ou perseguir lagartixas nos morros do Livramento e da Conceição, ou simplesmente **arruar**, à toa, como dois peraltas sem emprego. E de imperador! Era um gosto ver o Quincas Borba fazer de imperador nas festas do Espírito Santo. De resto, nos nossos jogos pueris, ele escolhia sempre um papel de rei, ministro, general, uma supremacia, qualquer que fosse. **Tinha garbo o traquinas**, e gravidade, certa magnificência nas atitudes, nos meneios. Quem diria que... Suspendamos a pena; não adiantemos os sucessos**. Vamos de um salto a 1822, data da nossa independência política e do meu primeiro cativeiro pessoal.

* Dizer os últimos nomes significa aqui proferir xingamentos.

Sevandijas e capadócios: parasitas e canalhas.

Gazear a escola: matar aula.

Arruar: andar à toa pelas ruas.

Tinha garbo o traquinas: tinha elegância o travesso.

** Ao suspender a narração, Brás Cubas desperta a curiosidade do leitor sobre a figura de Quincas Borba. Que relação pode haver entre essas brincadeiras de infância e o que lhe teria acontecido mais tarde?

Pungia-me um buçozinho: afligia-me uma penugem apenas (em lugar de um verdadeiro bigode).

Fumos: aparências.

Garção: o mesmo que "rapaz", termo criado a partir do francês *garçon*.

14. O PRIMEIRO BEIJO

Tinha dezessete anos; **pungia-me um buçozinho** que eu forcejava por trazer a bigode. Os olhos, vivos e resolutos, eram a minha feição verdadeiramente máscula. Como ostentasse certa arrogância, não se distinguia bem se era uma criança com **fumos** de homem, se um homem com ares de menino. Ao cabo, era um lindo **garção**, lindo e audaz, que entrava na vida de botas e esporas, chicote na mão e sangue nas veias, cavalgando um corcel nervoso, rijo, veloz, como o corcel das antigas baladas, que o romantismo foi buscar ao castelo medieval, para dar com ele nas ruas do nosso século. O pior é que o estafaram a tal ponto que foi preciso deitá-lo à margem, onde o realismo o veio achar, comido de **lazeira** e vermes e, por compaixão, o transportou para os seus livros.

Sim, eu era esse garção bonito, **airoso**, abastado; e facilmente se imagina que mais de uma dama inclinou diante de mim a fronte pensativa, ou levantou para mim os olhos cobiçosos. De todas porém a que me cativou logo foi uma... uma... não sei se diga; este livro é casto, ao menos na intenção; na intenção é castíssimo. Mas vá lá; ou se há de dizer tudo ou nada. A que me cativou foi uma dama espanhola, Marcela, a "linda Marcela", como lhe chamavam os rapazes do tempo. E tinham razão os rapazes. Era filha de um hortelão das Astúrias; disse-mo ela mesma, num dia de sinceridade, porque a opinião aceita é que nascera de um letrado de Madri, vítima da invasão francesa, ferido, encarcerado, espingardeado, quando ela tinha apenas doze anos. ***Cosas de España***. Quem quer que fosse, porém, o pai, letrado ou hortelão, a verdade é que Marcela não possuía a inocência rústica, e mal chegava a entender a moral do código. Era boa moça, lépida, sem escrúpulos, um pouco tolhida pela austeridade do tempo, que lhe não permitia arrastar pelas ruas os seus **estouvamentos** e **berlindas**; luxuosa, impaciente, amiga de dinheiro e de rapazes. Naquele ano, morria de amores por um certo Xavier, sujeito abastado e **tísico**, uma pérola.

Via-a, pela primeira vez, no Rossio Grande, na noite das luminárias, logo que constou a declaração da independência, uma festa de primavera, um amanhecer da alma pública. Éramos dois rapazes, o povo e eu; vínhamos da infância com todos os arrebatamentos da juventude. Vi-a sair de uma cadeirinha, airosa e vistosa, um corpo esbelto, ondulante, um **desgarre**, alguma coisa que nunca achara nas mulheres puras.

Lazeira: nessa passagem, tem o sentido genérico de "feridas".

Airoso: elegante.

***Cosas de España* (em espanhol):** coisas da Espanha.

Estouvamentos: extravagâncias.

Berlinda: carruagem de quatro rodas, vidraças laterais, com quatro ou seis assentos.

Tísico: tuberculoso.

Desgarre: nessa passagem, tem o sentido de requinte exagerado, que chama a atenção.

— Segue-me — disse ela ao pajem. E eu a segui, tão pajem como o outro, como se a ordem me fosse dada, deixei-me ir namorado, vibrante, cheio das primeiras auroras. A meio caminho, chamaram-lhe "linda Marcela"; lembrou-me que ouvira tal nome a meu tio João, e fiquei, confesso que fiquei tonto.

Três dias depois perguntou-me meu tio, em segredo, se queria ir a uma ceia de moças, nos Cajueiros. Fomos; era em casa de Marcela. O Xavier, com todos os seus tubérculos, presidia ao banquete noturno, em que eu pouco ou nada comi, porque só tinha olhos para a dona da casa. Que gentil que estava a espanhola! Havia mais uma meia dúzia de mulheres — **todas de partido** —, e bonitas, cheias de graça, mas a espanhola... O entusiasmo, alguns goles de vinho, o gênio imperioso, estouvado, tudo isso me levou a fazer uma coisa única; à saída, à porta da rua, disse a meu tio que esperasse um instante, e tornei a subir as escadas.

— Esqueceu alguma coisa? — perguntou Marcela de pé no patamar.

— O lenço.

Ela ia abrir-me caminho para tornar à sala; eu segurei-lhe nas mãos, puxei-a para mim, e dei-lhe um beijo. Não sei se ela disse alguma coisa, se gritou, se chamou alguém; não sei nada; sei que desci outra vez as escadas, veloz como um tufão e incerto como um ébrio.

15. MARCELA

Gastei trinta dias para ir do Rossio Grande ao coração de Marcela, não já cavalgando o corcel do cego desejo, mas o asno da paciência, a um tempo manhoso e teimoso. Que, em verdade, há dois meios de granjear a vontade das mulheres: o violento, como o touro de Europa, e o insinuativo, como o cisne de Leda e a chu-

Todas de partido: todas de vida livre como Marcela.

va de ouro de Dânae, três inventos do padre **Zeus**, que, por estarem fora da moda, aí ficam trocados no cavalo e no asno. Não direi as **traças que urdi**, nem as **peitas**, nem as alternativas de confiança e temor, nem as esperas **baldadas**, nem nenhuma outra dessas coisas preliminares. Afirmo-lhes que o asno foi digno do corcel, um asno de Sancho*, deveras filósofo, que me levou à casa dela, no fim do citado período; apeei-me, bati-lhe na anca e mandei-o pastar.

Primeira comoção da minha juventude, que doce que me foste! Tal devia ser, na criação bíblica, o efeito do primeiro sol. Imagina tu esse efeito do primeiro sol, a bater de chapa na face de um mundo em flor. Pois foi a mesma coisa, leitor amigo, e, se alguma vez contaste dezoito anos, deves lembrar-te que foi assim mesmo.

Teve duas fases a nossa paixão, ou ligação, ou qualquer outro nome, que eu de nomes **não curo**; teve a fase consular e a fase imperial. Na primeira, que foi curta, regemos o Xavier e eu, sem que ele jamais acreditasse dividir comigo o governo de Roma; mas, quando a credulidade não pôde resistir à evidência, o Xavier depôs as insígnias, e eu concentrei todos os poderes na minha mão; foi a fase cesariana. Era meu o universo; mas, ai triste! Não o era de graça. Foi-me preciso coligir dinheiro, multiplicá-lo, inventá-lo. Primeiro explorei as larguezas de meu pai; ele dava-me tudo o que eu lhe pedia, sem repreensão, sem demora, sem frieza; dizia a todos que eu era rapaz e que ele o fora também. Mas a tal extremo chegou o abuso que ele restringiu um pouco as franquezas, depois mais, depois mais. Então recorri a minha mãe, e a induzi a desviar alguma coisa, que me dava às escondidas. Era pouco; lancei mão de um recurso último: entrei a sacar sobre a herança de meu pai, a assinar obrigações, que devia **resgatar um dia com usura**.

Em verdade, dizia-me Marcela, quando eu lhe levava alguma seda, alguma joia; em verdade, você quer brigar comigo... Pois isso é coisa que se faça... Um presente tão caro...

Zeus: Deus supremo da mitologia grega. Os "três inventos" — touro, cisne e chuva de ouro — referem-se às formas assumidas por Zeus para seduzir Europa (princesa fenícia), Leda e Dânae (princesas gregas), respectivamente. Observe que as constantes citações mitológicas dão ao texto um tom irônico e zombeteiro, pois se referem a situações banais, corriqueiras.

Traças que urdi: planos que tramei.

Peitas: presentes dados como suborno.

Baldadas: frustradas.

* Referência ao animal cavalgado por Sancho Pança, escudeiro de Dom Quixote de la Mancha; ambos são personagens do livro *Dom Quixote de la Mancha*, de Miguel de Cervantes (1547-1616).

Não curo: não me preocupo.

Resgatar um dia com usura: pagar um dia com juros.

E, se era joia, dizia isso a contemplá-la entre os dedos, a procurar melhor luz, a ensaiá-la em si, e a rir, e a beijar-me com uma reincidência impetuosa e sincera; mas, protestando, derramava-se-lhe a felicidade dos olhos, e eu sentia-me feliz com vê-la assim. Gostava muito das nossas antigas dobras de ouro, e eu levava-lhe quantas podia obter; Marcela juntava-as todas dentro de uma caixinha de ferro, cuja chave ninguém nunca jamais soube onde ficava; escondia-a por medo dos escravos. A casa em que morava, nos Cajueiros, era própria. Eram sólidos e bons os móveis, de jacarandá lavrado, e todas as demais **alfaias**, espelhos, jarras, baixelas, uma linda baixela da Índia, que lhe doara um desembargador. Baixela do diabo, deste-me grandes repelões aos nervos. Disse-o muita vez à própria dona; não lhe dissimulava o tédio que me faziam esses e outros despojos dos seus amores de **antanho**. Ela ouvia-me e ria, com uma expressão cândida, cândida e outra coisa, que eu nesse tempo não entendia bem; mas agora, relembrando o caso, penso que era um riso misto, como devia ter a criatura que nascesse, por exemplo, de uma bruxa de Shakespeare com um serafim de **Klopstock**. Não sei se me explico. E, porque tinha notícia dos meus zelos tardios, parece que gostava de os **açular** mais. Assim foi que um dia, como eu lhe não pudesse dar certo colar, que ela vira num joalheiro, retorquiu-me que era um simples gracejo, que o nosso amor não precisava de tão vulgar estímulo.

— Não lhe perdoo se você fizer de mim essa triste ideia — concluiu ameaçando-me com o dedo.

E logo, súbita como um passarinho, espalmou as mãos, cingiu-me com elas o rosto, puxou-me a si e fez um trejeito gracioso, um **momo** de criança. Depois, reclinada na **marquesa**, continuou a falar daquilo, com simplicidade e franqueza. Jamais consentiria que lhe comprassem os afetos. Vendera muita vez as aparências, mas a realidade, guardava-a para poucos. Duarte, por exemplo, o alferes Duarte, que ela amara deveras,

Alfaias: adornos, enfeites.

Antanho: antigamente, outrora.

Klopstock (1724-1803): poeta alemão.

Açular: excitar, provocar.

Momo: careta.

Marquesa: móvel antigo, geralmente para duas pessoas, sem encosto e com assento largo de palhinha.

dois anos antes, só a custo conseguia dar-lhe alguma coisa de valor, como me acontecia a mim; ela só lhe aceitava sem relutância os mimos de escasso preço, como a cruz de ouro, que lhe deu, uma vez, de festas.

— Esta cruz...

Dizia isso, metendo a mão no seio e tirando uma cruz fina, de ouro, presa a uma fita azul e pendurada ao colo.

— Mas essa cruz — observei eu — não me disseste que era teu pai que...

Marcela abanou a cabeça com um ar de lástima:

— Não percebeste que era mentira, que eu dizia isso para te não molestar? Vem cá, ***chiquito***, não sejas assim desconfiado comigo... Amei a outro; que importa, se acabou? Um dia, quando nos separarmos...

— Não digas isso! — bradei eu.

— Tudo cessa! Um dia...

Não pôde acabar; um soluço estrangulou-lhe a voz; estendeu as mãos, tomou das minhas, conchegou-me ao seio, e sussurrou-me baixo ao ouvido:

— Nunca, nunca, meu amor! — Eu agradeci-lhe com os olhos úmidos. No dia seguinte levei-lhe o colar que havia recusado.

— Para te lembrares de mim, quando nos separarmos — disse eu.

Marcela teve primeiro um silêncio indignado; depois fez um gesto magnífico: tentou atirar o colar à rua. Eu retive-lhe o braço; pedi-lhe muito que não me fizesse tal desfeita, que ficasse com a joia. Sorriu e ficou*.

Entretanto pagava-me à farta os sacrifícios; espreitava os meus mais recônditos pensamentos; não havia desejo a que não acudisse com alma, sem esforço, por uma espécie de lei da consciência e necessidade do coração. Nunca o desejo era razoável, mas um capricho puro, uma criancice, vê-la trajar de certo modo, com tais e tais enfeites, esse vestido e não aquele, ir a passeio ou outra coisa assim, e ela cedia a tudo, risonha e **palreira**.

Chiquito **(em espanhol): meu pequeno, querido.**

*** Repare nos gestos estudados de Marcela, que assim vai envolvendo e explorando o jovem Brás Cubas.**

Palreira: faladeira.

— **Você é das Arábias** — dizia-me.

E ia pôr o vestido, a renda, os brincos, com uma obediência de encantar.

16. UMA REFLEXÃO IMORAL

Ocorre-me uma reflexão imoral, que é ao mesmo tempo urna correção de estilo. Cuido haver dito, no capítulo 14, que Marcela morria de amores pelo Xavier. Não morria, vivia. Viver não é a mesma coisa que morrer; assim o afirmam todos os joalheiros deste mundo, gente muito vista na gramática. Bons joalheiros, que seria do amor se não fossem os vossos **dixes** e fiados? Um terço ou um quinto do universal comércio dos corações. Essa é a reflexão imoral que eu pretendia fazer, a qual é ainda mais obscura do que imoral, porque não se entende bem o que eu quero dizer. O que eu quero dizer é que a mais bela testa do mundo não fica menos bela se a **cingir** um diadema de pedras finas; nem menos bela, nem menos amada. Marcela, por exemplo, que era bem bonita, Marcela amou-me...

17. DO TRAPÉZIO E OUTRAS COISAS

...Marcela amou-me durante quinze meses e onze contos de réis; nada menos*. Meu pai, logo que teve **aragem** dos onze contos, sobressaltou-se deveras; achou que o caso excedia as raias de um capricho juvenil.

— Desta vez — disse ele — vais para a Europa; vais cursar uma universidade, provavelmente Coimbra; que-

Você é das Arábias: Expressão popular que significa "você é fora de série, é único".

Dixes: ornamentos, enfeites.

Cingir: ornar.

* Observe a ironia dessa passagem, em que a duração do amor é associada ao dinheiro.

Aragem: notícia.

ro-te para homem sério e não para arruador e **gatuno**. — E como eu fizesse um gesto de espanto: — Gatuno, sim senhor; não é outra coisa um filho que me faz isso...

Sacou da algibeira os meus títulos de dívida, já resgatados por ele, e sacudiu-mos na cara.

— Vês, peralta? É assim que um moço deve zelar o nome dos seus? Pensas que eu e meus avós ganhamos o dinheiro em casas de jogo ou a vadiar pelas ruas? **Pelintra**! Desta vez ou tomas juízo, ou ficas sem coisa nenhuma.

Estava furioso, mas de um furor temperado e curto. Eu ouvi-o calado, e nada opus à ordem da viagem, como de outras vezes fizera; ruminava a ideia de levar Marcela comigo. Fui ter com ela; expus-lhe a crise e fiz-lhe a proposta. Marcela ouviu-me com os olhos no ar, sem responder logo; como insistisse, disse-me que ficava, que não podia ir para a Europa.

— Por que não?

— Não posso — disse ela com ar dolente —, não posso ir respirar aqueles ares, enquanto me lembrar de meu pobre pai, morto por Napoleão...

— Qual deles: o hortelão ou o advogado?

Marcela franziu a testa, cantarolou uma **seguidilha**, entre dentes; depois queixou-se do calor e mandou vir um copo de **aluá**. Trouxe-lho a mucama, numa **salva** de prata, que fazia parte dos meus onze contos. Marcela ofereceu-me polidamente o refresco; minha resposta foi dar com a mão no copo e na salva; entornou-se-lhe o líquido no regaço; a preta deu um grito, eu bradei-lhe que se fosse embora. Ficando a sós, derramei todo o desespero de meu coração; disse-lhe que ela era um monstro, que jamais me tivera amor, que me deixara descer a tudo, sem ter ao menos a desculpa da sinceridade; chamei-lhe muitos nomes feios, fazendo muitos gestos descompostos. Marcela deixara-se estar sentada, a estalar as unhas nos dentes, fria como um pedaço de mármore. Tive ímpetos de a estrangular, de a humilhar ao menos, subjugando-a a meus pés. Ia talvez fazê-lo;

Gatuno: ladrão.

Pelintra: malandro.

Seguidilha: canção popular espanhola.

Aluá: certo tipo de bebida refrescante feita com cascas de abacaxi.

Salva: bandeja.

mas a ação trocou-se noutra; fui eu que me atirei aos pés dela, contrito e súplice; beijei-lhos, recordei aqueles meses da nossa felicidade solitária, repeti-lhe os nomes queridos de outro tempo, sentado no chão, com a cabeça entre os joelhos dela, apertando-lhe muito as mãos; ofegante, desvairado, pedi-lhe com lágrimas que me não desamparasse... Marcela esteve alguns instantes a olhar para mim, calados ambos, até que brandamente me desviou e, com um ar enfastiado:

— Não me aborreça — disse.

Levantou-se, sacudiu o vestido, ainda molhado, e caminhou para a alcova.

— Não — bradei eu —, não hás de entrar... Não quero... — Ia a lançar-lhe as mãos: era tarde; ela entrara e fechara-se.

Saí desatinado; gastei duas mortais horas em vaguear pelos bairros mais **excêntricos** e desertos, onde fosse difícil dar comigo. Ia mastigando o meu desespero, com uma espécie de gula mórbida; evocava os dias, as horas, os instantes de delírio, e ora me comprazia em crer que eles eram eternos, que tudo aquilo era um pesadelo, ora, enganando-me a mim mesmo, tentava rejeitá-los de mim, como um fardo inútil. Então resolvia embarcar imediatamente para cortar a minha vida em duas metades, e deleitava-me com a ideia de que Marcela, sabendo da partida, ficaria ralada de saudades e remorsos. Que ela amara-me, a tonta, devia de sentir alguma coisa, uma lembrança qualquer, como do alferes Duarte... Nisso, o dente do ciúme enterrava-se-me no coração; toda a natureza bradava que era preciso levar Marcela comigo.

— Por força... Por força... — dizia eu ferindo o ar com uma **punhada**.

Enfim, tive uma ideia salvadora... Ah! Trapézio dos meus pecados, trapézio das concepções **abstrusas**! A ideia salvadora trabalhou nele, como a do emplasto (capítulo 2). Era nada menos que fasciná-la, fasciná-la muito, deslumbrá-la, arrastá-la; lembrou-me pedir-lhe

Excêntricos: distantes.

Punhada: soco.

Abstrusas: confusas.

por um meio mais concreto do que a súplica. Não medi as consequências: recorri a um derradeiro empréstimo; fui à Rua dos Ourives, comprei a melhor joia da cidade, três diamantes grandes, encastoados num pente de marfim; corri à casa de Marcela.

Marcela estava reclinada numa rede, o gesto mole e cansado, uma das pernas pendentes, a ver-se-lhe o pezinho calçado de meia de seda, os cabelos soltos, derramados, o olhar quieto e sonolento.

— Vem comigo — disse eu —, arranjei recursos... Temos muito dinheiro, terás tudo o que quiseres... Olha, toma.

E mostrei-lhe o pente com os diamantes. Marcela teve um leve sobressalto, ergueu metade do corpo e, apoiada num cotovelo, olhou para o pente durante alguns instantes curtos; depois retirou os olhos; tinha-se dominado. Então, eu lancei-lhes as mãos aos cabelos, coligi-os, enlacei-os à pressa, improvisei um **toucado**, sem nenhum alinho, e rematei-o com o pente de diamantes; recuei, tornei a aproximar-me, corrigi-lhes as madeixas, abaixei-as de um lado, busquei alguma simetria naquela desordem, tudo com uma minuciosidade e um carinho de mãe.

— Pronto — disse eu.

— Doido! — foi a sua primeira resposta.

A segunda foi puxar-me para si e pagar-me o sacrifício com um beijo, o mais ardente de todos*. Depois tirou o pente, admirou muito a matéria e o **lavor**, olhando a espaços para mim e abanando a cabeça, com um ar de repreensão:

— Ora você! — dizia.

— Vens comigo?

Marcela refletiu um instante. Não gostei da expressão com que passeava os olhos de mim para a parede, e da parede para a joia; mas toda a má impressão se desvaneceu quando ela me respondeu resolutamente:

— Vou. Quando embarcas?

— Daqui a dois ou três dias.

Toucado: penteado.

*** A mais bela joia é paga com o beijo mais ardente. Com essa atitude, Marcela deixa bem clara a ideia que tem do amor.**

Lavor: trabalho, acabamento.

— Vou.

Agradeci-lho de joelhos. Tinha achado a minha Marcela dos primeiros dias, e disse-lho; ela sorriu, e foi guardar a joia, enquanto eu descia a escada.

18. VISÃO DO CORREDOR

No fim da escada, ao fundo do corredor escuro, parei alguns instantes para respirar, apalpar-me, convocar as ideias dispersas, reaver-me enfim no meio de tantas sensações profundas e contrárias. Achava-me feliz. Certo é que os diamantes corrompiam-me um pouco a felicidade; mas não é menos certo que uma dama bonita pode muito bem amar os gregos e os seus presentes. E depois eu confiava na minha boa Marcela; podia ter defeitos, mas amava-me...

— Um anjo! — murmurei olhando para o teto do corredor.

E aí, como um escárnio, vi o olhar de Marcela, aquele olhar que pouco antes me dera uma sombra de desconfiança, o qual chispava de cima de um nariz, que era ao mesmo tempo o nariz de **Bakbarah** e o meu. Pobre namorado das *Mil e uma noites*! Vi-te ali mesmo correr atrás da mulher do **vizir**, ao longo da galeria, ela a acenar-te com a posse, e tu a correr, a correr, a correr, até a alameda comprida, donde saíste à rua, onde todos os correeiros te **apuparam e desancaram**. Então pareceu-me que o corredor de Marcela era a alameda, e que a rua era de Bagdá. Com efeito, olhando para a porta, vi na calçada três dos correeiros, um de batina, outro de **libré**, outro à paisana, os quais todos três entraram no corredor, tomaram-me pelos braços, meteram-me numa sege, meu pai à direita, meu tio cônego à esquerda, o da libré na boleia, e lá me levaram à casa do intendente de polícia, donde fui transportado a uma galera

Bakbarah: personagem dos contos *As mil e uma noites* que é iludido pela bela mulher por quem está apaixonado.

Vizir: governador ou ministro de um reino muçulmano.

Apuparam e desancaram: vaiaram e censuraram.

Libré: fardamento usado por criados de casas ricas.

que devia seguir para Lisboa. Imaginem se resisti; mas toda a resistência era inútil.

Três dias depois segui **barra fora**, abatido e mudo. Não chorava sequer; tinha uma ideia fixa... Malditas ideias fixas! A dessa ocasião era dar um mergulho no oceano, repetindo o nome de Marcela.

19. A BORDO

Éramos onze passageiros, um homem doido, acompanhado pela mulher, dois rapazes que iam a passeio, quatro comerciantes e dois criados. Meu pai recomendou-me a todos, começando pelo capitão do navio, que aliás tinha muito que cuidar de si, porque, além do mais, levava a mulher tísica em último grau.

Não sei se o capitão suspeitou alguma coisa do meu fúnebre projeto ou se meu pai o pôs de sobreaviso; sei que não me tirava os olhos de cima; chamava-me para toda a parte. Quando não podia estar comigo, levava-me para a mulher. A mulher ia quase sempre numa **camilha** rasa, a tossir muito, e a afiançar que me havia de mostrar os arredores de Lisboa. Não estava magra, estava transparente; era impossível que não morresse de uma hora para outra. O capitão fingia não crer na morte próxima, talvez por enganar-se a si mesmo. Eu não sabia nem pensava nada. Que me importava a mim o destino de uma mulher tísica, no meio do oceano? O mundo para mim era Marcela.

Uma noite, logo no fim de uma semana, achei **ensejo** propício para morrer. Subi cauteloso, mas encontrei o capitão, que, junto à amurada, tinha os olhos fitos no horizonte.

— Algum temporal? — disse eu.

— Não — respondeu ele estremecendo. — Não; admiro o esplendor da noite. Veja; está celestial!

Barra fora: o navio partiu para a Europa.

Camilha: caminha.

Ensejo: ocasião.

O estilo desmentia da pessoa, assaz rude e aparentemente alheia a locuções rebuscadas. Fitei-o; ele pareceu saborear o meu espanto. No fim de alguns segundos, pegou-me na mão e apontou para a lua, perguntando-me por que não fazia uma ode à noite; respondi-lhe que não era poeta. O capitão rosnou alguma coisa, deu dois passos, meteu a mão no bolso, sacou um pedaço de papel, muito amarrotado; depois, à luz de uma lanterna, leu uma ode **horaciana** sobre a liberdade da vida marítima. Eram versos dele.

— Que tal?

Não me lembra o que lhe disse; lembra-me que ele me apertou a mão com muita força e muitos agradecimentos; logo depois recitou-me dois sonetos; ia recitar-me outro quando o vieram chamar da parte da mulher.

— Lá vou — disse ele; e recitou-me o terceiro soneto, com pausa, com amor.

Fiquei só; mas a musa do capitão varrera-me do espírito os pensamentos maus; preferi dormir, que é um modo **interino** de morrer. No dia seguinte, acordamos debaixo de um temporal, que meteu medo a toda a gente, menos ao doido; esse entrou a dar pulos, a dizer que a filha o mandava buscar, numa berlinda; a morte de uma filha fora a causa da loucura. Não, nunca me há de esquecer a figura hedionda do pobre homem, no meio do tumulto das gentes e dos uivos do furacão a cantarolar e a bailar, com os olhos a saltarem-lhe da cara, pálido, cabelo arrepiado e longo. Às vezes parava, erguia ao ar as mãos ossudas, fazia umas cruzes com os dedos, depois um xadrez, depois umas argolas, e ria muito, desesperadamente. A mulher não podia já cuidar dele; entregue ao terror da morte, rezava por si mesma a todos os santos do céu. Enfim, a tempestade amainou. Confesso que foi uma diversão excelente à tempestade do meu coração. Eu, que meditava ir ter com a morte, não ousei fitá-la quando ela veio ter comigo.

O capitão perguntou-me se tivera medo, estivera em risco, se não achara sublime o espetáculo: tudo isso

Horaciana: alusão ao poeta latino Horácio (65-8 a.C.), autor de odes, que são poesias líricas.

Interino: provisório.

com um interesse de amigo. Naturalmente a conversa versou sobre a vida do mar; o capitão perguntou-me se não gostava de **idílios piscatórios**; eu respondi-lhe ingenuamente que não sabia o que era.

— Vai ver — respondeu.

E recitou-me um poemazinho, depois outro — uma **égloga** — e enfim cinco sonetos, com os quais rematou nesse dia a confidência literária. No dia seguinte, antes de me recitar **nada**, explicou-me o capitão que só por motivos graves abraçara a profissão marítima, porque a avó queria que ele fosse padre, e com efeito possuía algumas letras latinas; não chegou a ser padre, mas não deixou de ser poeta, que era a sua vocação natural. Para prová-lo, recitou-me logo, de corpo presente, uma centena de versos. Notei um fenômeno: os **ademanes** que ele usava eram tais que uma vez me fizeram rir; mas o capitão, quando recitava, de tal sorte olhava para dentro de si mesmo, que não viu nem ouviu nada.

Os dias passavam, e as águas, e os versos, e com eles ia também passando a vida da mulher. Estava por pouco. Um dia, logo depois do almoço, disse-me o capitão que a enferma talvez não chegasse ao fim da semana.

— Já! — exclamei.

— Passou muito mal a noite.

Fui vê-la; achei-a, na verdade, quase moribunda, mas falando ainda de descansar em Lisboa alguns dias, antes de ir comigo a Coimbra, porque era seu propósito levar-me à universidade. Deixei-a consternado; fui achar o marido a olhar para as vagas, que vinham morrer no costado do navio, e tratei de o consolar; ele agradeceu-me, relatou-me a história dos seus amores, elogiou a fidelidade e a dedicação da mulher, relembrou os versos que lhe fez, e recitou-mos. Nesse ponto vieram buscá-lo da parte dela; corremos ambos; era uma crise. Esse e o dia seguinte foram cruéis; o terceiro foi o da morte; eu fugi ao espetáculo, tinha-lhe repugnância. Meia hora depois encontrei o capitão, sentado num **molho** de cabos, com a cabeça nas mãos; disse-lhe alguma coisa de conforto.

Idílios piscatórios: poesias que falam sobre pescadores.

Égloga (ou écloga): poesia de tema pastoril.

Nada: algo.

Ademanes: gestos, trejeitos.

Molho: monte.

— Morreu como uma santa — respondeu ele; e, para que essas palavras não pudessem ser levadas à conta de fraqueza, ergueu-se logo, sacudiu a cabeça, e fitou o horizonte, com um gesto longo e profundo. — Vamos — continuou —, entreguemo-la à cova que nunca mais se abre.

Efetivamente, poucas horas depois era o cadáver lançado ao mar, com as cerimônias do costume. A tristeza murchara todos os rostos; o do viúvo trazia a expressão de um **cabeço** rijamente lascado pelo raio. Grande silêncio. A vaga abriu o ventre, acolheu o despojo, fechou-se — uma leve ruga — e a galera foi andando. Eu deixei-me estar alguns minutos à popa, com os olhos naquele ponto incerto do mar em que ficava um de nós... Fui dali ter com o capitão, para distraí-lo.

— Obrigado — disse-me ele compreendendo a intenção —, creia que nunca me esquecerei dos seus bons serviços. Deus é que lhos há de pagar. Pobre Leocádia! Tu te lembrarás de nós no céu.

Enxugou com a manga uma lágrima importuna; eu busquei um derivativo na poesia, que era a paixão dele. Falei-lhe dos versos que me lera e ofereci-me para imprimi-los. Os olhos do capitão animaram-se um pouco.

— Talvez aceite — disse ele —, mas não sei... São bem frouxos versos. — Jurei-lhe que não; pedi que os reunisse e mos desse antes do desembarque.

— Pobre Leocádia! — murmurou sem responder ao pedido. — Um cadáver... O mar... O céu... O navio...

No dia seguinte veio ler-me um **epicédio** composto de fresco, em que estavam memoradas as circunstâncias da morte e da sepultura da mulher; leu-mo com a voz comovida deveras, e a mão trêmula; no fim perguntou-me se os versos eram dignos do tesouro que perdera.

— São — disse eu.

— Não haverá **estro** — ponderou ele, no fim de um instante —, mas ninguém me negará sentimento, se não é que o próprio sentimento prejudicou a perfeição...

Cabeço: monte relativamente pequeno e arredondado.

Epicédio: lamentação na forma de poema lírico.

Estro: beleza artística.

— Não me parece; acho os versos perfeitos.

— Sim, eu creio que... Versos de marujo.

— De marujo poeta.

Ele levantou os ombros, olhou para o papel, e tornou a recitar a composição, mas já então sem tremuras, acentuando as intenções literárias, dando relevo às imagens e melodia aos versos. No fim, confessou-me que era a sua obra mais acabada; eu disse-lhe que sim; ele apertou-me muito a mão e predisse-me um grande futuro.

20. BACHARELO-ME

Um grande futuro! Enquanto essa palavra me batia no ouvido, devolvia eu os olhos, ao longe, no horizonte misterioso e vago. Uma ideia expelia outra, a ambição desmontava Marcela. Grande futuro? Talvez naturalista, literato, arqueólogo, banqueiro, político, ou até bispo — bispo que fosse —, uma vez que fosse um cargo, uma preeminência, uma grande reputação, uma posição superior. A ambição, dado que fosse águia, quebrou nessa ocasião o ovo e desvendou a pupila **fulva** e penetrante. Adeus, amores! Adeus, Marcela! Dias de delírio, joias sem preço, vida sem regime, adeus! Cá me vou às fadigas e à glória; deixo-vos com as calcinhas da primeira idade.

E foi assim que desembarquei em Lisboa e segui para Coimbra. A universidade esperava-me com as suas matérias árduas; estudei-as muito mediocremente, e nem por isso perdi o grau de bacharel; deram-mo com a solenidade do estilo, após os anos da lei; uma bela festa que me encheu de orgulho e de saudades, principalmente de saudades. Tinha eu conquistado em Coimbra uma grande nomeada de folião; era um acadêmico **estroina**, superficial, tumultuário e petulante, dado às

Fulva: dourada.

Estroina: irresponsável.

aventuras, fazendo romantismo prático e liberalismo teórico, vivendo na pura fé dos olhos pretos e das constituições escritas. No dia em que a universidade me atestou, em pergaminho, uma ciência que eu estava longe de trazer arraigada no cérebro, confesso que me achei de algum modo logrado, ainda que orgulhoso. Explico-me: o diploma era uma carta de alforria; se me dava a liberdade, dava-me a responsabilidade. Guardei-o, deixei as margens do **Mondego**, e vim por ali fora assaz desconsolado, mas sentindo já uns ímpetos, uma curiosidade, um desejo de acotovelar os outros, de influir, de gozar, de viver, de prolongar a universidade pela vida adiante...*

21. O ALMOCREVE

Vai então, empacou o jumento em que eu vinha montado; fustiguei-o, ele deu dois **corcovos**, depois mais três, enfim mais um, que me sacudiu fora da sela, com tal desastre que o pé esquerdo me ficou preso no estribo; tento agarrar-me ao ventre do animal, mas já então, espantado, disparou pela estrada fora. Digo mal: tentou disparar, e efetivamente deu dois saltos, mas um almocreve, que ali estava, acudiu a tempo de lhe pegar na rédea e detê-lo, não sem esforço nem perigo. Dominado o bruto, desvencilhei-me do estribo e pus-me de pé.

— Olhe do que vosmecê escapou — disse o almocreve.

E era verdade; se o jumento corre por ali fora, contundia-me deveras, e não sei se a morte não estaria no fim do desastre; cabeça partida, uma congestão, qualquer transtorno cá dentro, lá se me ia a ciência em flor. O almocreve salvara-me talvez a vida; era positivo; eu sentia-o no sangue que me agitava o coração. Bom almocreve! Enquanto eu tornava à cons-

Mondego: rio de Coimbra.

*** Brás Cubas se recusa a assumir responsabilidades. Como é muito rico, seu desejo é levar a vida como fez com o curso na universidade.**

Almocreve: homem que tem por ofício conduzir animais de carga.

Corcovos (ó): pinotes, saltos.

ciência de mim mesmo, ele cuidava de consertar os arreios do jumento, com muito zelo e arte. Resolvi dar-lhe três moedas de ouro das cinco que trazia comigo; não porque tal fosse o preço da minha vida, essa era inestimável; mas porque era uma recompensa digna da dedicação com que ele me salvou. Está dito, dou-lhe as três moedas.

— Pronto — disse ele, apresentando-me a rédea da cavalgadura.

— **Daqui a nada** — respondi —, deixa-me, que ainda não estou em mim...

— Ora qual!

— Pois não é certo que ia morrendo?

— Se o jumento corre por aí fora, é possível; mas, com a ajuda do Senhor, viu vosmecê que não aconteceu nada.

Fui aos **alforjes**, tirei um colete velho, em cujo bolso trazia as cinco moedas de ouro, e durante esse tempo cogitei se não era excessiva a gratificação, se não bastavam duas moedas. Talvez uma. Com efeito, uma moeda era bastante para lhe dar estremeções de alegria. Examinei-lhe a roupa; era um pobre-diabo, que nunca jamais vira uma moeda de ouro. Portanto, uma moeda. Tirei-a, vi-a reluzir à luz do sol; não a viu o almocreve, porque eu tinha-lhe voltado as costas; mas suspeitou-o talvez, entrou a falar ao jumento de um modo significativo; dava-lhe conselhos, dizia-lhe que tomasse juízo, que o "senhor doutor" podia castigá-lo; um monólogo paternal. Valha-me Deus! Até ouvi estalar um beijo: era o almocreve que lhe beijava a testa.

— Olé! — exclamei.

— Queira vosmecê perdoar, mas o diabo do bicho está a olhar para a gente com tanta graça...

Ri-me, hesitei, meti-lhe na mão um cruzado em prata, cavalguei o jumento e segui a trote largo, um pouco vexado, melhor direi um pouco incerto do efeito da pratinha. Mas, a algumas braças de distância, olhei para trás, o almocreve fazia-me grandes cortesias, com

Daqui a nada: daqui a pouco.

Alforjes: duplo saco, fechado nas extremidades e aberto no meio, formando duas bolsas. Geralmente é usado para levar pertences em montarias.

evidentes mostras de contentamento. Adverti que devia ser assim mesmo; eu lhe pagara bem, pagara-lhe talvez demais. Meti os dedos no bolso do colete que trazia no corpo e senti umas moedas de cobre; eram os vinténs que eu devera ter dado ao almocreve, em lugar do cruzado em prata. Porque, enfim, ele não levou em mira nenhuma recompensa ou virtude, cedeu a um impulso natural, ao temperamento, aos hábitos do ofício; acresce que a circunstância de estar, não mais adiante nem mais atrás, mas justamente no ponto do desastre, parecia constituí-lo simples instrumento da Providência; e, de um ou de outro modo, o mérito do ato era positivamente nenhum. Fiquei desconsolado com essa reflexão, chamei-me **pródigo**, lancei o cruzado à conta das minhas **dissipações** antigas; tive (por que não direi tudo?) tive remorsos*.

22. VOLTA AO RIO

Jumento de uma figa, cortaste-me o fio às reflexões. Já agora não digo o que pensei dali até Lisboa, nem o que fiz em Lisboa, na península e em outros lugares da Europa, da velha Europa, que nesse tempo parecia remoçar. Não, não direi que assisti às alvoradas do romantismo, que também eu fui fazer poesia efetiva no regaço da Itália; não direi coisa nenhuma. Teria de escrever um diário de viagem e não umas memórias, como estas são, nas quais só entra a substância da vida.

Ao cabo de alguns anos de peregrinação, atendi às súplicas de meu pai: "Vem, dizia ele na última carta; se não vieres depressa, acharás tua mãe morta!" Esta última palavra foi para mim um golpe. Eu amava minha mãe; tinha ainda diante dos olhos as circunstâncias da última bênção que ela me dera, a bordo do navio. "Meu triste filho, nunca mais te verei", soluçava a pobre se-

Pródigo: esbanjador.

Dissipações: desperdícios.

*** Este capítulo exemplifica bem a riqueza da análise psicológica feita por Machado de Assis, que desnuda o íntimo das personagens para revelar os verdadeiros motivos de seus atos.**

nhora apertando-me ao peito. E essas palavras ressoavam-me agora, como uma profecia realizada.

Note-se que eu estava em Veneza, ainda **recendente aos versos de *lord* Byron**; lá estava, mergulhado em pleno sonho, revivendo **o pretérito**, crendo-me na Sereníssima República. É verdade; uma vez aconteceu-me perguntar ao **locandeiro** se o **doge** ia a passeio nesse dia.

— Que doge, ***signor mio***?

Caí em mim, não confessei a ilusão; disse-lhe que a minha pergunta era um gênero de charada americana; ele mostrou compreender, e acrescentou que gostava muito das charadas americanas. Era um locandeiro. Pois deixei tudo isso, o locandeiro, o doge, a ponte dos Suspiros, a gôndola, os versos do *lord*, as damas do **Rialto**, deixei tudo, e disparei como uma bala na direção do Rio de Janeiro.

Vim... Mas não; não alonguemos este capítulo. Às vezes, esqueço-me a escrever, e a pena vai comendo papel, com grave prejuízo meu, que sou autor. Capítulos compridos quadram melhor a leitores pesadões; e nós não somos um público ***in-folio***, mas ***in-12***, pouco texto, larga margem, tipo elegante, corte dourado e vinhetas... principalmente vinhetas... Não, não alonguemos o capítulo*.

23. TRISTE, MAS CURTO

Vim. Não nego que, ao avistar a cidade natal, tive uma sensação nova. Não era efeito da minha pátria política; era-o do lugar da infância, a rua, a torre, o chafariz da esquina, a mulher de mantilha, o preto do ganho, as coisas e cenas da meninice, buriladas na memória. Nada menos que uma renascença. O espírito, como um pássaro, **não se lhe deu** da corrente dos anos, arrepiou o voo na direção da fonte original e foi

Recendente aos versos de *lord* Byron: isto é, ainda era possível sentir na cidade a presença dos versos de Byron, famoso poeta inglês (1788-1824), que passou algum tempo em Veneza.

O pretérito: o passado, quando a cidade de Veneza era conhecida como a Sereníssima República.

Locandeiro: dono de taberna.

Doge: magistrado supremo de Veneza nos tempos antigos, mas não mais no século 19.

***Signor mio* (em italiano):** meu senhor.

Rialto: é um bairro de Veneza, com uma ponte tão famosa quanto a Ponte dos Suspiros, localizada em outro ponto da mesma cidade.

In-folio/in-12: essas referências sobre formatos de livros nos lembram que Machado de Assis trabalhou numa tipografia quando era jovem.

* Este parágrafo é mais uma intervenção metalinguística do narrador.

Não se lhe deu: não se importou.

beber da água fresca e pura, ainda não mesclada do enxurro da vida.

Reparando bem, há aí um lugar-comum. Outro lugar-comum, tristemente comum, foi a consternação da família. Meu pai abraçou-me com lágrimas.

— Tua mãe não pode viver — disse-me.

Com efeito, não era já o reumatismo que a matava, era um **cancro** no estômago. A infeliz padecia de um modo cru, porque o cancro é indiferente às virtudes do sujeito; quando rói, rói; roer é o seu ofício. Minha irmã Sabina, já então casada com o Cotrim, andava a cair de fadiga. Pobre moça! Dormia três horas por noite, nada mais. O próprio tio João estava abatido e triste. Dona Eusébia e algumas outras senhoras lá estavam também, não menos tristes e não menos dedicadas.

— Meu filho!

A dor suspendeu por um pouco as **tenazes**; um sorriso alumiou o rosto da enferma, sobre o qual a morte batia a asa eterna. Era menos um rosto do que uma caveira: a beleza passara, como um dia brilhante; restavam os ossos, que não emagrecem nunca. Mal poderia conhecê-la; havia oito ou nove anos que nos não víamos. Ajoelhado, ao pé da cama, com as mãos dela entre as minhas, fiquei mudo e quieto, sem ousar falar, porque cada palavra seria um soluço, e nós temíamos avisá-la do fim. Vão temor! Ela sabia que estava prestes a acabar; disse-mo; verificamo-lo na seguinte manhã.

Longa foi a agonia, longa e cruel, de uma crueldade minuciosa, fria, repisada, que me encheu de dor e **estupefação**. Era a primeira vez que eu via morrer alguém. Conhecia a morte **de oitiva**; quando muito, tinha-a visto já petrificada no rosto de algum cadáver, que acompanhei ao cemitério, ou trazia-lhe a ideia embrulhada nas amplificações de retórica dos professores de coisas antigas — a morte **aleivosa** de **César**, a austera de **Sócrates**, a orgulhosa de **Catão**. Mas esse duelo do ser e do não ser, a morte em ação, dolorida, contraída, convulsa, sem aparelho político ou filosófico, a morte de

Cancro: câncer.

Tenaz: instrumento de metal que serve para arrancar ou agarrar fortemente alguma coisa. É como se a dor estivesse torturando a mulher com tenazes.

Estupefação: espanto.

De oitiva: de ouvir falar.

Aleivosa: traiçoeira.

Júlio César (101-44 a.C.): estadista, general e escritor romano. Foi imperador e morreu assassinado pelos republicanos, dentre os quais estava Bruto, seu filho adotivo.

Sócrates (470-399 a.C.): filósofo ateniense que foi condenado a beber veneno.

Catão (95-46 a.C.): defensor da liberdade do Senado, suicidou-se com a própria espada ao ser vencido por César.

uma pessoa amada, essa foi a primeira vez que a pude encarar. Não chorei; lembra-me que não chorei durante o espetáculo: tinha os olhos estúpidos, a garganta presa, a consciência boquiaberta. Quê? Uma criatura tão dócil, tão meiga, tão santa, que nunca jamais fizera verter uma lágrima de desgosto, mãe carinhosa, esposa imaculada, era **força** que morresse assim, **trateada**, mordida pelo dente tenaz de uma doença sem misericórdia? Confesso que tudo aquilo me pareceu obscuro, **incongruente**, insano...

Triste capítulo; passemos a outro mais alegre.

24. CURTO, MAS ALEGRE

Fiquei **prostrado**. E contudo era eu, nesse tempo, um fiel compêndio de **trivialidade e presunção**. Jamais o problema da vida e da morte me oprimira o cérebro; nunca até esse dia me debruçara sobre o abismo do inexplicável; faltava-me o essencial, que é o estímulo, a vertigem...

Para lhes dizer a verdade toda, eu refletia as opiniões de um cabeleireiro, que achei em **Módena**, e que se distinguia por não as ter absolutamente. Era a flor dos cabeleireiros; por mais demorada que fosse a operação do toucado, não enfadava nunca; ele intercalava as penteadelas com muitos **motes e pulhas**, cheios de um **pico**, de um sabor... Não tinha outra filosofia. Nem eu. Não digo que a universidade me não tivesse ensinado alguma; mas eu decorei-lhe só as fórmulas, o vocabulário, o esqueleto. Tratei-a como tratei o latim: embolsei três versos de **Virgílio**, dois de Horácio, uma dúzia de locuções morais e políticas, para as despesas da conversação. Tratei-os como tratei a história e a jurisprudência. Colhi de todas as coisas a fraseologia, a casca, a ornamentação...

Força: necessário.

Trateada: aflita.

Incongruente: ilógico.

Prostrado: completamente abatido.

Trivialidade e presunção: futilidade e arrogância.

Módena: cidade da Itália.

Motes e pulhas: brincadeiras e gracejos.

Pico: graça.

Virgílio (70-19 a.C.): famoso poeta latino, autor de *Eneida*.

Talvez espante ao leitor a franqueza com que lhe exponho e realço a minha mediocridade; advirta que a franqueza é a primeira virtude de um defunto. Na vida, o olhar da opinião, o contraste dos interesses, a luta das cobiças obrigam a gente a calar os trapos velhos, a disfarçar os rasgões e os remendos, a não estender ao mundo as revelações que faz à consciência; e o melhor da obrigação é quando, à força de **embaçar** os outros, embaça-se um homem a si mesmo, porque em tal caso poupa-se o vexame, que é uma sensação penosa, e a hipocrisia, que é um vício hediondo. Mas, na morte, que diferença! Que desabafo! Que liberdade! Como a gente pode sacudir fora a capa, deitar ao fosso as **lentejoulas**, despregar-se, despintar-se, desafeitar-se, confessar lisamente o que foi e o que deixou de ser! Porque, em suma, já não há vizinhos, nem amigos, nem inimigos, nem conhecidos, nem estranhos; não há plateia. O olhar da opinião, esse olhar agudo e **judicial**, perde a virtude, logo que pisamos o território da morte; não digo que ele se não estenda para cá, e nos não examine e julgue; mas a nós é que não se nos dá do exame nem do julgamento. Senhores vivos, não há nada tão incomensurável como o desdém dos finados*.

Embaçar: enganar.

Lentejoulas: o mesmo que "lantejoulas".

Judicial: nesta passagem, significa controlador, vigilante.

* Por ser um narrador defunto, Brás Cubas pode expor-se sem pudor, revelando ao leitor seus mais íntimos segredos, toda a sua verdade interior, pois nenhum julgamento moral pode amedrontá-lo agora.

Enfático: exagerado.

25. NA TIJUCA

Ui! Lá me ia a pena a escorregar para o **enfático**. Sejamos simples, como era simples a vida que levei na Tijuca, durante as primeiras semanas depois da morte de minha mãe.

No sétimo dia, acabada a missa fúnebre, travei de uma espingarda, alguns livros, roupa, charutos, um moleque — o Prudêncio do capítulo 11 —, e fui meter-me numa velha casa de nossa propriedade. Meu pai forcejou por me torcer a resolução, mas eu é que não podia nem queria obedecer-lhe. Sabina desejava que eu fosse morar com ela algum tempo, duas semanas, ao menos; meu cunhado esteve a ponto de me levar à fina força. Era um bom rapaz esse Cotrim; passara de estroina a **circunspecto**. Agora comerciava em **gêneros de estiva**, labutava de manhã até a noite, com ardor, com perseverança. De noite, sentado à janela, a encaracolar as **suíças**, não pensava em outra coisa. Amava a mulher e um filho, que então tinha, e que lhe morreu alguns anos depois. Diziam que era avaro.

Renunciei a tudo; tinha o espírito atônito. Creio que por então é que começou a desabotoar em mim a hipocondria, essa flor amarela, solitária e mórbida, de um cheiro inebriante e sutil. "Que bom que é estar triste e não dizer coisa nenhuma!" Quando esta palavra de Shakespeare me chamou a atenção, confesso que senti em mim um eco, um eco delicioso. Lembra-me que estava sentado debaixo de um tamarineiro, com o livro do poeta aberto nas mãos, e o espírito ainda mais cabisbaixo do que a figura — ou jururu, como dizemos das galinhas tristes. Apertava ao peito a minha dor **taciturna**, com uma sensação única, uma coisa a que poderia chamar volúpia do aborrecimento. Volúpia do aborrecimento: decora esta expressão, leitor; guarda-a, examina-a, e, se não chegares a entendê-la, podes concluir que ignoras uma das sensações mais sutis deste mundo e daquele tempo.

Às vezes caçava, outras dormia, outras lia, lia muito, outras enfim não fazia nada; deixava-me **atoar** de ideia em ideia, de imaginação em imaginação, como uma borboleta vadia ou faminta. As horas iam pingando uma a uma, o sol caía, as sombras da noite velavam a montanha e a cidade. Ninguém me visitava; recomendei expressamente que me deixassem só. Um dia, dois dias, três dias, uma semana inteira passada assim, sem dizer palavra, era bastante para sacudir-me da Tijuca fora e restituir-me ao **bulício**. Com efeito, ao cabo de sete dias, estava farto da solidão; a dor aplacara; o espí-

Circunspecto: sério.

Gêneros de estiva: alimentos negociados por atacado.

Suíças: costeletas que vão das orelhas até perto das laterais da boca.

Taciturna: calada, reservada.

Atoar: ficar à toa.

Bulício: movimento, agitação.

rito já se não contentava com o uso da espingarda e dos livros, nem com a vista do arvoredo e do céu. Reagia a mocidade, era preciso viver. Meti no baú o problema da vida e da morte, os hipocondríacos do poeta, as camisas, as meditações, as gravatas, e ia fechá-lo, quando o moleque Prudêncio me disse que uma pessoa do meu conhecimento se mudara na véspera para uma casa roxa, situada a duzentos passos da nossa.

— Quem?

— Nhonhô talvez não se lembre mais de dona Eusébia...

— Lembra-me... É ela?

— Ela e a filha. Vieram ontem de manhã.

Ocorreu-me logo o episódio de 1814, e senti-me vexado; mas adverti que os acontecimentos tinham-me dado razão. Na verdade, fora impossível evitar as relações íntimas do Vilaça com a irmã do sargento-mor; antes mesmo do meu embarque, já se **boquejava** misteriosamente no nascimento de uma menina. Meu tio João mandou-me dizer depois que o Vilaça, ao morrer, deixara um bom legado a dona Eusébia, coisa que deu muito que falar em todo o bairro. O próprio tio João, guloso de escândalos, não tratou de outro assunto na carta, aliás de muitas folhas. Tinham-me dado razão os acontecimentos. Ainda porém que ma não dessem, 1814 lá ia longe e, com ele, a travessura, e o Vilaça, e o beijo da moita; finalmente, nenhumas relações estreitas existiam entre mim e ela. Fiz comigo essa reflexão e acabei de fechar o baú.

— Nhonhô não vai visitar sinhá dona Eusébia? — perguntou-me o Prudêncio. — Foi ela quem vestiu o corpo da minha defunta senhora.

Lembrei-me que a vira, entre outras senhoras, por ocasião da morte e do enterro; ignorava porém que ela houvesse prestado a minha mãe esse derradeiro obséquio. A ponderação do moleque era razoável; eu devia-lhe uma visita; determinei fazê-la imediatamente, e descer.

Boquejava: comentava.

26. O AUTOR HESITA

Súbito ouço uma voz:

— Olá, meu rapaz, isto não é vida! — Era meu pai, que chegava com duas propostas na algibeira. Sentei-me no baú e recebi-o sem alvoroço. Ele esteve alguns instantes de pé, a olhar para mim; depois estendeu-me a mão com um gesto, comovido:

— Meu filho, conforma-te com a vontade de Deus.

— Já me conformei — foi a minha resposta, e beijei-lhe a mão.

Não tinha almoçado; almoçamos juntos. Nenhum de nós aludiu ao triste motivo da minha reclusão. Uma só vez falamos nisso, de passagem, quando meu pai fez recair a conversa na Regência: foi então que aludiu à carta de pêsames que um dos regentes lhe mandara. Trazia a carta consigo, já bastante amarrotada, talvez por havê-la lido a muitas outras pessoas. Creio haver dito que era de um dos regentes. Leu-ma duas vezes.

— Já lhe fui agradecer esse sinal de consideração — concluiu meu pai —, e acho que deves ir também...

— Eu?

— Tu; é um homem notável, faz hoje as vezes de imperador. Demais trago comigo uma ideia, um projeto, ou... Sim, digo-te tudo: trago dois projetos, um lugar de deputado e um casamento.

Meu pai disse isso com pausa, e não no mesmo tom, mas dando às palavras um jeito e disposição, cujo fim era cavá-las mais profundamente no meu espírito. A proposta, porém, desdizia tanto das minhas sensações últimas que eu cheguei a não entendê-la bem. Meu pai não **fraqueou** e repetiu-a; **encareceu** o lugar e a noiva.

— Aceitas?

— Não entendo de política — disse eu depois de um instante —, quanto à noiva... deixe-me viver como um urso, que sou.

— Mas os ursos casam-se — replicou ele.

Fraqueou: fraquejou.

Encareceu: elogiou.

— Pois traga-me uma ursa. Olhe, a Ursa Maior...

Riu-se meu pai, e, depois de rir, tornou a falar sério. Era-me necessária a carreira política, dizia ele, por vinte e tantas razões, que deduziu com singular volubilidade, ilustrando-as com exemplos de pessoas do nosso conhecimento. Quanto à noiva, bastava que eu a visse; se a visse, iria logo pedi-la ao pai, logo, sem demora de um dia. Experimentou assim a fascinação, depois a persuasão, depois a intimação; eu não dava resposta, afiava a ponta de um palito ou fazia bolas de miolo de pão, a sorrir ou a refletir; e, para tudo dizer, nem dócil nem rebelde à proposta. Sentia-me aturdido. Uma parte de mim mesmo dizia que sim, que uma esposa formosa e uma posição política eram bens dignos de apreço; outra dizia que não; e a morte de minha mãe me aparecia como um exemplo da fragilidade das coisas, das afeições, da família...

— Não vou daqui sem uma resposta definitiva — disse meu pai. — De-fi-ni-ti-va! — repetiu, batendo as sílabas com o dedo.

Bebeu o último gole de café; **repoltreou-se**, e entrou a falar de tudo, do senado, da câmara, da Regência, da restauração, do Evaristo, de um coche que pretendia comprar, da nossa casa de Matacavalos... Eu deixava-me estar ao canto da mesa, a escrever desvairadamente num pedaço de papel, com uma ponta de lápis; traçava uma palavra, uma frase, um verso, um nariz, um triângulo, e repetia-os muitas vezes, sem ordem, ao acaso, assim:

arma virumque cano

A
Arma virumque cano
arma virumque cano
arma virumque
arma virumque cano
virumque

Repoltreou-se: sentou-se confortavelmente.

***Arma virumque cano* (em latim):** significa "Eu canto as armas e o varão". Verso inicial de *Eneida*, do poeta Virgílio.

Maquinalmente tudo isso; e, não obstante, havia certa lógica, certa dedução; por exemplo, foi o *virumque* que me fez chegar ao nome do próprio poeta, por causa da primeira sílaba; ia a escrever *virumque* — e sai-me *Virgílio*, então continuei:

Vir Virgílio
Virgílio Virgílio
Virgílio
Virgílio

Meu pai, um pouco despeitado com aquela indiferença, ergueu-se, veio a mim, lançou os olhos ao papel...

— Virgílio! — exclamou. — És tu, meu rapaz; a tua noiva chama-se justamente Virgília.

27. VIRGÍLIA?

Virgília? Mas então era a mesma senhora que alguns anos depois...? A mesma; era justamente a senhora que em 1869 devia assistir aos meus últimos dias, e que antes, muito antes, teve larga parte nas minhas mais íntimas sensações. Naquele tempo contava apenas uns quinze ou dezesseis anos; era talvez a mais atrevida criatura da nossa raça, e, com certeza, a mais voluntariosa. Não digo que já lhe coubesse a primazia da beleza, entre as mocinhas do tempo, porque isto não é romance, em que o autor **sobredoura** a realidade e fecha os olhos às sardas e espinhas; mas também não digo que lhe maculasse o rosto nenhuma sarda ou espinha, não. Era bonita, fresca, saía das mãos da natureza, cheia daquele feitiço, precário e eterno, que o indivíduo passa a outro indivíduo, para os fins secretos da criação. Era isto Virgília, e era clara, muito clara, faceira, ignorante, pueril, cheia de uns ímpetos misteriosos; muita preguiça e alguma devoção — devoção, ou talvez medo; creio que medo.

Sobredoura: doura, enfeita.

Aí tem o leitor, em poucas linhas, o retrato físico e moral da pessoa que devia influir mais tarde na minha vida; era aquilo com dezesseis anos. Tu que me lês, se ainda fores viva, quando estas páginas vierem à luz, tu que me lês, Virgília amada, não reparas na diferença entre a linguagem de hoje e a que primeiro empreguei quando te vi? Crê que era tão sincero então como agora; a morte não me tornou rabugento, nem injusto.

— Mas — dirás tu —, como é que podes assim discernir a verdade daquele tempo, e exprimi-la depois de tantos anos?

Ah! Indiscreta! Ah! Ignorantona! Mas é isso mesmo que nos faz senhores da terra, é esse poder de restaurar o passado, para tocar a instabilidade das nossas impressões e a vaidade dos nossos afetos. Deixa lá dizer **Pascal** que o homem é um caniço pensante.

Não; é uma errata pensante, isso sim. Cada estação da vida é uma edição, que corrige a anterior, e que será corrigida também, até a edição definitiva, que o editor dá de graça aos vermes*.

28. CONTANTO QUE...

— Virgília? — interrompi eu.

— Sim, senhor; é o nome da noiva. Um anjo, meu pateta, um anjo sem asas. Imagina uma moça assim, desta altura, viva como um azougue, e uns olhos... filha do Dutra...

— Que Dutra?

— O conselheiro Dutra, não conheces; uma influência política. Vamos lá, aceitas?

Não respondi logo; fitei por alguns segundos a ponta do botim; declarei depois que estava disposto a examinar as duas coisas, a candidatura e o casamento, contanto que...

Pascal (1623-1662): matemático e filósofo francês.

* Observe o pessimismo de Machado de Assis em face da vida humana, perceptível também em vários outros momentos do livro, principalmente no capítulo 7.

— Contanto quê?

— Contanto que não fique obrigado a aceitar as duas; creio que posso ser separadamente homem casado ou homem público...

— Todo o homem público deve ser casado — interrompeu sentenciosamente meu pai. — Mas seja como queres; estou por tudo; fico certo de que a vista fará fé! Demais, a noiva e o parlamento são a mesma coisa... Isto é, não... saberás depois... Vá; aceito a **dilação**, contanto que...

— Contanto quê?... — interrompi eu, imitando-lhe a voz.

— Ah! Brejeiro! Contanto que não te deixes ficar aí inútil, obscuro, e triste; não gastei dinheiro, cuidados, empenhos, para te não ver brilhar, como deves, e te convém, e a todos nós; é preciso continuar o nosso nome, continuá-lo e ilustrá-lo ainda mais. Olha, estou com sessenta anos, mas, se fosse necessário começar a vida nova, começava, sem hesitar um só minuto. Teme a obscuridade, Brás; foge do que é ínfimo. Olha que os homens valem por diferentes modos, e que o mais seguro de todos é valer pela opinião dos outros homens*****. Não estragues as vantagens da tua posição, os teus meios...

E foi por diante o mágico, a agitar diante de mim um chocalho, como me faziam, em pequeno, para eu andar depressa, e a flor da hipocondria recolheu-se ao botão para deixar a outra flor menos amarela, e nada **mórbida** — o amor da nomeada, o emplasto Brás Cubas.

29. A VISITA

Vencera meu pai; dispus-me a aceitar o diploma e o casamento, Virgília e a câmara dos deputados.

— As duas Virgílias — disse ele num assomo de ternura política. Aceitei-os; meu pai deu-me dois for-

Dilação: adiamento.

*** Repare que esses conselhos reforçam a ideia de que a vida social não passa de um jogo de aparências; para vencer, é preciso ser oportunista, saber usar as influências e o dinheiro. O autor desenvolve ainda mais esse tema no conto "Teoria do medalhão".**

Mórbida: doentia.

tes abraços. Era o seu próprio sangue que ele, enfim, reconhecia.

— Desces comigo?

— Desço amanhã. Vou fazer primeiramente uma visita a dona Eusébia...

Meu pai torceu o nariz, mas não disse nada; despediu-se e desceu. Eu, na tarde desse mesmo dia, fui visitar dona Eusébia. Achei-a a repreender um preto jardineiro, mas deixou tudo para vir falar-me, com um alvoroço, um prazer tão sincero, que me desacanhou logo. Creio que chegou a **cingir**-me com o seu par de braços robustos. Fez-me sentar ao pé de si, na varanda, entre muitas exclamações de contentamento:

— Ora, o Brasinho! Um homem! Quem diria, há anos... Um homenzarrão! E bonito! Qual! Você não se lembra bem de mim...

Disse-lhe que sim, que não era possível esquecer uma amiga tão familiar de nossa casa. Dona Eusébia começou a falar de minha mãe, com muitas saudades, com tantas saudades que me cativou logo, posto me entristecesse. Ela percebeu-o nos meus olhos, e torceu a rédea à conversação; pediu-me que lhe contasse a viagem, os estudos, os namoros... Sim, os namoros também; confessou-me que era uma velha **patusca**. Nisso recordei-me do episódio de 1814, ela, o Vilaça, a moita, o beijo, o meu grito; e, estando a recordá-lo, ouço um ranger de porta, um farfalhar de saias e esta palavra:

— Mamãe... Mamãe...

30. A FLOR DA MOITA

A voz e as saias pertenciam a uma mocinha morena, que se deteve à porta, alguns instantes, ao ver gente estranha. Silêncio curto e constrangido. Dona Eusébia quebrou-o, enfim, com resolução e franqueza:

Cingir: abraçar fortemente.

Patusca: brincalhona.

— Vem cá, Eugênia — disse ela —, cumprimenta o doutor Brás Cubas, filho do senhor Cubas; veio da Europa.

E voltando-se para mim:

— Minha filha Eugênia.

Eugênia, a flor da moita, mal respondeu ao gesto de cortesia que lhe fiz; olhou-me admirada e acanhada, e lentamente se aproximou da cadeira da mãe. A mãe arranjou-lhe uma das tranças do cabelo, cuja ponta se desmanchara.

— Ah! Travessa! — dizia. — Não imagina, doutor, o que isto é... E beijou-a com tão expansiva ternura que me comoveu um pouco; lembrou-me minha mãe, e, direi tudo, **tive umas cócegas de ser pai**.

— Travessa? — disse eu. — Pois já não está em idade própria, ao que parece.

— Quantos lhe dá?

— Dezessete.

— Menos um.

— Dezesseis. Pois então! É uma moça.

Não pôde Eugênia encobrir a satisfação que sentia com esta minha palavra, mas emendou-se logo, e ficou como dantes, ereta, fria e muda. Em verdade, parecia ainda mais mulher do que era; seria criança nos seus folgares de moça; mas assim quieta, impassível, tinha a compostura da mulher casada. Talvez essa circunstância lhe diminuía um pouco da graça virginal. Depressa nos familiarizamos; a mãe fazia-lhe grandes elogios, eu escutava-os de boa sombra, e ela sorria, com os olhos **fúlgidos**, como se lá dentro do cérebro lhe estivesse a voar uma borboletinha de asas de ouro e olhos de diamante...

Digo lá dentro, porque cá fora o que esvoaçou foi uma borboleta preta, que subitamente penetrou na varanda e começou a bater as asas em derredor de dona Eusébia. Dona Eusébia deu um grito, levantou-se, praguejou umas palavras soltas:

— Tesconjuro!... Sai, diabo!... Virgem Nossa Senhora!...

Tive umas cócegas de ser pai: tive vontade de ser pai.

Fúlgidos: brilhantes.

— Não tenha medo — disse eu; e, tirando o lenço, expeli a borboleta. Dona Eusébia sentou-se outra vez ofegante, um pouco envergonhada; a filha, pode ser que pálida de medo, dissimulava a impressão com muita força de vontade. Apertei-lhes a mão e saí, a rir comigo da superstição das duas mulheres, um rir filosófico, desinteressado, superior. De tarde, vi passar a cavalo a filha de dona Eusébia, seguida de um pajem; fez-me um cumprimento com a ponta do chicote. Confesso que me lisonjeei com a ideia de que, alguns passos adiante, ela voltaria a cabeça para trás; mas não voltou.

31. A BORBOLETA PRETA

No dia seguinte, como eu estivesse a preparar-me para descer, entrou no meu quarto uma borboleta, tão negra como a outra, e muito maior do que ela. Lembrou-me o caso da véspera, e ri-me; entrei logo a pensar na filha de dona Eusébia, no susto que tivera e na dignidade que, apesar dele, soube conservar. A borboleta, depois de esvoaçar muito em torno de mim, pousou-me na testa. Sacudi-a, ela foi pousar na vidraça; e, porque eu a sacudisse de novo, saiu dali e veio parar em cima de um velho retrato de meu pai. Era negra como a noite. O gesto brando com que, uma vez posta, começou a mover as asas, tinha um certo ar **escarninho**, que me aborreceu muito. Dei de ombros, saí do quarto; mas, tornando lá, minutos depois, e achando-a ainda no mesmo lugar, senti um **repelão** dos nervos, lancei mão de uma toalha, bati-lhe e ela caiu.

Não caiu morta; ainda torcia o corpo e movia as farpinhas da cabeça. Apiedei-me; tomei-a na palma da mão e fui depô-la no peitoril da janela. Era tarde; a infeliz expirou dentro de alguns segundos. Fiquei um pouco aborrecido, incomodado.

Escarninho: zombeteiro.

Repelão: choque.

— Também por que diabo não era ela azul? — disse comigo.

E essa reflexão, uma das mais profundas que se tem feito, desde a invenção das borboletas, me consolou do malefício e me reconciliou comigo mesmo. Deixei-me estar a contemplar o cadáver, com alguma simpatia, confesso. Imaginei que ela saíra do mato, almoçada e feliz. A manhã era linda. Veio por ali fora, modesta e negra, espairecendo as suas borboletices, sob a vasta cúpula de um céu azul, que é sempre azul, para todas as asas. Passa pela minha janela, entra e dá comigo. Suponho que nunca teria visto um homem; não sabia, portanto, o que era o homem; descreveu infinitas voltas em torno do meu corpo, e viu que me movia, que tinha olhos, braços, pernas, um ar divino, uma estatura colossal. Então disse consigo: "Este é provavelmente o inventor das borboletas". A ideia subjugou-a, aterrou-a; mas o medo, que é também sugestivo, insinuou-lhe que o melhor modo de agradar ao seu criador era beijá-lo na testa, e beijou-me na testa. Quando enxotada por mim, foi pousar na vidraça, viu dali o retrato de meu pai, e não é impossível que descobrisse meia verdade, a saber, que estava ali o pai do inventor das borboletas, e voou a pedir-lhe misericórdia.

Pois um golpe de toalha rematou a aventura. Não lhe valeu a imensidade azul, nem a alegria das flores, nem a pompa das folhas verdes, contra uma toalha de rosto, dois palmos de linho cru. Vejam como é bom ser superior às borboletas! Porque, é justo dizê-lo, se ela fosse azul, ou cor de laranja, não teria mais segura a vida; não era impossível que eu a atravessasse com um alfinete, para recreio dos olhos. Não era. Essa última ideia restituiu-me a consolação; uni o dedo grande ao polegar, despedi um piparote e o cadáver caiu no jardim. Era tempo; aí vinham já as **próvidas** formigas... Não, volto à primeira ideia; creio que para ela era melhor ter nascido azul.

Próvidas: previdentes.

32. COXA DE NASCENÇA

Fui dali acabar os preparativos da viagem. Já agora não me demoro mais. Desço imediatamente; desço, ainda que algum leitor circunspecto me detenha para perguntar se o capítulo passado é apenas uma **sensaboria** ou se chega a **empulhação**... Ai, não contava com dona Eusébia. Estava pronto quando me entrou por casa. Vinha convidar-me para transferir a descida e ir lá jantar nesse dia. Cheguei a recusar; mas **instou** tanto, tanto, tanto, que não pude deixar de aceitar; demais, era-lhe devida aquela compensação*; fui.

Eugênia **desataviou-se** nesse dia por minha causa. Creio que foi por minha causa, se é que não andava muita vez assim. Nem as **bichas** de ouro, que trazia na véspera, lhe pendiam agora das orelhas, duas orelhas finamente recortadas numa cabeça de ninfa. Um simples vestido branco, de **cassa**, sem enfeites, tendo ao colo, em vez de broche, um botão de madrepérola, e outro botão nos punhos, fechando as mangas, e nem sombra de pulseira.

Era isso no corpo; não era outra coisa no espírito. Ideias claras, maneiras **chãs**, certa graça natural, um ar de senhora, e não sei se alguma outra coisa; sim, a boca, exatamente a da mãe, a qual me lembrava o episódio de 1814, e então dava-me ímpetos de **glosar o mesmo mote à filha**...

— Agora vou mostrar-lhe a chácara — disse a mãe, logo que esgotamos o último gole de café.

Saímos à varanda, dali à chácara, e foi então que notei uma circunstância. Eugênia **coxeava** um pouco, tão pouco que eu cheguei a perguntar-lhe se machucara o pé. A mãe calou-se; a filha respondeu sem titubear:

— Não, senhor, sou coxa de nascença.

Mandei-me a todos os diabos; chamei-me desastrado, grosseirão. Com efeito, a simples possibilidade de ser coxa era bastante para lhe não perguntar nada.

Sensaboria: conversa à toa, enfadonha, sem graça.

Empulhação: tapeação. O narrador reconhece que o capítulo anterior pode parecer estranho ao leitor; no entanto, a história da borboleta indefesa diante do homem não teria pontos em comum com as ideias de Brás Cubas sobre a vida? E esse fato teria também uma relação com Eugênia, a flor da moita?

Instou: insistiu.

* Alusão ao fato de que foi ela que vestiu o cadáver da mãe de Brás Cubas.

Desataviou-se: apresentou-se vestida de modo simples, sem ornamentos.

Bichas: brincos.

Cassa: tecido simples.

Chãs: modestas, sem afetação.

Glosar o mesmo mote à filha: repetir com a filha o que acontecera com a mãe. Alusão ao episódio do caso amoroso entre dona Eusébia e o doutor Vilaça (cf. cap. 12).

Coxeava: mancava.

Então lembrou-me que da primeira vez que a vi — na véspera — a moça chegara-se lentamente à cadeira da mãe, e que naquele dia já a achei à mesa de jantar. Talvez fosse para encobrir o defeito; mas por que razão o confessava agora? Olhei para ela e reparei que ia triste.

Tratei de apagar os vestígios de meu **desazo**; não me foi difícil, porque a mãe era, segundo confessara, uma velha patusca, e prontamente travou de conversa comigo. Vimos toda a chácara, árvores, flores, tanque de patos, tanque de lavar, uma infinidade de coisas, que ela me ia mostrando e comentando, ao passo que eu, **de soslaio**, **perscrutava** os olhos de Eugênia...

Palavra que o olhar de Eugênia não era coxo, mas direito, perfeitamente são; vinha de uns olhos pretos e tranquilos. Creio que duas ou três vezes baixaram esses, um pouco turvados; mas duas ou três vezes somente; em geral, fitavam-me com franqueza, sem temeridade, nem **biocos**.

33. BEM-AVENTURADO OS QUE NÃO DESCEM

O pior é que era coxa. Uns olhos tão lúcidos, uma boca tão fresca, uma compostura tão senhoril; e coxa! Esse contraste faria suspeitar que a natureza é às vezes um imenso escárnio. Por que bonita, se coxa? Por que coxa, se bonita? Tal era a pergunta que eu vinha fazendo a mim mesmo ao voltar para casa, de noite, sem atinar com a solução do enigma. O melhor que há, quando se não resolve um enigma, é sacudi-lo pela janela fora; foi o que eu fiz; lancei mão de uma toalha e enxotei essa outra borboleta preta, que me **adejava** no cérebro. Fiquei aliviado e fui dormir. Mas o sonho, que é uma fresta do espírito, deixou novamente entrar o bichinho, e aí fiquei eu a noite toda a cavar o mistério, sem explicá-lo.

Desazo: falta de jeito.

De soslaio: disfarçadamente.

Perscrutava: examinava atentamente.

Biocos: véus.

Adejava: volteava, esvoaçava.

Amanheceu chovendo, transferi a descida; mas no outro dia a manhã era límpida e azul, e apesar disso deixei-me ficar, não menos que no terceiro dia, e no quarto, até o fim da semana. Manhãs bonitas, frescas, convidativas; lá embaixo a família a chamar-me, e a noiva, e o parlamento, e eu sem acudir a coisa nenhuma, enlevado ao pé da minha Vênus Manca. Enlevado é uma maneira de realçar o estilo; não havia enlevo, mas gosto, uma certa satisfação física e moral. Queria-lhe, é verdade; ao pé dessa criatura tão singela, filha **espúria** e coxa, feita de amor e desprezo, ao pé dela sentia-me bem, e ela creio que ainda se sentia melhor, ao pé de mim. E isso na Tijuca. Uma simples égloga. Dona Eusébia vigiava-nos, mas pouco; temperava a necessidade com a conveniência. A filha, nessa primeira explosão da natureza, entregava-me a alma em flor.

— O senhor desce amanhã? — disse-me ela no sábado.

— Pretendo.

— Não desça.

Não desci, e acrescentei um versículo ao Evangelho: "Bem-aventurados os que não descem, porque deles é o primeiro beijo das moças". Com efeito, foi no domingo esse primeiro beijo de Eugênia — o primeiro que nenhum outro varão jamais lhe tomara, e não furtado ou arrebatado, mas candidamente entregue, como um devedor honesto paga uma dívida. Pobre Eugênia! Se tu soubesses que ideias me vagavam pela mente fora naquela ocasião! Tu, trêmula de comoção, com os braços nos meus ombros, a contemplar em mim o teu bem-vindo esposo, e eu com os olhos em 1814, na moita, no Vilaça, e a suspeitar que não podias mentir ao teu sangue, à tua origem...

Dona Eusébia entrou inesperadamente, mas não tão súbita que nos apanhasse ao pé um do outro. Eu fui até a janela; Eugênia sentou-se a consertar uma das tranças. Que dissimulação graciosa! Que arte infinita e delicada! Que **tartufice** profunda! E tudo isso natural, vivo, não

Espúria: ilegítima.

Tartufice: o mesmo que "hipocrisia", "fingimento". Expressão derivada de Tartufo, nome da personagem que dá título a uma das comédias do francês Molière.

estudado, natural como o apetite, natural como o sono. Tanto melhor! Dona Eusébia não suspeitou nada.

34. A UMA ALMA SENSÍVEL

Há aí, entre as cinco ou dez pessoas que me leem, há aí uma alma sensível, que está decerto um tanto agastada com o capítulo anterior, começa a temer pela sorte de Eugênia, e talvez... sim, talvez, lá no fundo de si mesma, me chame cínico. Eu cínico, alma sensível? Pela coxa de **Diana**! Essa injúria merecia ser lavada com sangue, se o sangue lavasse alguma coisa neste mundo. Não, alma sensível, eu não sou cínico, eu fui homem; meu cérebro foi um tablado em que se deram peças de todo gênero, o **drama sacro**, o austero, o **piegas**, a comédia **louçã**, a desgrenhada farsa, os **autos**, as **bufonerias**, um pandemônio, alma sensível, uma **barafunda** de coisas e pessoas, em que podias ver tudo, desde a rosa de **Esmirna** até a arruda do teu quintal, desde o magnífico leito de Cleópatra até o recanto da praia em que o mendigo tirita o seu sono. Cruzavam-se nele pensamentos de vária casta e feição. Não havia ali a atmosfera somente da águia e do beija-flor; havia também a da lesma e do sapo. Retira, pois, a expressão, alma sensível, castiga os nervos, limpa os óculos — que isso às vezes é dos óculos — e acabemos de uma vez com essa flor da moita*.

35. O CAMINHO DE DAMASCO

Ora aconteceu que, oito dias depois, como eu estivesse no caminho de Damasco**, ouvi uma voz miste-

Diana: deusa grega.

Drama sacro: peça religiosa.

Piegas: excessivamente sentimental.

Louçã: elegante.

Auto: peça teatral medieval.

Bufonerias: palhaçadas.

Barafunda: mistura desordenada.

Esmirna: cidade da Turquia.

*** Observe que neste capítulo o narrador critica o leitor "sensível", que pensa em censurar seu comportamento calculista com Eugênia.**

**** Alusão irônica ao episódio narrado na Bíblia sobre a conversão do apóstolo Paulo quando estava a caminho da cidade de Damasco. Cristo já estava morto e Paulo era um perseguidor de cristãos, quando ouviu uma voz que lhe disse: Por que me persegues? Abalado e tocado por essa pergunta de Cristo, Paulo converteu-se e tornou-se um devotado seguidor de Cristo.**

riosa, que me sussurrou as palavras da Escritura (*Act.*, IX, 7): "Levanta-te, e entra na cidade*". Essa voz saía de mim mesmo e tinha duas origens: a piedade, que me desarmava ante a **candura** da pequena, e o terror de vir a amar deveras, e desposá-la. Uma mulher coxa! Quanto a esse motivo da minha descida, não há duvidar que ela o achou e mo disse. Foi na varanda, na tarde de uma segunda-feira, ao anunciar-lhe que na seguinte manhã viria para baixo.

— Adeus — suspirou ela, estendendo-me a mão com simplicidade —, faz bem. — E, como eu nada dissesse, continuou: — Faz bem em fugir ao ridículo de casar comigo. — Ia dizer-lhe que não; ela retirou-se lentamente, engolindo as lágrimas. Alcancei-a a poucos passos, e jurei-lhe por todos os santos do céu que eu era obrigado a descer, mas que não deixava de lhe querer e muito; tudo **hipérboles** frias, que ela escutou sem dizer nada.

— Acredita-me? — perguntei eu no fim.

— Não, e digo-lhe que faz bem.

Quis retê-la, mas o olhar que me lançou não foi já de súplica, senão de império. Desci da Tijuca, na manhã seguinte, um pouco amargurado, outro pouco satisfeito. Vinha dizendo a mim mesmo que era justo obedecer a meu pai, que era conveniente abraçar a carreira política... Que a constituição... Que a minha noiva... Que o meu cavalo...

36. A PROPÓSITO DE BOTAS

Meu pai, que me não esperava, abraçou-me cheio de ternura e agradecimento.

— Agora é deveras? — disse ele. — Posso enfim...?

Deixei-o nessa reticência e fui descalçar as botas, que estavam apertadas. Uma vez aliviado, respi-

* **Na verdade, essa passagem encontra-se no versículo 6 e não no 7, como consta do texto de Machado de Assis.**

Candura: inocência.

Hipérboles: exageros.

rei à larga e deitei-me a fio comprido, enquanto os pés, e todo eu atrás deles, entrávamos numa relativa bem-aventurança. Então considerei que as botas apertadas são uma das maiores venturas da Terra, porque, fazendo doer os pés, dão **azo** ao prazer de as descalçar. Mortifica os pés, desgraçado, desmortifica-os depois, e aí tens a felicidade barata, ao sabor dos sapateiros e de **Epicuro**. Enquanto essa ideia me trabalhava no famoso trapézio, lançava eu os olhos para a Tijuca, e via a aleijadinha perder-se no horizonte do pretérito, e sentia que o meu coração não tardaria também a descalçar as suas botas. E descalçou-as o lascivo. Quatro ou cinco dias depois, saboreava esse rápido, **inefável e incoercível** momento de gozo, que sucede a uma dor pungente, a uma preocupação, a um incômodo... Daqui **inferi** eu que a vida é o mais engenhoso dos fenômenos, porque só aguça a fome, com o fim de deparar a ocasião de comer, e não inventou os calos, senão porque eles aperfeiçoam a felicidade terrestre. Em verdade vos digo que toda a sabedoria humana não vale um par de botas curtas.

Tu, minha Eugênia, é que não as descalçaste nunca; foste aí pela estrada da vida, manquejando da perna e do amor, triste como os enterros pobres, solitária, calada, laboriosa, até que vieste também para essa outra margem... O que eu não sei é se a tua existência era muito necessária ao século. Quem sabe? Talvez um comparsa de menos fizesse **patear** a tragédia humana.

37. ENFIM!

Enfim! Eis aqui Virgília. Antes de ir à casa do conselheiro Dutra, perguntei a meu pai se havia algum ajuste prévio de casamento.

Azo: oportunidade.

Epicuro (341-270 a.C.): filósofo grego que definiu o prazer como bem supremo, entendido aquele como serenidade do espírito, resultante do domínio das paixões, limitação das necessidades e supressão da dor. Alguns discípulos, mais tarde, conceberam o prazer como gozo sensual, desvirtuando o pensamento original.

Inefável e incoercível: indescritível e incontido.

Inferi: deduzi.

Patear: falhar.

— Nenhum ajuste. Há tempos conversando com ele a teu respeito, confessei-lhe o desejo que tinha de te ver deputado; e de tal modo falei que ele prometeu fazer alguma coisa, e creio que o fará. Quanto à noiva, é o nome que dou a uma criaturinha, que é uma joia, uma flor, uma estrela, uma coisa rara... É a filha dele; imaginei que, se casasses com ela, mais depressa serias deputado.

— Só isso?

— Só isso.

Fomos dali à casa do Dutra. Era uma pérola esse homem, risonho, jovial, patriota, um pouco irritado com os males públicos, mas não desesperando de os curar depressa. Achou que a minha candidatura era legítima; convinha, porém, esperar alguns meses. E logo me apresentou à mulher, uma estimável senhora, e à filha, que não desmentiu em nada o **panegírico** de meu pai. Juro-vos que em nada. Relede o capítulo 27. Eu, que levava ideias a respeito da pequena, fitei-a de certo modo; ela, que não sei se as tinha, não me fitou de modo diferente; e o nosso olhar primeiro foi pura e simplesmente conjugal. No fim de um mês estávamos íntimos.

38. A QUARTA EDIÇÃO

— Venha cá jantar amanhã — disse-me o Dutra uma noite. Aceitei o convite. No dia seguinte, mandei que a sege me esperasse no Largo de São Francisco de Paula, e fui dar várias voltas. Lembra-vos ainda a minha teoria das edições humanas? Pois sabei que, naquele tempo, estava eu na quarta edição, revista e emendada, mas ainda **inçada** de descuidos e barbarismos; defeito que, aliás, achava alguma compensação no tipo, que era elegante, e na encadernação, que era luxuosa*. Dadas as voltas, ao passar pela Rua dos Ourives, consulto o relógio e cai-me o vidro na calçada. Entro na primeira loja

Panegírico: elogio.

Inçada: cheia.

*** Observe a metáfora: Brás Cubas se vê como um livro cujo conteúdo não é muito bom, mas que compensa pela encadernação luxuosa. Aqui, novamente, o jogo entre a essência e a aparência.**

que tinha à mão; era um cubículo, pouco mais, empoeirado e escuro.

Ao fundo, por trás do balcão, estava sentada uma mulher, cujo rosto amarelo e **bexiguento** não se destacava logo, à primeira vista; mas logo que se destacava era um espetáculo curioso. Não podia ter sido feia; ao contrário, via-se que fora bonita, e não pouco bonita; mas a doença e uma velhice precoce destruíram-lhe a flor das graças. As bexigas tinham sido terríveis; os sinais, grandes e muitos, faziam saliências e **encarnas**, declives e aclives, e davam uma sensação de lixa grossa, enormemente grossa. Eram os olhos a melhor parte do vulto, e aliás tinham uma expressão singular e repugnante, que mudou, entretanto, logo que eu comecei a falar. Quanto ao cabelo, estava **ruço** e quase tão poento como os portais da loja. Num dos dedos da mão esquerda fulgia-lhe um diamante. **Crê-lo-eis, pósteros?** Essa mulher era Marcela.

Não a conheci logo; era difícil; ela porém conheceu-me apenas lhe dirigi a palavra. Os olhos chisparam e trocaram a expressão usual por outra, meio doce e meio triste. Vi-lhe um movimento como para esconder-se ou fugir; era o instinto da vaidade, que não durou mais de um instante. Marcela acomodou-se e sorriu.

— Quer comprar alguma coisa? — disse ela estendendo-me a mão.

Não respondi nada. Marcela compreendeu a causa do meu silêncio (não era difícil), e só hesitou, creio eu, em decidir o que dominava mais, se o assombro do presente, se a memória do passado. Deu-me uma cadeira, e, com o balcão permeio, falou-me longamente de si, da vida que levara, das lágrimas que eu lhe fizera verter, das saudades, dos desastres, enfim das bexigas, que lhe **escalavraram** o rosto, e do tempo, que ajudou a moléstia, adiantando-lhe a decadência. Verdade é que tinha a alma decrépita. Vendera tudo, quase tudo; um homem, que a amara outrora e lhe morreu nos braços,

Bexiguento: com marcas de quem teve bexiga, nome popular da varíola.

Encarnas: pequenos buracos.

Ruço: grisalho.

Crê-lo-eis, pósteros?: acreditais nisso, vós que pertenceis às gerações futuras?

Escalavraram: arruinaram.

deixara-lhe aquela loja de ourivesaria, mas, para que a desgraça fosse completa, era agora pouco buscada a loja — talvez pela singularidade de a dirigir uma mulher*. Em seguida pediu-me que lhe contasse a minha vida. Gastei pouco tempo em dizer-lha; não era longa, nem interessante.

— Casou? — disse Marcela no fim de minha narração.

— Ainda não — respondi secamente.

Marcela lançou os olhos para a rua, com a atonia de quem reflete ou relembra; eu deixei-me ir então ao passado, e, no meio das recordações e saudades, perguntei a mim mesmo por que motivo fizera tanto desatino. Não era esta certamente a Marcela de 1822; mas a beleza de outro tempo valia uma terça parte dos meus sacrifícios? Era o que eu buscava saber, interrogando o rosto de Marcela. O rosto dizia-me que não; ao mesmo tempo os olhos me contavam que, já outrora, como hoje, ardia neles a flama da cobiça. Os meus é que não souberam ver-lha; eram olhos da primeira edição**.

— Mas por que entrou aqui? Viu-me da rua? — perguntou ela, saindo daquela espécie de torpor.

— Não, supunha entrar numa casa de relojoeiro; queria comprar um vidro para este relógio; vou a outra parte; desculpe-me; tenho pressa.

Marcela suspirou com tristeza. A verdade é que eu me sentia pungido e aborrecido, ao mesmo tempo, e ansiava por me ver fora daquela casa. Marcela, entretanto, chamou um moleque, deu-lhe o relógio e, apesar da minha oposição, mandou-o a uma loja na vizinhança comprar o vidro. Não havia remédio; sentei-me outra vez. Disse ela então que desejava ter a proteção dos conhecidos de outro tempo; ponderou que mais tarde ou mais cedo era natural que me casasse, e afiançou que me daria finas joias por preços baratos. Não disse "preços baratos", mas usou uma metáfora delicada e transparente. Entrei a desconfiar que não padecera nenhum desastre (salvo a moléstia),

*** No século XIX, era muito raro ver uma mulher na direção de uma casa comercial, ainda que esta fosse bem modesta, como era o caso da loja de Marcela.**

**** Que olhos seriam esses? Como se pode entender essa frase?**

que tinha o dinheiro **a bom recado**, e que negociava com o único fim de acudir à paixão do lucro, que era o verme roedor daquela existência; foi isso mesmo que me disseram depois.

39. O VIZINHO

Enquanto eu fazia comigo mesmo aquela reflexão, entrou na loja um sujeito baixo, sem chapéu, trazendo pela mão uma menina de quatro anos.

— Como passou de hoje de manhã? — disse ele a Marcela.

— Assim, assim. Vem cá, Maricota.

O sujeito levantou a criança pelos braços e passou-a para dentro do balcão.

— Anda — disse ele —, pergunta a dona Marcela como passou a noite. Estava ansiosa por vir cá, mas a mãe não tinha podido vesti-la... Então, Maricota? Toma a bênção... Olha a vara de marmelo! Assim... Não imagina o que ela é lá em casa; fala na senhora todos os instantes, e aqui parece uma pamonha. Ainda ontem... Digo, Maricota?

— Não diga, não, papai.

— Então foi alguma coisa feia? — perguntou Marcela batendo na cara da menina.

— Eu lhe digo; a mãe ensina-lhe a rezar todas as noites um padre-nosso e uma ave-maria, oferecidos a Nossa Senhora; mas a pequena ontem veio pedir-me com voz muito humilde... Imagine o quê?... que queria oferecê-los a Santa Marcela.

— Coitadinha! — disse Marcela beijando-a.

— É um namoro, uma paixão, como a senhora não imagina... A mãe diz que é feitiço...

Contou mais algumas coisas o sujeito, todas mui agradáveis, até que saiu levando a menina, não sem dei-

A bom recado: protegido, aplicado.

tar-me um olhar interrogativo ou suspeitoso. Perguntei a Marcela quem era ele.

— É um relojoeiro da vizinhança, um bom homem; a mulher também; e a filha é galante, não? Parecem gostar muito de mim... É boa gente.

Ao proferir essas palavras havia um tremor de alegria na voz de Marcela; e no rosto como que se lhe espraiou uma onda de ventura...

40. NA SEGE

Nisso entrou o moleque trazendo o relógio com vidro novo. Era tempo; já me custava estar ali; dei uma moedinha de prata ao moleque; disse a Marcela que voltaria noutra ocasião, e saí a passo largo. Para dizer tudo, devo confessar que o coração me batia um pouco; mas era uma espécie de **dobre de finados**. O espírito ia travado de impressões opostas. Notem que aquele dia amanhecera alegre para mim. Meu pai, ao almoço, repetiu-me, por antecipação, o primeiro discurso que eu tinha de proferir na Câmara dos Deputados; rimo-nos muito, e o sol também, que estava brilhante, como nos mais belos dias do mundo; do mesmo modo que Virgília devia rir, quando eu lhe contasse as nossas fantasias do almoço. Vai senão quando, cai-me o vidro do relógio; entro na primeira loja que me fica à mão; e eis me surge o passado, ei-lo que me lacera e beija; ei-lo que me interroga, com um rosto cortado de saudades e bexigas...

Lá o deixei; meti-me às pressas na sege, que me esperava no Largo de São Francisco de Paula, e ordenei ao **boleeiro** que rodasse pelas ruas fora. O boleeiro atiçou as bestas, a sege entrou a sacolejar-me, as molas gemiam, as rodas sulcavam rapidamente a lama que deixara a chuva recente, e tudo isso me parecia estar parado. Não há, às vezes, um certo vento morno, não forte nem áspero, mas abafadiço, que nos não leva o chapéu

Dobre de finados: bater do sino nas igrejas, por ocasião da morte de alguém.

Boleeiro: condutor de seges.

da cabeça, nem redemoinha nas saias das mulheres, e todavia é ou parece ser pior do que se fizesse uma e outra coisa, porque abate, afrouxa, e como que dissolve os espíritos? Pois eu tinha esse vento comigo; e, certo de que ele me soprava por achar-me naquela espécie de garganta entre o passado e o presente, almejava por sair à planície do futuro. O pior é que a sege não andava.

— João — bradei eu ao boleeiro. — Esta sege anda ou não anda?

— Uê! Nhonhô! Já estamos parados na porta de sinhô conselheiro.

41. A ALUCINAÇÃO

Era verdade. Entrei apressado; achei Virgília ansiosa, mau humor, fronte nublada. A mãe, que era surda, estava na sala com ela. No fim dos cumprimentos disse-me a moça com sequidão:

— Esperávamos que viesse mais cedo.

Defendi-me do melhor modo; falei do cavalo que empacara, e de um amigo, que me detivera. De repente morre-me a voz nos lábios, fico tolhido de assombro. Virgília... Seria Virgília aquela moça? Fitei-a muito, e a sensação foi tão penosa que recuei um passo e desviei a vista. Tornei a olhá-la. As bexigas tinham-lhe comido o rosto; a pele, ainda na véspera tão fina, rosada e pura, aparecia-me agora amarela, estigmada pelo mesmo flagelo, que devastara o rosto da espanhola. Os olhos, que eram travessos, fizeram-se murchos; tinha o lábio triste e a atitude cansada. Olhei-a bem; peguei-lhe na mão, e chamei-a brandamente a mim. Não me enganava; eram as bexigas. Creio que fiz um gesto de repulsa.

Virgília afastou-se e foi sentar-se no sofá. Eu fiquei algum tempo a olhar para os meus próprios pés. Devia sair ou ficar? Rejeitei o primeiro **alvitre**, que era sim-

Alvitre: ideia, sugestão.

plesmente absurdo, e encaminhei-me para Virgília, que lá estava sentada e calada. Céus! Era outra vez a fresca, a juvenil, a florida Virgília. Em vão procurei no rosto dela algum vestígio da doença; nenhum havia, era a pele fina e branca do costume.

— Nunca me viu? — perguntou Virgília, vendo que a encarava com insistência.

— Tão bonita, nunca.

Sentei-me, enquanto Virgília, calada, fazia estalar as unhas. Seguiram-se alguns segundos de pausa. Falei-lhe de coisas estranhas ao incidente; ela porém não me respondia nada, nem olhava para mim. Menos o estalido, era a estátua do silêncio. Uma só vez me deitou os olhos, mas muito de cima, soerguendo a pontinha esquerda do lábio, contraindo as sobrancelhas, ao ponto de as unir; todo esse conjunto de coisas dava-lhe ao rosto uma expressão média, entre cômica e trágica.

Havia alguma afetação naquele desdém; era um arrebique do gesto. Lá dentro, ela padecia, e não pouco, ou fosse mágoa pura, ou só despeito; e, porque a dor que se dissimula dói mais, é mui provável que Virgília padecesse em dobro do que realmente devia padecer. Creio que isso é **metafísica**.

42. QUE ESCAPOU A ARISTÓTELES

Outra coisa que também me parece metafísica é isto: Dá-se movimento a uma bola, por exemplo; rola essa, encontra outra bola, transmite-lhe o impulso, e eis a segunda bola a rolar como a primeira rolou. Suponhamos que a primeira bola se chama... Marcela, é uma simples suposição; a segunda, Brás Cubas; a terceira, Virgília. Temos que Marcela, recebendo um piparote do passado, rolou até tocar em Brás Cubas, o qual, cedendo à força

Metafísica: filosofia.

Aristóteles (384-322 a.C.): um dos mais importantes filósofos gregos.

impulsiva, entrou a rolar também até esbarrar em Virgília, que não tinha nada com a primeira bola; e eis aí como, pela simples transmissão de uma força, se tocam os extremos sociais e se estabelece uma coisa que poderemos chamar "solidariedade do aborrecimento humano". Como é que este capítulo escapou a Aristóteles?

43. MARQUESA, PORQUE EU SEREI MARQUÊS

Positivamente, era um diabrete Virgília, um diabrete angélico, se querem, mas era-o, e então...

Então apareceu o Lobo Neves, um homem que não era mais esbelto que eu, nem mais elegante, nem mais lido, nem mais simpático, e todavia foi quem me arrebatou Virgília e a candidatura, dentro de poucas semanas, com um ímpeto verdadeiramente **cesariano**. Não precedeu nenhum despeito; não houve a menor violência de família. Dutra veio dizer-me, um dia, que esperasse outra **aragem**, porque a candidatura de Lobo Neves era apoiada por grandes influências. Cedi; tal foi o começo da minha derrota. Uma semana depois, Virgília perguntou ao Lobo Neves, a sorrir, quando seria ele ministro.

— Pela minha vontade, já; pela dos outros, daqui a um ano.

Virgília replicou:

— Promete que algum dia me fará baronesa?

— Marquesa, porque eu serei marquês.

Desde então fiquei perdido. Virgília comparou a águia e o pavão, e elegeu a águia, deixando o pavão com o seu espanto, o seu despeito, e três ou quatro beijos que lhe dera. Talvez cinco beijos; mas dez que fossem não queria dizer coisa nenhuma. O lábio do homem não é como a pata do cavalo de **Átila**, que esterilizava o solo em que batia; é justamente o contrário.

Cesariano: como se fosse um Júlio César, famoso político e general romano.

Aragem: época, situação.

Átila (395-453): rei dos hunos, povo bárbaro que devastou a Europa em meados do século V. Sua fúria era tão intensa que se dizia que onde as patas de seu cavalo pisavam não nascia mais nada.

44. UM CUBAS!

Meu pai ficou atônito com o desenlace, e quer-me parecer que não morreu de outra coisa. Eram tantos os castelos que engenhara, tantos e tantíssimos os sonhos, que não podia vê-los assim **esboroados**, sem padecer um forte abalo no organismo. A princípio não quis crê-lo. Um Cubas! Um galho da árvore ilustre dos Cubas! E dizia isso com tal convicção que eu, já então informado da nossa tanoaria, esqueci um instante a volúvel dama, para só contemplar aquele fenômeno, não raro, mas curioso: uma imaginação graduada em consciência.

— Um Cubas! — repetia-me ele na seguinte manhã, ao almoço.

Não foi alegre o almoço; eu próprio estava a cair de sono. **Tinha velado** uma parte da noite. De amor? Era impossível; não se ama duas vezes a mesma mulher, e eu, que tinha de amar aquela, tempos depois, não lhe estava agora preso por nenhum outro vínculo, além de uma fantasia passageira, alguma obediência e muita **fatuidade**. E isso basta a explicar a vigília; era despeito, um despeitozinho agudo como ponta de alfinete, o qual se desfez, com charutos, murros, leituras truncadas, até romper a aurora, a mais tranquila das auroras.

Mas eu era moço, tinha o remédio em mim mesmo. Meu pai é que não pôde suportar facilmente a pancada. Pensando bem, pode ser que não morresse precisamente do desastre; mas que o desastre lhe complicou as últimas dores é positivo. Morreu daí a quatro meses, acabrunhado, triste, com uma preocupação intensa e contínua, à semelhança de remorso, um desencanto mortal, que lhe substituiu os reumatismos e tosses. Teve ainda meia hora de alegria; foi quando um dos ministros o visitou. Vi-lhe — lembra-me bem —, vi-lhe o grato sorriso de outro tempo, e nos olhos uma concentração de luz, que era, por assim dizer, o último lampejo da alma expirante. Mas a tristeza tornou logo, a tristeza

Esboroados: destruídos, reduzidos a pó.

Tinha velado: tinha passado em claro.

Fatuidade: arrogância.

de morrer sem me ver posto em algum lugar alto, como aliás me cabia.

— Um Cubas!

Morreu alguns dias depois da visita do ministro, uma manhã de maio, entre os dois filhos, Sabina e eu, e mais o tio Ildefonso e meu cunhado. Morreu sem lhe poder valer a ciência dos médicos, nem o nosso amor, nem os cuidados, que foram muitos, nem coisa nenhuma; tinha de morrer, morreu.

— Um Cubas!

45. NOTAS

Soluços, lágrimas, casa armada, veludo preto nos portais, um homem que veio vestir o cadáver, outro que tomou a medida do caixão, caixão, **essa**, tocheiros, convites, convidados que entravam, lentamente, a passo surdo, e apertavam a mão à família, alguns tristes, todos sérios e calados, padre e sacristão, rezas, aspersões d'água benta, o fechar do caixão a prego e martelo, seis pessoas que o tomam da essa, e o levantam, e o descem a custo pela escada, não obstante os gritos, soluços e novas lágrimas da família, e vão até o coche fúnebre, e o colocam em cima e transpassam e apertam as correias, o rodar do coche, o rodar dos carros, um a um... Isso que parece um simples inventário eram notas que eu havia tomado para um capítulo triste e vulgar que não escrevo*.

Essa: estrado alto onde se coloca o caixão de defunto durante o velório.

* Atente para este criativo capítulo metalinguístico: o narrador relaciona os elementos que usaria para escrever um capítulo que diz não ter escrito, e, no entanto, é o capítulo que acabamos de ler e que nos dá uma visão bem expressiva do que foi o enterro.

46. A HERANÇA

Veja-nos agora o leitor, oito dias depois da morte de meu pai, minha irmã sentada num sofá, pouco adiante,

Cotrim, de pé, encostado a um **consolo**, com os braços cruzados e a morder o bigode, eu a passear de um lado para outro, com os olhos no chão. Luto pesado. Profundo silêncio.

— Mas, afinal — disse Cotrim —, esta casa pouco mais pode valer de trinta contos; demos que valha trinta e cinco...

— Vale cinquenta — ponderei. — Sabina sabe que custou cinquenta e oito...

— Podia custar até sessenta — tornou Cotrim —, mas não se segue que os valesse, e menos ainda que os valha hoje. Você sabe que as casas, aqui há anos, baixaram muito. Olhe, se esta vale os cinquenta contos, quantos não vale a que você deseja para si, a do Campo?

— Não fale nisso! Uma casa velha.

— Velha! — exclamou Sabina, levantando as mãos ao teto.

— Parece-lhe nova, aposto?

— Ora, mano, deixe-se dessas coisas — disse Sabina, erguendo-se do sofá. — Podemos arranjar tudo em boa amizade, e com lisura. Por exemplo, Cotrim não aceita os **pretos**, quer só o boleeiro de papai e o Paulo...

— O boleeiro não — acudi eu. — Fico com a sege e não hei de ir comprar outro.

— Bem; fico com o Paulo e o Prudêncio.

— O Prudêncio está livre.

— Livre?

— Há dois anos.

— Livre? Como seu pai arranjava essas coisas cá por casa, sem dar parte a ninguém! Está direito. Quanto à prata... Creio que não libertou a prata?

Tínhamos falado na prata, a velha prataria do tempo de dom José I, a porção mais grave da herança, já pelo lavor, já pela **vetustez**, já pela origem da propriedade; dizia meu pai que o conde da Cunha, quando vice-rei do Brasil, a dera de presente a meu bisavô Luís Cubas.

Consolo (ó): mesinha decorativa encostada à parede, geralmente usada para suporte de vasos ou outros ornamentos. Hoje é usual a forma "console".

Pretos: escravos. Observe que os escravos são tratados como coisas que fazem parte da herança, como móveis, objetos etc.

Vetustez: antiguidade.

— Quanto à prata — continuou Cotrim —, eu não faria questão nenhuma, se não fosse o desejo que sua irmã tem de ficar com ela; e acho-lhe razão. Sabina é casada, e precisa de uma copa digna, apresentável. Você é solteiro, não recebe, não...

— Mas posso casar.

— Para quê? — interrompeu Sabina.

Era tão sublime esta pergunta, que por alguns instantes me fez esquecer os interesses. Sorri; peguei na mão de Sabina, bati-lhe levemente na palma, tudo isso com tão boa sombra que o Cotrim interpretou o gesto como de **aquiescência**, e agradeceu-mo.

— Que é lá? — redargui. — Não cedi coisa nenhuma, nem cedo.

— Nem cede?

Abanei a cabeça.

— Deixa, Cotrim — disse minha irmã ao marido —, vê se ele quer ficar também com a nossa roupa do corpo, é só o que falta.

— Não falta mais nada. Quer a sege, quer o boleeiro, quer a prata, quer tudo. Olhe, é muito mais sumário **citar-nos a juízo** e provar com testemunhas que Sabina não é sua irmã, que eu não sou seu cunhado, e que Deus não é Deus. Faça isso, e não perde nada, nem uma colherinha. Ora, meu amigo, outro ofício!

Estava tão agastado, e eu não menos, que entendi oferecer um meio de conciliação: dividir a prata. Riu-se e perguntou-me a quem caberia o bule e a quem o açucareiro; e, depois dessa pergunta, declarou que teríamos tempo de liquidar a pretensão, quando menos em juízo. Entretanto Sabina fora até a janela que dava para a chácara, e, depois de um instante, voltou e propôs ceder o Paulo e outro preto, com a condição de ficar com a prata; eu ia dizer que não me convinha, mas Cotrim adiantou-se e disse a mesma coisa.

— Isso nunca! Não faço esmolas! — disse ele.

Jantamos tristes. Meu tio cônego apareceu à sobremesa, e ainda presenciou uma pequena **altercação**.

Aquiescência: concordância.

Citar-nos a juízo: processar-nos.

Altercação: discussão, bate-boca.

— Meus filhos — disse ele —, lembrem-se de que meu irmão deixou um pão bem grande para ser repartido por todos.

Mas Cotrim:

— Creio, creio. A questão, porém, não é de pão, é de manteiga. Pão seco é que eu não engulo.

Fizeram-se finalmente as partilhas, mas nós estávamos brigados. E digo-lhes que, ainda assim, custou-me muito a brigar com Sabina. Éramos tão amigos! Jogos pueris, fúrias de crianças, risos e tristezas da idade adulta, dividimos muita vez esse pão da alegria e da miséria, irmãmente, como bons irmãos que éramos. Mas estávamos brigados. Tal qual a beleza de Marcela, que se esvaiu com as bexigas*.

47. O RECLUSO

Marcela, Sabina, Virgília... Aí estou eu a fundir todos os contrastes, como se esses nomes e pessoas não fossem mais do que modos de ser da minha afeição interior. Pena de maus costumes, ata uma gravata ao estilo, veste-lhe um colete menos sórdido; e depois sim, depois vem comigo, entra nessa casa, estira-te nessa rede que me embalou a melhor parte dos anos que decorreram desde o inventário de meu pai até 1842. Vem; se te cheirar a algum aroma de toucador, não cuides que o mandei derramar para meu regalo; é um vestígio da N. ou da Z. ou da U. — que todas essas letras maiúsculas embalaram aí a sua elegante **abjeção**. Mas, se além do aroma, quiseres outra coisa, fica-te com o desejo, porque eu não guardei retratos, nem cartas, nem memórias; a mesma comoção esvaiu-se e só me ficaram as letras iniciais.

Vivi meio recluso, indo de longe em longe a algum baile, ou teatro, ou palestra, mas a mor parte do tempo

*** O egoísmo e a ganância, na visão machadiana, são características marcantes do comportamento humano. A briga dos dois irmãos, apenas oito dias depois da morte do pai, ilustra bem essa ideia.**

Abjeção: baixeza.

passei-a comigo mesmo. Vivia; deixava-me ir ao curso e recurso dos sucessos e dos dias, ora **buliçoso**, ora apático, entre a ambição e o desânimo. Escrevia política e fazia literatura. Mandava artigos e versos para as folhas públicas, e cheguei a alcançar certa reputação de polemista e de poeta. Quando me lembrava do Lobo Neves, que era já deputado, e de Virgília, futura marquesa, perguntava a mim mesmo por que não seria melhor deputado e melhor marquês do que o Lobo Neves — eu, que valia mais, muito mais do que ele —, e dizia isso a olhar para a ponta do nariz...

48. UM PRIMO DE VIRGÍLIA

— Sabe quem chegou ontem de São Paulo? — perguntou-me uma noite Luís Dutra.

Luís Dutra era um primo de Virgília, que também **privava com as musas**. Os versos dele agradavam e valiam mais do que os meus; mas ele tinha necessidade da **sanção** de alguns, que lhe confirmasse o aplauso dos outros. Como fosse acanhado, não interrogava a ninguém; mas deleitava-se com ouvir alguma palavra de apreço; então criava novas forças e arremetia juvenilmente ao trabalho.

Pobre Luís Dutra! Apenas publicava alguma coisa, corria à minha casa, e entrava a girar em volta de mim, à espreita de um juízo, de uma palavra, de um gesto, que lhe aprovasse a recente produção, e eu falava-lhe de mil coisas diferentes — do último baile do Catete, da discussão das câmaras, de berlindas e cavalos —, de tudo, menos dos seus versos ou prosas. Ele respondia-me, a princípio com animação, depois mais frouxo, torcia a rédea da conversa para o seu assunto dele, abria um livro, perguntava-me se tinha algum trabalho novo, e eu dizia-lhe que sim ou que não, mas torcia a rédea para o

Buliçoso: animado.

Privava com as musas: dedicava-se à poesia. As musas eram figuras da mitologia grega que presidiam às artes e inspiravam os poetas.

Sanção: aprovação.

outro lado, e lá ia ele atrás de mim, até que empacava de todo e saía triste. Minha intenção era fazê-lo duvidar de si mesmo, desanimá-lo, eliminá-lo. E tudo isso a **olhar para a ponta do nariz**...

49. A PONTA DO NARIZ

Nariz, consciência sem remorsos, tu me valeste muito na vida...

Já meditaste alguma vez no destino do nariz, amado leitor? A explicação do doutor **Pangloss** é que o nariz foi criado para uso dos óculos, e tal explicação confesso que até certo tempo me pareceu definitiva; mas veio um dia em que, estando a ruminar esse e outros pontos obscuros de filosofia, atinei com a única, verdadeira e definitiva explicação.

Com efeito, bastou-me atentar no costume do faquir. Sabe o leitor que o faquir gasta longas horas a olhar para a ponta do nariz, com o fim único de ver a luz celeste? Quando ele finca os olhos na ponta do nariz, perde o sentimento das coisas externas, embeleza-se no invisível, apreende o impalpável, desvincula-se da Terra, dissolve-se, eteriza-se. Essa sublimação do ser pela ponta do nariz é o fenômeno mais excelso do espírito, e a faculdade de a obter não pertence ao faquir somente: é universal. Cada homem tem necessidade e poder de contemplar o seu próprio nariz, para o fim de ver a luz celeste, e tal contemplação, cujo efeito é a subordinação do universo a um nariz somente, constitui o equilíbrio das sociedades. Se os narizes se contemplassem exclusivamente uns aos outros, o gênero humano não chegaria a durar dois séculos: extinguia-se com as primeiras tribos.

Ouço daqui uma objeção do leitor: "Como pode ser assim, diz ele, se nunca jamais ninguém não viu estarem os homens a contemplar o seu próprio nariz?"

Olhar para a ponta do nariz: olhar apenas para si mesmo. Brás Cubas mostra-se cada vez mais fechado em sua vaidade.

Pangloss: personagem da novela *Cândido*, do escritor francês Voltaire (1694-1778). Ele representa o otimismo ingênuo, que não se abala diante das maiores provações.

Leitor **obtuso**, isso prova que nunca entraste no cérebro de um chapeleiro. Um chapeleiro passa por uma loja de chapéus; é a loja de um rival, que a abriu há dois anos; tinha então duas portas, hoje tem quatro; promete ter seis e oito. Nas vidraças ostentam-se os chapéus do rival; pelas portas entram os fregueses do rival; o chapeleiro compara aquela loja com a sua, que é mais antiga e tem só duas portas, e aqueles chapéus com os seus, menos buscados, ainda que de igual preço. Mortifica-se naturalmente; mas vai andando, concentrado, com os olhos para baixo ou para a frente, a indagar as causas da prosperidade do outro e do seu próprio atraso, quando ele chapeleiro é muito melhor chapeleiro do que o outro chapeleiro... Nesse instante é que os olhos se fixam na ponta do nariz.

A conclusão, portanto, é que há duas forças capitais: o amor, que multiplica a espécie, e o nariz, que a subordina ao indivíduo. Procriação, equilíbrio.

50. VIRGÍLIA CASADA

— Quem chegou de São Paulo foi minha prima Virgília, casada com o Lobo Neves — continuou Luís Dutra.

— Ah!

— E só hoje é que eu soube uma coisa, seu **maganão**...

— Que foi?

— Que você quis casar com ela.

— Ideias de meu pai. Quem lhe disse isso?

— Ela mesma. Falei-lhe muito em você, e ela então contou-me tudo.

No dia seguinte, estando na Rua do Ouvidor, à porta da tipografia do Plancher, vi assomar, a distância, uma mulher esplêndida. Era ela; só a reconheci a poucos passos, tão outra estava, a tal ponto a natureza e a arte

Obtuso: ignorante, estúpido.

Maganão: conquistador, namorador.

lhe haviam dado o último apuro. **Cortejamo-nos**; ela seguiu; entrou com o marido na carruagem, que os esperava um pouco acima, fiquei atônito.

Oito dias depois, encontrei-a num baile; creio que chegamos a trocar duas ou três palavras. Mas noutro baile, dado daí a um mês, em casa de uma senhora que ornara os salões do primeiro reinado e não desornava então os do segundo, a aproximação foi maior e mais longa, porque conversamos e valsamos. A valsa é uma deliciosa coisa. Valsamos; não nego que, ao conchegar ao meu corpo aquele corpo flexível e magnífico, tive uma singular sensação, uma sensação de homem roubado.

— Está muito calor — disse ela, logo que acabamos.
— Vamos ao terraço?

— Não; pode constipar-se. Vamos a outra sala.

Na outra sala estava Lobo Neves, que me fez muitos cumprimentos acerca dos meus escritos políticos, acrescentando que nada dizia dos literários, por não entender deles; mas os políticos eram excelentes, bem pensados e bem escritos. Respondi-lhe com iguais esmeros de cortesia, e separamo-nos contentes um do outro.

Cerca de três semanas depois recebi um convite dele para uma reunião íntima. Fui; Virgília recebeu-me com esta graciosa palavra:

— O senhor hoje há de valsar comigo.

Em verdade, eu tinha fama e era valsista emérito; não admira que ela me preferisse. Valsamos uma vez, e mais outra vez. Um livro perdeu **Francesca**; cá foi a valsa que nos perdeu. Creio que nessa noite apertei-lhe a mão com muita força, e ela deixou-a ficar, como esquecida, e eu a abraçá-la, e todos com os olhos em nós, e nos outros que também se abraçavam e giravam... Um delírio.

Cortejamo-nos: cumprimentamo-nos.

Francesca: personagem do poema *A divina comédia*, de Dante Alighieri (1265-1321). Influenciada pela leitura da paixão adúltera do cavaleiro Lancelote pela esposa do rei Arthur, Francesca trai o marido, tornando-se amante de Paolo.

51. É MINHA!

— É minha! — disse eu comigo, logo que a passei a outro cavalheiro; e confesso que, durante o resto da noite, foi-se-me a ideia entranhando no espírito, não à força de martelo, mas de **verruma**, que é mais insinuativa.

— É minha! — dizia eu ao chegar à porta de casa.

Mas aí, como se o destino ou o acaso, ou o que quer que fosse, se lembrasse de dar algum pasto aos meus arroubos possessórios, luziu-me no chão uma coisa redonda e amarela. Abaixei-me; era uma moeda de ouro, uma meia dobra.

— É minha! — repeti eu a rir-me, e meti-a no bolso.

Nessa noite não pensei mais na moeda; mas no dia seguinte, recordando o caso, senti uns repelões da consciência, e uma voz que me perguntava por que diabo seria minha uma moeda que eu não herdara nem ganhara, mas somente achara na rua. Evidentemente não era minha; era de outro, daquele que a perdera, rico ou pobre, e talvez fosse pobre, algum operário que não teria com que dar de comer à mulher e aos filhos; mas, se fosse rico, o meu dever ficava o mesmo. Cumpria restituir a moeda, e o melhor meio, o único meio, era fazê-lo por intermédio de um anúncio ou da polícia. Enviei uma carta ao chefe de polícia, remetendo-lhe o achado e rogando-lhe que, pelos meios a seu alcance, fizesse devolvê-lo às mãos do verdadeiro dono.

Mandei a carta e almocei tranquilo, posso até dizer que jubiloso. Minha consciência valsara tanto na véspera que chegou a ficar sufocada, sem respiração; mas a restituição da meia dobra foi uma janela que se abriu para o outro lado da moral; entrou uma onda de ar puro, e a pobre dama respirou à larga. Ventilai as consciências! Não vos digo mais nada*. Todavia, despido de quaisquer outras circunstâncias, o meu ato era bonito, porque exprimia um justo escrúpulo, um sentimento de alma delicada. Era o que me dizia a minha dama inte-

Verruma: ferramenta para abrir furos na madeira; broca.

*** Seduzir Virgília foi um ato que afetou a consciência moral de Brás Cubas. Devolver a moeda de ouro foi um ato de "ventilação" da consciência, uma espécie de compensação moral.**

rior, com um modo austero e meigo a um tempo; é o que ela me dizia, reclinada ao peitoril da janela aberta.

— Fizeste bem, Cubas; andaste perfeitamente. Esse ar não é só puro, é balsâmico, é uma transpiração dos eternos jardins. Queres ver o que fizeste, Cubas?

E a boa dama sacou um espelho e abriu-mo diante dos olhos. Vi, claramente vista, a meia dobra da véspera, redonda, brilhante, multiplicando-se por si mesma — ser dez, depois trinta, depois quinhentas —, exprimindo assim o benefício que me daria na vida e na morte o simples ato da restituição. E eu espraiava todo o meu ser na contemplação daquele ato, revia-me nele, achava-me bom, talvez grande. Uma simples moeda, hem? Vejam o que é ter valsado um **poucochinho** mais.

Assim, eu, Brás Cubas, descobri uma lei sublime, a lei da equivalência das janelas, e estabeleci que o modo de compensar uma janela fechada é abrir outra, a fim de que a moral possa arejar continuamente a consciência. Talvez não entendas o que aí fica; talvez queiras uma coisa mais concreta, um embrulho, por exemplo, um embrulho misterioso. Pois toma lá o embrulho misterioso.

52. O EMBRULHO MISTERIOSO

Foi o caso que, alguns dias depois, indo eu a Botafogo, tropecei num embrulho que estava na praia. Não digo bem; houve menos tropeção que pontapé. Vendo um embrulho, não grande, mas limpo e corretamente feito, atado com um barbante rijo, uma coisa que parecia alguma coisa, lembrou-me bater-lhe com o pé, assim por experiência, e bati, e o embrulho resistiu. Relanceei os olhos em volta de mim; a praia estava deserta; ao longe uns meninos brincavam, um pescador curava

Poucochinho: pouquinho.

as redes ainda mais longe, ninguém que pudesse ver a minha ação; inclinei-me, apanhei o embrulho e segui.

Segui, mas não sem receio. Podia ser uma **pulha** de rapazes. Tive ideia de devolver o achado à praia, mas apalpei-o e rejeitei a ideia. Um pouco adiante, **desandei o caminho** e guiei para casa.

— Vejamos — disse eu ao entrar no gabinete.

E hesitei um instante, creio que por vergonha; assaltou-me outra vez o receio da pulha. É certo que não havia ali nenhuma testemunha externa; mas eu tinha dentro de mim mesmo um garoto, que havia de assobiar, guinchar, grunhir, **patear**, **apupar**, cacarejar, fazer o diabo se me visse abrir o embrulho e achar dentro uma dúzia de lenços velhos ou duas dúzias de goiabas podres. Era tarde; a curiosidade estava aguçada, como deve estar a do leitor; desfiz o embrulho, e vi... achei... contei... recontei nada menos de cinco contos de réis. Nada menos. Talvez uns dez mil réis mais. Cinco contos em boas notas e moedas, tudo asseadinho e arranjadinho, um achado raro. Embrulhei-as de novo. Ao jantar pareceu-me que um dos **moleques** falara a outro com os olhos. Ter-me-iam espreitado? Interroguei-os discretamente, e concluí que não. Sobre o jantar, fui outra vez ao gabinete, examinei o dinheiro, e ri-me dos meus cuidados maternais a respeito de cinco contos, eu, que era abastado.

Para não pensar mais naquilo fui de noite à casa do Lobo Neves, que instara muito comigo não deixasse de frequentar as recepções da mulher. Lá encontrei o chefe de polícia; fui-lhe apresentado; ele lembrou-se logo da carta e da meia dobra que eu lhe remetera alguns dias antes. Aventou o caso; Virgília pareceu saborear o meu procedimento, e cada um dos presentes acertou de contar uma anedota análoga, que eu ouvi com impaciências de mulher histérica.

De noite, no dia seguinte, em toda aquela semana pensei o menos que pude nos cinco contos, e até confesso que os deixei muito quietinhos na gaveta da se-

Pulha: brincadeira.

Desandei o caminho: mudei de caminho.

Patear: bater com os pés para apupar, zombar.

Apupar: vaiar.

Moleques: jovens escravos da casa.

cretária. Gostava de falar de todas as coisas, menos de dinheiro, e principalmente de dinheiro achado; todavia não era crime achar dinheiro, era uma felicidade, um bom acaso, era talvez um lance da Providência. Não podia ser outra coisa. Não se perdem cinco contos, como se perde um lenço de tabaco. Cinco contos levam-se com trinta mil sentidos, apalpam-se a miúdo, não se lhes tiram os olhos de cima, nem as mãos, nem o pensamento, e para se perderem assim tolamente, numa praia, é necessário que... Crime é que não podia ser o achado; nem crime, nem desonra, nem nada que embaciasse o caráter de um homem. Era um achado, um acerto feliz, como a sorte grande, como as apostas de cavalo, como os ganhos de um jogo honesto, e até direi que a minha felicidade era merecida, porque eu não me sentia mau, nem indigno dos benefícios da Providência.

— Esses cinco contos — dizia eu comigo, três semanas depois — hei de empregá-los em alguma ação boa, talvez um dote a alguma menina pobre, ou outra coisa assim... Hei de ver...

Nesse mesmo dia levei-os ao Banco do Brasil. Lá me receberam com muitas e delicadas alusões ao caso da meia dobra, cuja notícia andava já espalhada entre as pessoas do meu conhecimento; respondi enfadado que a coisa não valia a pena de tamanho estrondo; louvaram-me então a modéstia — e, porque eu me encolerizasse, replicaram-me que era simplesmente grande*.

* Brás Cubas é visto como um homem honrado por ter devolvido uma moeda de ouro. Mas, ao achar cinco contos, leva-os ao banco. Mais uma vez, o contraste entre a aparência e a essência das pessoas.

53 ....

Virgília é que já se não lembrava da meia dobra; toda ela estava concentrada em mim, nos meus olhos, na minha vida, no meu pensamento — era o que dizia, e era verdade.

Há umas plantas que nascem e crescem depressa; outras são tardias e **pecas**. O nosso amor era daquelas; brotou com tal ímpeto e tanta seiva que, dentro em pouco, era a mais vasta, folhuda e exuberante criatura dos bosques. Não lhes poderei dizer, ao certo, os dias que durou esse crescimento. Lembra-me, sim, que, em certa noite, abotoou-se a flor, ou o beijo, se assim lhe quiserem chamar, um beijo que ela me deu, trêmula — coitadinha —, trêmula de medo, porque era ao portão da chácara. Uniu-nos esse beijo único, breve como a ocasião, ardente como o amor, prólogo de uma vida de delícias, de terrores, de remorsos, de prazeres que rematavam em dor, de aflições que desabrochavam em alegria, uma hipocrisia paciente e sistemática, único freio de uma paixão sem freio, vida de agitações, de cóleras, de desesperos e de ciúmes, que uma hora pagava à farta e de sobra; mas outra hora vinha e engolia aquela, como tudo mais, para deixar à tona as agitações e o resto, e o resto do resto, que é o **fastio** e a **saciedade**: tal foi o livro daquele prólogo*.

54. A PÊNDULA

Saí dali a saborear o beijo. Não pude dormir; estirei-me na cama, é certo, mas foi o mesmo que nada. Ouvi as horas todas da noite. Usualmente, quando eu perdia o sono, o bater da pêndula fazia-me muito mal; esse tique-taque soturno, vagaroso e seco parecia dizer a cada golpe que eu ia ter um instante menos de vida. Imaginava então um velho diabo, sentado entre dois sacos, o da vida e o da morte, a tirar as moedas da vida para dá-las à morte, e a contá-las assim:

— Outra de menos...

— Outra de menos...

— Outra de menos...

— Outra de menos...

Pecas (ê): murchas, secas.

Fastio: tédio.

Saciedade: sensação de alguém que se fartou de algo e não quer mais.

*** Esse capítulo não tem título. O seu conteúdo poderia explicar por que isso ocorre?**

O mais singular é que, se o relógio parava, eu dava-lhe corda, para que ele não deixasse de bater nunca, e eu pudesse contar todos os meus instantes perdidos. Invenções há que se transformam ou acabam; as mesmas instituições morrem; o relógio é definitivo e perpétuo. O derradeiro homem, ao despedir-se do sol frio e gasto, há de ter um relógio na algibeira para saber a hora exata em que morre.

Naquela noite não padeci essa triste sensação de **enfado**, mas outra, e **deleitosa**. As fantasias tumultuavam-me cá dentro, vinham umas sobre outras, à semelhança de devotas que se abalroam para ver o anjo-cantor das procissões. Não ouvia os instantes perdidos, mas os minutos ganhados. De certo tempo em diante não ouvi coisa nenhuma, porque o meu pensamento, ardiloso e traquinas, saltou pela janela fora e bateu as asas na direção da casa de Virgília. Aí achou ao peitoril de uma janela o pensamento de Virgília, saudaram-se e ficaram de palestra. Nós a rolarmos na cama, talvez com frio, necessitados de repouso, e os dois vadios ali postos, a repetirem o velho diálogo de Adão e Eva.

Enfado: tédio.

Deleitosa: prazerosa.

*** Observe a criatividade do autor na elaboração deste capítulo. Os espaços em branco devem ser preenchidos pelo leitor. Os sinais de pontuação dão pistas sobre o que Brás Cubas e Virgília conversaram. O autor consegue "dizer" mais com a página em branco do que se tivesse usado as palavras. O emprego dessa linguagem visual ao lado da verbal é uma das marcas da inovação de estilo que esta obra trouxe à literatura brasileira.**

55. O VELHO DIÁLOGO DE ADÃO E EVA*

Brás Cubas

. . . ?

Virgília

. . . .

Brás Cubas

. . . .

. . . . . .

Virgília

. . . . . . !

Brás Cubas

. . . . . .

Virgília

. . . .

. . . . ? . . .

. . . .

Brás Cubas

. . . .

Virgília

. . . .

Brás Cubas

. . . .

. . . .

. . . . ! . .

. . ! . . . .

. . . . !

Virgília

. . . . ?

Brás Cubas

. . . . . !

Virgília

. . . . . !

56. O MOMENTO OPORTUNO

Mas com a breca! Quem me explicará a razão dessa diferença? Um dia vimo-nos, tratamos o casamento, desfizemo-lo e separamo-nos, a frio, sem dor, porque não houvera paixão nenhuma; mordeu-me apenas algum despeito e nada mais. Correm anos, torno a vê-la, damos três ou quatro giros de valsa, e eis-nos a amar um ao outro com delírio. A beleza de Virgília chegara, é certo, a um alto grau de apuro, mas nós éramos subs-

Mas com a breca!: antiga expressão que indica espanto, surpresa.

tancialmente os mesmos, e eu, à minha parte, não me tornara mais bonito nem mais elegante. Quem me explicará a razão dessa diferença?

A razão não podia ser outra senão o momento oportuno. Não era oportuno o primeiro momento, porque, se nenhum de nós estava verde para o amor, ambos o estávamos para o "nosso" amor: distinção fundamental. Não há amor possível sem a oportunidade dos sujeitos. Essa explicação achei-a eu mesmo, dois anos depois do beijo*, um dia em que Virgília se me queixava de um **pintalegrete** que lá ia e tenazmente a **galanteava**.

— Que importuno! — dizia ela fazendo uma careta de raiva.

Estremeci, fitei-a, vi que a indignação era sincera; então ocorreu-me que talvez eu tivesse provocado alguma vez aquela mesma careta, e compreendi logo toda a grandeza da minha evolução. Tinha vindo de importuno a oportuno.

57. DESTINO

Sim senhor, amávamos. Agora, que todas as leis sociais no-lo impediam, agora é que nos amávamos deveras. Achávamo-nos **jungidos** um ao outro, como as duas almas que o poeta encontrou no Purgatório:

di pari, come buoi, che vanno a giogo

e digo mal, comparando-nos a bois, porque nós éramos outra espécie de animal menos tardo, mais velhaco e lascivo. Eis-nos a caminhar sem saber até onde, nem por que estradas escusas; problema que me assustou, durante algumas semanas, mas cuja solução entreguei ao destino. Pobre destino! Onde andarás agora, grande procurador dos negócios humanos? Talvez estejas a

* Observe que de um capítulo a outro já se passaram dois anos, e Virgília e Brás Cubas são, agora, amantes.

Pintalegrete: sujeito metido a conquistador.

Galanteava: dizia galanteios; assediava.

Jungidos: ligados.

Di pari, come buoi, che vanno a giogo (em italiano): "Aos pares, como bois, que vão na cangalha" (verso de *A divina comédia*, de Dante Alighieri).

criar pele nova, outra cara, outras maneiras, outro nome, e não é impossível que... Já me não lembra onde estava... Ah, nas estradas escusas. Disse eu comigo que já agora seria o que Deus quisesse. Era a nossa sorte amar-nos; se assim não fora, como explicaríamos a valsa e o resto? Virgília pensava a mesma coisa. Um dia, depois de me confessar que tinha momentos de remorsos, como eu lhe dissesse que, se tinha remorsos, é porque me não tinha amor, Virgília cingiu-me, com os seus magníficos braços, murmurando:

— Amo-te, é a vontade do céu.

E esta palavra não vinha à toa; Virgília era um pouco religiosa. Não ouvia missa aos domingos, é verdade, e creio até que só ia às igrejas em dia de festa, e quando havia lugar vago em alguma tribuna. Mas rezava todas as noites, com fervor, ou, pelo menos, com sono*. Tinha medo às trovoadas; nessas ocasiões, tapava os ouvidos e **resmoneava** todas as orações do catecismo. Na alcova dela havia um oratoriozinho de jacarandá, obra de talha, de três palmos de altura, com três imagens dentro; mas não falava dele às amigas; ao contrário, tachava de beatas as que eram só religiosas. Algum tempo desconfiei que havia nela certo vexame de crer, e que a sua religião era uma espécie de camisa de flanela preservativa e clandestina; mas evidentemente era engano meu.

58. CONFIDÊNCIA

Lobo Neves, a princípio, metia-me grandes sustos. Pura ilusão! Como adorasse a mulher, não se vexava de mo dizer muitas vezes; achava que Virgília era a perfeição mesma, um conjunto de qualidades sólidas e finas, amorável, elegante, austera, um modelo. E a confiança não parava aí. De fresta que era, chegou a porta escancarada. Um dia confessou-me que trazia uma tris-

*** Observe a ironia desse comentário sobre a religiosidade de Virgília.**

Resmoneava: resmungava, falava baixinho, por entre os dentes.

Carcoma: caruncho, aquilo que destrói por dentro.

te **carcoma** na existência; faltava-lhe a glória pública. Animei-o; disse-lhe muitas coisas bonitas, que ele ouviu com aquela unção religiosa de um desejo que não quer acabar de morrer; então compreendi que a ambição dele andava cansada de bater as asas, sem poder abrir o voo. Dias depois disse-me todos os seus tédios e desfalecimentos, as amarguras engolidas, as raivas **sopitadas**; contou-me que a vida política era um tecido de invejas, despeitos, intrigas, perfídias, interesses, vaidades. Evidentemente havia aí uma crise de melancolia; tratei de combatê-la.

— Sei o que lhe digo — replicou-me com tristeza. — Não pode imaginar o que tenho passado. Entrei na política por gosto, por família, por ambição, e um pouco por vaidade. Já vê que reuni em mim só todos os motivos que levam o homem à vida pública; faltou-me só o interesse de outra natureza. Vira o teatro pelo lado da plateia; e, **palavra**, que era bonito! Soberbo cenário, vida, movimento e graça na representação. Escriturei-me; deram-me um papel que... Mas para que o estou a fatigar com isso? Deixe-me ficar com as minhas **amofinações**. Creia que tenho passado horas e dias... Não há constância de sentimentos, não há gratidão, não há nada... nada... nada...

Calou-se, profundamente abatido, com os olhos no ar, parecendo não ouvir coisa nenhuma, a não ser o eco de seus próprios pensamentos. Após alguns instantes, ergueu-se e estendeu-me a mão:

— O senhor há de rir-se de mim — disse ele —, mas desculpe aquele desabafo; tinha um negócio, que me mordia o espírito. E ria, de um jeito sombrio e triste; depois pediu-me que não referisse a ninguém o que se passara entre nós; ponderei-lhe que a rigor não se passara nada. Entraram dois deputados e um chefe político da paróquia. Lobo Neves recebeu-os com alegria, a princípio um tanto postiça, mas logo depois natural. No fim de meia hora, ninguém diria que ele não era o mais afortunado dos homens; conversava, **chasqueava**, e ria, e riam todos.

Sopitadas: contidas, reprimidas.

Palavra: nessa passagem, é uma interjeição que expressa ideia de confirmação, de convicção.

Amofinações: aborrecimentos.

Chasqueava: gracejava.

59. UM ENCONTRO

Deve ser um vinho enérgico a política, dizia eu comigo, ao sair da casa de Lobo Neves; e fui andando, fui andando, até que na Rua dos Barbonos vi uma sege, e dentro um dos ministros, meu antigo companheiro de colégio. Cortejamo-nos afetuosamente, a sege seguiu, e eu fui andando... andando... andando...

— Por que não serei eu ministro?

Essa ideia, rútila e grande — **trajada ao bizarro**, como diria o **padre Bernardes** — essa ideia começou uma vertigem de cabriolas e eu deixei-me estar com os olhos nela, a achar-lhe graça. Não pensei mais na tristeza de Lobo Neves; senti a atração do abismo. Recordei aquele companheiro de colégio, as correrias nos morros, as alegrias e travessuras, e comparei o menino com o homem, e perguntei a mim mesmo por que não seria eu como ele. Entrava então no Passeio Público, e tudo me parecia dizer a mesma coisa.

— Por que não serás ministro, Cubas? Cubas, por que não serás ministro de Estado? — Ao ouvi-lo, uma deliciosa sensação me refrescava todo o organismo. Entrei, fui sentar-me num banco, a remoer aquela ideia. E Virgília que havia de gostar! Alguns minutos depois vejo encaminhar-se para mim uma cara, que me não pareceu desconhecida. Conhecia-a, fosse donde fosse.

Imaginem um homem de trinta e oito a quarenta anos, alto, magro e pálido. As roupas, salvo o feitio, pareciam ter escapado ao **cativeiro de Babilônia**; o chapéu era contemporâneo do de **Gessler**. Imaginem agora uma sobrecasaca, mais larga do que pediam as carnes, ou, literalmente, os ossos da pessoa; a cor preta ia cedendo o passo a um amarelo sem brilho; o pelo desaparecia aos poucos; dos oito primitivos botões restavam três. As calças, de brim pardo, tinham duas fortes joelheiras, enquanto as bainhas eram roídas pelo tacão de um botim sem misericórdia nem graxa. Ao pescoço

Trajada ao bizarro: uma ideia que parecia extravagante, esquisita.

Padre Manuel Bernardes (1644-1710): escritor português.

Cativeiro de Babilônia: alusão cômica à velhice das roupas, pois o cativeiro dos hebreus na Babilônia ocorreu muitos séculos antes do nascimento de Cristo.

Gessler: estadista austríaco que exerceu o poder durante a ocupação da Suíça, no século XIV.

flutuavam as pontas de uma gravata de duas cores, ambas desmaiadas, apertando um colarinho de oito dias. Creio que trazia também colete, um colete de seda escura, **roto a espaços** e desabotoado.

— Aposto que me não conhece, senhor doutor Cubas? — disse ele.

— Não me lembra...

— Sou o Borba, o Quincas Borba.

Recuei espantado... Quem me dera agora o verbo solene de um **Bossuet** ou de **Vieira**, para contar tamanha desolação! Era o Quincas Borba, o gracioso menino de outro tempo, o meu companheiro de colégio, tão inteligente e abastado. Quincas Borba! Não; impossível; não pode ser. Não podia acabar de crer que essa figura esquálida, essa barba pintada de branco, esse maltrapilho **avelhentado**, que toda essa ruína fosse o Quincas Borba. Mas era. Os olhos tinham um resto da expressão de outro tempo, e o sorriso não perdera certo ar escarninho, que lhe era peculiar. Entretanto ele suportava com firmeza o meu espanto. No fim de algum tempo arredei os olhos; se a figura repelia, a comparação acabrunhava.

— Não é preciso contar-lhe nada — disse ele enfim —, o senhor adivinha tudo. Uma vida de misérias, de atribulações e de lutas. Lembra-se das nossas festas, em que eu figurava de rei? Que trambolhão! Acabo mendigo...

E, alçando a mão direita e os ombros, com um ar de indiferença, parecia resignado aos golpes da fortuna, e não sei até se contente. Talvez contente. Com certeza, impassível. Não havia nele a resignação cristã, nem a conformidade filosófica. Parece que a miséria lhe calejara a alma, a ponto de lhe tirar a sensação de lama. Arrastava os andrajos, como outrora a púrpura: com certa graça indolente.

— Procure-me — disse eu —, poderei arranjar-lhe alguma coisa.

Um sorriso magnífico lhe abriu os lábios.

Roto a espaços: rasgado aqui e ali.

Jacques Bossuet (1627-1704) e Antônio Vieira (1608-1697): os maiores oradores do século XVII na França e em Portugal, respectivamente.

Avelhentado: envelhecido.

— Não é o primeiro que me promete alguma coisa — replicou –, e não sei se será o último que não me fará nada. E para quê? Eu nada peço, a não ser dinheiro; dinheiro sim, porque é necessário comer, e as **casas de pasto** não fiam. Nem as quitandeiras. Uma coisa de nada, uns dois vinténs de angu, nem isso fiam as malditas quitandeiras... Um inferno, meu... — ia dizer meu amigo... — Um inferno! O diabo! Todos os diabos! Olhe, ainda hoje não almocei.

— Não?

— Não; saí muito cedo de casa. Sabe onde moro? No terceiro degrau das escadas de São Francisco, à esquerda de quem sobe; não precisa bater na porta. Casa fresca, extremamente fresca. Pois saí cedo, e ainda não comi...

Tirei a carteira, escolhi uma nota de cinco mil-réis — a menos limpa — e dei-lha. Ele recebeu-ma com os olhos cintilantes de cobiça. Levantou a nota ao ar, e agitou-a entusiasmado.

— ***In hoc signo vinces***! — bradou.

E depois beijou-a, com muitos ademanes de ternura e tão ruidosa expansão, que me produziu um sentimento misto de nojo e lástima. Ele, que era arguto, entendeu-me; ficou sério, grotescamente sério, e pediu-me desculpa da alegria, dizendo que era alegria de pobre que não via, desde muitos anos, uma nota de cinco mil-réis.

— Pois está em suas mãos ver outras muitas — disse eu.

— Sim? — acudiu ele, dando um bote para mim.

— Trabalhando — concluí eu.

Fez um gesto de desdém; calou-se alguns instantes; depois disse-me positivamente que não queria trabalhar. Eu estava enjoado dessa abjeção tão cômica e tão triste, e preparei-me para sair.

— Não vá sem eu lhe ensinar a minha filosofia da miséria — disse ele, escarranchando-se diante de mim.

Casas de pasto: restaurantes, tabernas, locais onde se servem refeições.

***In hoc signo vinces* (em latim):** "Com este sinal vencerás". Palavras que circundaram a cruz que se diz ter aparecido a Constantino antes da batalha em que derrotou Maxêncio, em 312. Observe o sentido irônico que a citação tem nessa passagem.

60. O ABRAÇO

Cuidei que o pobre-diabo estivesse doido, e ia afastar-me quando ele me pegou no pulso e olhou alguns instantes para o brilhante que eu trazia no dedo. Senti-lhe na mão uns estremeções de cobiça, uns pruridos de posse.

— Magnífico! — disse ele.

Depois começou a andar à roda de mim e a examinar-me muito.

— O senhor trata-se — disse ele. — Joias, roupa fina, elegante e... Compare esses sapatos aos meus; que diferença! Pudera não! Digo-lhe que se trata. E moças? Como vão elas? Está casado?

— Não...

— Nem eu.

— Moro na rua...

— Não quero saber onde mora — atalhou Quincas Borba. — Se alguma vez nos virmos, dê-me outra nota de cinco mil-réis; mas permita-me que não a vá buscar à sua casa. É uma espécie de orgulho... Agora, adeus; vejo que está impaciente.

— Adeus!

— E obrigado. Deixa-me agradecer-lhe de mais perto?

E dizendo isso abraçou-me com tal ímpeto que não pude evitá-lo. Separamo-nos finalmente, eu a passo largo, com a camisa amarrotada do abraço, enfadado e triste. Já não dominava em mim a parte simpática da sensação, mas a outra. Quisera ver-lhe a miséria digna. Contudo não pude deixar de comparar outra vez o homem de agora com o de outrora, entristecer-me e encarar o abismo que separa as esperanças de um tempo da realidade de outro tempo...

— Ora adeus! Vamos jantar — disse comigo.

Meto a mão no colete e não acho o relógio. Última desilusão! O Borba furtara-mo no abraço.

61. UM PROJETO

Jantei triste. Não era a falta do relógio que me pungia, era a imagem do autor do furto, e as reminiscências de criança, e outra vez a comparação e a conclusão... Desde a sopa, começou a abrir em mim a flor amarela e mórbida do capítulo 25, e então jantei depressa, para correr à casa de Virgília. Virgília era o presente; eu queria refugiar-me nele, para escapar às opressões do passado, porque o encontro do Quincas Borba tornara-me aos olhos o passado, não qual fora deveras, mas um passado roto, abjeto, mendigo e gatuno.

Saí de casa, mas era cedo; iria achá-los à mesa. Outra vez pensei no Quincas Borba, e tive então um desejo de tornar ao Passeio Público, a ver se o achava; a ideia de o regenerar surgiu-me como uma forte necessidade. Fui; mas já não o achei. Indaguei do guarda; disse-me que efetivamente "esse sujeito" ia por ali às vezes.

— A que horas?

— Não tem hora certa.

Não era impossível encontrá-lo noutra ocasião; prometi a mim mesmo lá voltar. A necessidade de o regenerar, de o trazer ao trabalho e ao respeito de sua pessoa enchia-me o coração; eu começava a sentir um bem-estar, uma elevação, uma admiração de mim próprio... Nisso caía a noite; fui ter com Virgília.

62. O TRAVESSEIRO

Fui ter com Virgília; depressa esqueci o Quincas Borba. Virgília era o travesseiro do meu espírito, um travesseiro mole, tépido, aromático, enfronhado em cambraia e **bruxelas**. Era ali que ele costumava repousar de todas as sensações más, simplesmente enfadonhas, ou até dolorosas. E, bem pesadas as coisas, não era outra a razão da existência de Virgília; não podia ser. Cinco minutos bastaram para olvidar inteiramente o Quincas Borba; cinco minutos de uma contemplação mútua, com as mãos presas umas nas outras; cinco minutos e um beijo. E lá se foi a lembrança do Quincas Borba... **Escrófula** da vida, andrajo do passado, que me impor-

Bruxelas: franjas usadas geralmente em fronhas.

Escrófula: nesta passagem, significa metaforicamente "deformação doentia".

ta que existas, que molestes os olhos dos outros, se eu tenho dois palmos de um travesseiro divino, para fechar os olhos e dormir?

63. FUJAMOS!

Ai! Nem sempre dormir. Três semanas depois, indo à casa de Virgília — eram quatro horas da tarde —, achei-a triste e abatida. Não me quis dizer o que era; mas, como eu instasse muito:

— Creio que o Damião desconfia alguma coisa. Noto agora umas esquisitices nele... Não sei... Trata-me bem, não há dúvida; mas o olhar parece que não é o mesmo. Durmo mal; ainda esta noite acordei, aterrada; estava sonhando que ele me ia matar. Talvez seja ilusão, mas eu penso que ele desconfia...

Tranquilizei-a como pude; disse que podiam ser cuidados políticos. Virgília concordou que seriam, mas ficou ainda muito excitada e nervosa. Estávamos na sala de visitas, que dava justamente para a chácara, onde trocáramos o beijo inicial. Uma janela aberta deixava entrar o vento, que sacudia frouxamente as cortinas, e eu fiquei a olhar para as cortinas, sem as ver. Empunhara o binóculo da imaginação; **lobrigava**, ao longe, uma casa nossa, uma vida nossa, um mundo nosso, em que não havia Lobo Neves, nem casamento, nem moral, nem nenhum outro **liame** que nos tolhesse a expansão da vontade. Essa ideia embriagou-me; eliminados assim o mundo, a moral e o marido, bastava penetrar naquela habitação dos anjos.

— Virgília — disse —, eu te proponho uma coisa.

— Que é?

— Amas-me?

— Oh! — suspirou ela, cingindo-me os braços ao pescoço.

Lobrigava: vislumbrava, avistava.

Liame: laço.

Virgília amava-me com fúria; aquela resposta era a verdade patente. Com os braços ao meu pescoço, calada, respirando muito, deixou-se ficar a olhar para mim, com os seus grandes e belos olhos, que davam uma sensação singular de luz úmida; eu deixei-me estar a vê-los, a namorar-lhe a boca, fresca como a madrugada e insaciável como a morte. A beleza de Virgília tinha agora um tom grandioso, que não possuíra antes de casar. Era dessas figuras talhadas em **pentélico**, de um lavor nobre, rasgado e puro, tranquilamente bela, como as estátuas, mas não apática nem fria. Ao contrário, tinha o aspecto das naturezas cálidas, e podia-se dizer que, na realidade, resumia todo o amor. Resumia-o sobretudo naquela ocasião, em que exprimia mudamente tudo quanto pode dizer a pupila humana. Mas o tempo urgia; deslacei-lhe as mãos, peguei-lhe nos pulsos e, fito nela, perguntei-lhe se tinha coragem.

— De quê?

— De fugir. Iremos para onde nos for mais cômodo, uma casa grande ou pequena, à tua vontade, na roça ou na cidade, ou na Europa, onde te parecer, onde ninguém nos aborreça, e não haja perigos para ti, onde vivamos um para o outro... Sim? Fujamos. Tarde ou cedo, ele pode descobrir alguma coisa, e estarás perdida... Ouves? Perdida... Morta... E ele também, porque eu o matarei, juro-te.

Interrompi-me; Virgília empalidecera muito, deixou cair os braços e sentou-se no canapé. Esteve assim alguns instantes, sem me dizer palavra, não sei se vacilante na escolha, se aterrada com a ideia da descoberta e da morte. Fui-me a ela, insisti na proposta, disse-lhe todas as vantagens de uma vida a sós, sem zelos, nem terrores, nem aflições. Virgília ouvia-me calada; depois disse:

— Não escaparíamos talvez; ele iria ter comigo e matava-me do mesmo modo.

Mostrei-lhe que não. O mundo era assaz vasto, e eu tinha os meios de viver onde quer que houvesse ar

Pentélico: **mármore ateniense.**

puro e muito sol; ele não chegaria até lá; só as grandes paixões são capazes de grandes ações, e ele não a amava tanto que pudesse ir buscá-la, se ela estivesse longe. Virgília fez um gesto de espanto e quase indignação; murmurou que o marido gostava muito dela.

— Pode ser — respondi eu —, pode ser que sim...

Fui até a janela e comecei a rufar com os dedos no peitoril. Virgília chamou-me; deixei-me estar, a remoer os meus zelos, a desejar estrangular o marido, se o tivesse ali à mão... Justamente nesse instante apareceu na chácara o Lobo Neves. Não tremas assim, leitora pálida; descansa, que não hei de rubricar esta lauda com um pingo de sangue*. Logo que apareceu na chácara, fiz-lhe um gesto amigo, acompanhado de uma palavra graciosa; Virgília retirou-se apressadamente da sala, onde ele entrou daí a três minutos.

— Está cá há muito tempo? — disse-me ele.

— Não.

Entrara sério, pesado, derramando os olhos de um modo distraído, costume seu, que trocou logo por uma verdadeira expansão de jovialidade quando viu chegar o filho, o nhonhô, o futuro bacharel do capítulo 6; tomou-o nos braços, levantou-o ao ar, beijou-o muitas vezes. Eu, que tinha ódio ao menino**, afastei-me de ambos. Virgília tornou à sala.

— Ah! — respirou Lobo Neves, sentando-se preguiçosamente no sofá.

— Cansado? — perguntei eu.

— Muito; aturei duas **maçadas** de primeira ordem, uma na câmara e outra na rua. E ainda temos terceira — acrescentou, olhando para a mulher.

— Que é? — perguntou Virgília.

— Um... Adivinha!

Virgília sentara-se ao lado dele, pegou-lhe numa das mãos, compôs-lhe a gravata, e tornou a perguntar o que era.

— Nada menos que um camarote.

— Para a **Candiani**?

*** Observe que essa intervenção metalinguística do narrador quebra o suspense que se criava, lembrando novamente ao leitor que ele está diante de um texto de ficção e não diante da vida. Por isso, tudo vai acontecer conforme o desejo do narrador.**

**** Qual seria a razão desse ódio?**

Maçada: conversa chata, aborrecida.

Candiani: famosa cantora lírica italiana que atuou no Rio de Janeiro na década de 1840.

— Para a Candiani.

Virgília bateu palmas, levantou-se, deu um beijo no filho, com um ar de alegria pueril, que destoava muito da figura; depois perguntou se o camarote era de boca ou do centro, consultou o marido, em voz baixa, acerca da *toilette* que faria, da ópera que se cantava, e de não sei que outras coisas.

— Você janta conosco, doutor — disse-me Lobo Neves.

— Veio para isso mesmo — confirmou a mulher —, diz que você possui o melhor vinho do Rio de Janeiro.

— Nem por isso bebe muito.

Ao jantar, desmenti-o; bebi mais do que costumava; ainda assim, menos do que era preciso para perder a razão. Já estava excitado, fiquei um pouco mais. Era a primeira grande cólera que eu sentia contra Virgília. Não olhei uma só vez para ela durante o jantar; falei de política, da imprensa, do ministério, creio que falaria de teologia, se a soubesse, ou se me lembrasse. Lobo Neves acompanhava-me com muita placidez e dignidade, e até com certa benevolência superior; e tudo aquilo me irritava também, e me tornava mais amargo e longo o jantar. Despedi-me apenas nos levantamos da mesa.

— Até logo, não? — perguntou Lobo Neves.

— Pode ser.

E saí.

64. A TRANSAÇÃO

Vaguei pelas ruas e recolhi-me às nove horas. Não podendo dormir, atirei-me a ler e escrever. Às onze horas estava arrependido de não ter ido ao teatro, consultei o relógio, quis vestir-me e sair. Julguei, porém, que chegaria tarde; demais, era dar prova de fraqueza. Evidentemente, Virgília começava a aborrecer-se de mim, pensava eu. E essa ideia fez-me sucessivamente desesperado e frio, disposto a esquecê-la e a matá-la. Via-a dali mesmo, reclinada no camarote, com os seus magníficos braços nus — os braços que eram meus, só meus — fascinando os olhos de todos, com o vestido soberbo que havia de ter, o colo de leite, os cabelos postos em bandós, à maneira do tempo, e os brilhantes, menos luzidios que os olhos dela... Via-a assim, e doía-me que a vissem outros. Depois, começava a despi-la, a pôr de lado as joias e sedas, a despenteá-la com as minhas mãos

sôfregas e lascivas, a torná-la — não sei se mais bela, se mais natural —, a torná-la minha, somente minha, unicamente minha.

No dia seguinte, não me pude ter; fui cedo à casa de Virgília; achei-a com os olhos vermelhos de chorar.

— Que houve? — perguntei.

— Você não me ama — foi a sua resposta —, nunca me teve a menor soma de amor. Tratou-me ontem como se me tivesse ódio. Se eu ao menos soubesse o que é que fiz! Mas não sei. Não me dirá o que foi?

— Que foi o quê? Creio que não houve nada.

— Nada? Tratou-me como não se trata um cachorro...

A essa palavra, peguei-lhe nas mãos, beijei-as, e duas lágrimas rebentaram-lhe dos olhos.

— Acabou, acabou — disse eu.

Não tive ânimo de **arguir**, e, aliás, argui-la de quê? Não era culpa dela se o marido a amava. Disse-lhe que não me fizera coisa nenhuma, que eu tinha necessariamente ciúmes do outro, que nem sempre o podia suportar de cara alegre; acrescentei que talvez houvesse nele muita dissimulação, e que o melhor meio de fechar a porta aos sustos e às **dissensões** era aceitar a minha ideia da véspera.

— Pensei nisso — acudiu Virgília. — Uma casinha só nossa, solitária, metida num jardim, em alguma rua escondida, não é? Acho a ideia boa; mas para que fugir?

Disse isso com o tom ingênuo e preguiçoso de quem não cuida em mal, e o sorriso que lhe derreava os cantos da boca trazia a mesma expressão de candidez. Então, afastando-me, respondi:

— Você é que nunca me teve amor.

— Eu?

— Sim, é uma egoísta! Prefere ver-me padecer todos os dias... É uma egoísta sem nome!

Virgília desatou a chorar, e, para não atrair gente, metia o lenço na boca, recalcava os soluços; explosão que me desconcertou. Se alguém a ouvisse, perdia-se tudo. Inclinei-me para ela, travei-lhe dos pulsos, sussur-

Sôfregas e lascivas: ávidas e sensuais.

Arguir: questionar.

Dissensões: divergências.

rei-lhe os nomes mais doces da nossa intimidade; mostrei-lhe o perigo; o terror apazigou-a.

— Não posso — disse ela daí a alguns instantes —, não deixo meu filho; se o levar, estou certa de que ele me irá buscar ao fim do mundo. Não posso; mate--me você, se o quiser, ou deixe-me morrer... Ah! Meu Deus! Meu Deus!

— Sossegue; olhe que podem ouvi-la.

— Que ouçam! Não me importa.

Estava ainda excitada; pedi-lhe que esquecesse tudo, que me perdoasse, que eu era um doido, mas que a minha insânia provinha dela e com ela acabaria. Virgília enxugou os olhos e estendeu-me a mão. Sorrimos ambos; minutos depois, tornávamos ao assunto da casinha solitária, em alguma rua escusa...

65. OLHEIROS E ESCUTAS

Interrompeu-nos o rumor de um carro na chácara. Veio um escravo dizer que era a baronesa X. Virgília consultou-me com os olhos.

— Se a senhora está assim com dor de cabeça — disse eu —, parece que o melhor é não receber.

— Já se apeou? — perguntou Virgília ao escravo.

— Já se apeou; diz que precisa muito de falar com sinhá!

— Que entre!

A baronesa entrou daí a pouco. Não sei se contava comigo na sala; mas era impossível mostrar maior alvoroço.

— Bons olhos o vejam! — exclamou. — Onde se mete o senhor que não aparece em parte nenhuma? Pois olhe, ontem admirou-me não o ver no teatro. A Candiani esteve deliciosa. Que mulher! Gosta da Candiani? É natural. Os senhores são todos os mesmos. O barão dizia ontem, no camarote, que uma só italiana vale por cinco brasileiras. Que desaforo! E desaforo de velho, que é pior. Mas por que é que o senhor não foi ontem ao teatro?

— Uma enxaqueca.

— Qual! Algum namoro; não acha, Virgília? Pois, meu amigo, apresse-se, porque o senhor deve estar com quarenta anos... ou perto disso... Não tem quarenta anos?

— Não lhe posso dizer com certeza — respondi eu —, mas se me dá licença vou consultar a certidão de batismo.

— Vá, vá... — E estendendo-me a mão: — Até quando? Sábado ficamos em casa; o barão está com umas saudades suas...

Chegando à rua, arrependi-me de ter saído. A baronesa era uma das pessoas que mais desconfiavam de nós. Cinquenta e cinco anos, que pareciam quarenta, macia, risonha, vestígios de beleza, porte elegante e maneiras finas. Não falava muito nem sempre; possuía a grande arte de escutar os outros, espiando-os; reclinava-se então na cadeira, desembainhava um olhar afiado e comprido, e deixava-se estar. Os outros, não sabendo o que era, falavam, olhavam, gesticulavam, ao tempo que ela olhava só, ora fixa, ora móbil, levando a astúcia ao ponto de olhar às vezes para dentro de si, porque deixava cair as pálpebras; mas, como as pestanas eram **rótulas**, o olhar continuava o seu ofício, remexendo a alma e a vida dos outros.

A segunda pessoa era um parente de Virgília, o Viegas, um **cangalho** de setenta invernos, chupado e amarelado, que padecia de um reumatismo teimoso, de uma asma não menos teimosa e de uma lesão de coração: era um hospital concentrado*. Os olhos porém luziam de muita vida e saúde. Virgília, nas primeiras semanas, não lhe tinha medo nenhum; dizia-me que, quando o Viegas parecia espreitar, com o olhar fixo, estava simplesmente contando dinheiro. Com efeito, era um grande avaro.

Havia ainda o primo de Virgília, Luís Dutra, que eu agora desarmava à força de lhe falar nos versos e prosas, e de o apresentar aos conhecidos. Quando esses, ligando o nome à pessoa, se mostravam contentes da apresentação, não há dúvida de que o Luís Dutra exultava de felicidade; mas eu **curava-me da felicidade** com a esperança de que ele nos não denunciasse nunca. Havia, enfim, umas duas ou três senhoras, vários **gamenhos**, e os **fâmulos**, que naturalmente se desforravam assim da condição servil, e tudo isso constituía uma verdadeira floresta de olheiros e escutas, por entre

Rótula: grade de ripas que guarnece janelas ou portas para que não se veja o interior da casa.

Cangalho: homem velho e inútil. Essa palavra tem sentido pejorativo, ofensivo.

* Observações irônicas e engraçadas como essa são frequentes em Machado de Assis.

Curava-me da felicidade: cuidava da felicidade dele. Observe como Brás Cubas manipula as pessoas de acordo com seu interesse.

Gamenhos: indivíduos metidos a elegantes; almofadinhas.

Fâmulos: serviçais.

os quais tínhamos de resvalar com a tática e maciez das cobras*.

66. AS PERNAS

Ora, enquanto eu pensava naquela gente, iam-me as pernas levando, ruas abaixo, de modo que insensivelmente me achei à porta do Hotel Pharoux. De costume jantava aí; mas, não tendo deliberadamente andado, nenhum merecimento da ação me cabe, e sim às pernas, que a fizeram. Abençoadas pernas! E há quem vos trate com desdém ou indiferença. Eu mesmo, até então, tinha-vos em má conta, zangava-me quando vos fatigáveis, quando não podíeis ir além de certo ponto, e me deixáveis com desejo a **avoaçar**, à semelhança de galinha atada pelos pés.

Aquele caso, porém, foi um raio de luz. Sim, pernas amigas, vós deixastes à minha cabeça o trabalho de pensar em Virgília, e dissestes uma à outra: "Ele precisa comer, são horas de jantar, vamos levá-lo ao Pharoux; dividamos a consciência dele, uma parte fique com a dama, tomemos nós a outra, para que ele vá direito, não abalroe as gentes e as carroças, tire o chapéu aos conhecidos, e finalmente chegue são e salvo ao hotel". E cumpristes à risca o vosso propósito, amáveis pernas, o que me obriga a imortalizar-vos nesta página.

67. A CASINHA

Jantei e fui a casa. Lá achei uma caixa de charutos, que me mandara o Lobo Neves, embrulhada em

*** Observe como a arte do fingimento é fundamental para que Virgília e Brás Cubas continuem se encontrando.**

Avoaçar: voar.

papel de seda e ornada de fitinhas cor-de-rosa. Entendi, abri-a, e tirei este bilhete:

Meu B...

Desconfiam de nós; tudo está perdido; esqueça-me para sempre. Não nos veremos mais. Adeus; esqueça-se da infeliz.

V... a.

Foi um golpe essa carta; não obstante, apenas fechou a noite, corri à casa de Virgília. Era tempo; estava arrependida. Ao vão de uma janela, contou-me o que se passara com a baronesa. A baronesa disse-lhe francamente que se falara muito, no teatro, na noite anterior, a propósito da minha ausência do camarote do Lobo Neves; tinham comentado as minhas relações na casa; em suma, éramos objeto da suspeita pública. Concluiu dizendo que não sabia que fazer.

— O melhor é fugirmos — insinuei.

— Nunca — respondeu ela abanando a cabeça.

Vi que era impossível separar duas coisas que no espírito dela estavam inteiramente ligadas: o nosso amor e a consideração pública. Virgília era capaz de iguais e grandes sacrifícios para conservar ambas as vantagens, e a fuga só lhe deixava uma. Talvez senti alguma coisa semelhante a despeito; mas as comoções daqueles dois dias eram já muitas, e o despeito morreu depressa. Vá lá; arranjemos a casinha.

Com efeito, achei-a, dias depois, expressamente feita em um recanto da Gamboa. Um brinco! Nova, caiada de fresco, com quatro janelas na frente e duas de cada lado, todas com venezianas cor de tijolo, trepadeira nos cantos, jardim na frente; mistério e solidão. Um brinco!

Convencionamos que iria morar ali uma mulher, conhecida de Virgília, em cuja casa fora costureira e agregada. Virgília exercia sobre ela verdadeira fascinação. Não se lhe diria tudo; ela aceitaria facilmente o resto.

Para mim era aquilo uma situação nova do nosso amor, uma aparência de posse exclusiva, de domínio absoluto, alguma coisa que me faria adormecer a consciência e resguardar o decoro. Já estava cansado das cortinas do outro, das cadeiras, do tapete, do canapé, de todas essas coisas que me traziam aos olhos constantemente a nossa duplicidade. Agora podia evitar os jantares frequentes, o chá de todas as noites, enfim a presença do filho deles, meu cúmplice e meu inimigo*. A casa resgatava-me tudo; o mundo vulgar terminaria à porta — dali para dentro era o infinito, um mundo eterno, superior, excepcional, nosso, somente nosso, sem leis, sem instituições, sem baronesas, sem olheiros, sem escutas, um só mundo, um só casal, uma só vida, uma só vontade, uma só afeição, a unidade moral de todas as coisas pela exclusão das que me eram contrárias.

68. O VERGALHO

Tais eram as reflexões que eu vinha fazendo, por aquele **Valongo** fora, logo depois de ver e ajustar a casa. Interrompeu-mas um ajuntamento; era um preto que **vergalhava** outro na praça. O outro não se atrevia a fugir; gemia somente estas únicas palavras: "Não, perdão, meu senhor; meu senhor, perdão!" Mas o primeiro não fazia caso, e, a cada súplica, respondia com uma vergalhada nova.

— Toma, diabo! — dizia ele —, toma mais perdão, bêbado!

— Meu senhor! — gemia o outro.

— Cala a boca, besta! — replicava o vergalho.

Parei, olhei... Justos céus! Quem havia de ser o do vergalho! Nada menos que o meu moleque Prudêncio — o que meu pai libertara alguns anos antes. Cheguei-me; ele deteve-se logo e pediu-me a bênção; perguntei-lhe se aquele preto era escravo dele.

— É, sim, nhonhô.

— Fez-te alguma coisa?

— É um vadio e um bêbado muito grande. Ainda hoje **deixei ele** na quitanda, enquanto eu ia lá embaixo na cidade, e ele deixou a quitanda para ir na venda beber.

— Está bom, perdoa-lhe — disse eu.

— Pois não, nhonhô. Nhonhô manda, não pede. Entra para casa, bêbado!

*** Por que Brás Cubas diz que o menino é seu cúmplice e inimigo?**

Valongo: bairro onde havia vários locais de venda e compra de escravos.

Vergalhava: chicoteava, açoitava.

Deixei ele: repare no registro da forma coloquial da fala do ex-escravo.

Saí do grupo, que me olhava espantado e cochichava as suas conjeturas. Segui caminho, a desfiar uma infinidade de reflexões, que sinto haver inteiramente perdido; aliás, seria matéria para um bom capítulo, e talvez alegre. Eu gosto dos capítulos alegres; é o meu fraco. Exteriormente, era **torvo** o episódio do Valongo; mas só exteriormente. Logo que meti mais dentro a faca do raciocínio achei-lhe um miolo **gaiato**, fino, e até profundo. Era um modo que o Prudêncio tinha de se desfazer das pancadas recebidas — transmitindo-as a outro. Eu, em criança, montava-o, punha-lhe um freio na boca, e **desancava-o** sem compaixão; ele gemia e sofria. Agora, porém, que era livre, dispunha de si mesmo, dos braços, das pernas, podia trabalhar, folgar, dormir, **desagrilhoado** da antiga condição, agora é que ele **se desbancava**: comprou um escravo, e ia-lhe pagando, com alto juro, as quantias que de mim recebera. Vejam as sutilezas do maroto!*

Torvo: sinistro, sombrio, obscuro.

Gaiato: travesso, malandro.

Desancava-o: espancava-o.

Desagrilhoado: livre.

Se desbancava: se excedia.

* Embora já tivesse sentido na pele a dor e a humilhação do chicote, o ex-escravo faz o mesmo com outro negro. O ser humano é representado como egoísta e cruel, não importando a cor da sua pele.

69. UM GRÃO DE SANDICE

Esse caso faz-me lembrar um doido que conheci. Chamava-se Romualdo e dizia ser **Tamerlão**. Era a sua grande e única mania, e tinha uma curiosa maneira de a explicar.

— Eu sou o ilustre Tamerlão — dizia ele. — Outrora fui Romualdo, mas adoeci, e tomei tanto tártaro, tanto tártaro, tanto tártaro, que fiquei **tártaro**, e até rei dos tártaros. O tártaro tem a virtude de fazer tártaros.

Pobre Romualdo! A gente ria da resposta, mas é provável que o leitor não se ria, e com razão; eu não lhe acho graça nenhuma. Ouvida, tinha algum **chiste**; mas assim contada, no papel, e a propósito de um vergalho recebido e transferido, força é confessar que é muito melhor voltar à casinha da Gamboa; deixemos os Romualdos e Prudêncios**.

Tamerlão (1336-1405): célebre conquistador tártaro.

Tártaro: preparado farmacêutico usado de forma medicamentosa como vomitório. Mas tártaro também designa um povo que habitava vastas extensões da Ásia.

Chiste: graça.

** Que relação há entre um caso e outro? O que pode haver em comum entre Romualdo e Prudêncio?

70. DONA PLÁCIDA

Voltemos à casinha. Não serias capaz de lá entrar hoje, curioso leitor; envelheceu, enegreceu, apodreceu, e o proprietário deitou-a abaixo para substituí-la por outra, três vezes maior, mas juro-te que muito menor que a primeira. O mundo era estreito para **Alexandre**; um desvão de telhado é o infinito para as andorinhas.

Vê agora a neutralidade deste globo, que nos leva, através dos espaços, como uma lancha de náufragos, que vai dar à costa: dorme hoje um casal de virtudes no mesmo espaço de chão que sofreu um casal de pecados. Amanhã pode lá dormir um eclesiástico, depois um assassino, depois um ferreiro, depois um poeta, e todos abençoarão esse canto de terra, que lhes deu algumas ilusões*****.

Virgília fez daquilo um brinco; designou as alfaias mais idôneas, e dispô-las com a intuição estética da mulher elegante; eu levei para lá alguns livros, e tudo ficou sob a guarda de dona Plácida, suposta, e, a certos respeitos, verdadeira dona da casa.

Custou-lhe muito a aceitar a casa; farejara a intenção, e doía-lhe o ofício; mas afinal cedeu. Creio que chorava, a princípio: tinha nojo de si mesma. Ao menos, é certo que não levantou os olhos para mim durante os primeiros dois meses; falava-me com eles baixos, séria, carrancuda, às vezes triste. Eu queria **angariá-la**, e não me dava por ofendido, tratava-a com carinho e respeito; forcejava por obter-lhe a benevolência, depois a confiança. Quando obtive a confiança, imaginei uma história patética dos meus amores com Virgília, um caso anterior ao casamento, a resistência do pai, a dureza do marido, e não sei que outros toques de novela. Dona Plácida não rejeitou uma só página da novela; aceitou-as todas. Era uma necessidade da consciência******. Ao cabo de seis meses quem nos visse a todos três juntos diria que dona Plácida era minha sogra.

Não fui ingrato; fiz-lhe um pecúlio de cinco contos — os cinco contos achados em Botafogo — como um

Alexandre Magno (356-323 a.C.): rei da Macedônia; conquistou muitas cidades, formando um dos maiores impérios da história, o qual, no entanto, não sobreviveu à sua morte.

*** O mundo é neutro, indiferente à sorte dos homens que passam por ele.**

Angariá-la: conquistá-la.

**** Por que dona Plácida teria essa "necessidade"?**

pão para a velhice*. Dona Plácida agradeceu-me com lágrimas nos olhos, e nunca mais deixou de rezar por mim, todas as noites, diante de uma imagem da Virgem, que tinha no quarto. Foi assim que lhe acabou o nojo**.

71. O SENÃO DO LIVRO

Começo a arrepender-me deste livro. Não que ele me canse; eu não tenho que fazer; e, realmente, expedir alguns magros capítulos para este mundo sempre é tarefa que distrai um pouco da eternidade. Mas o livro é enfadonho, cheira a sepulcro, traz certa contração cadavérica; vício grave, e aliás ínfimo, porque o maior defeito deste livro és tu, leitor. Tu tens pressa de envelhecer, e o livro anda devagar; tu amas a narração direta e nutrida, o estilo regular e fluente, e este livro e o meu estilo são como os ébrios, guinam à direita e à esquerda, andam e param, resmungam, urram, gargalham, ameaçam o céu, escorregam e caem...*** E caem! — Folhas **misérrimas** do meu cipreste, heis de cair, como quaisquer outras belas e vistosas; e, se eu tivesse olhos, dar-vos-ia uma lágrima de saudade. Essa é a grande vantagem da morte, que, se não deixa boca para rir, também não deixa olhos para chorar... Heis de cair.

72. O BIBLIÔMANO

Talvez suprima o capítulo anterior; entre outros motivos, há aí, nas últimas linhas, uma frase muito parecida com despropósito, e eu não quero **dar pasto** à crítica do futuro.

Olhai: daqui a setenta anos, um sujeito magro, amarelo, grisalho, que não ama nenhuma outra coisa além

* Quando achou esse dinheiro (cap. 52), o que Brás Cubas pretendia fazer com ele?

** Que relação pode haver entre o nome dessa mulher e o seu comportamento?

*** Nessa observação metalinguistica, o narrador fala de seu estilo e sabe que o leitor gostaria de encontrar uma história desenvolvida de modo direto, sem interrupções. Ele tem consciência de estar apresentando um texto que não segue o estilo tradicional, que não faz do enredo seu ponto principal.

Misérrimas: extremamente míseras, infelizes.

Bibliômano: maníaco por comprar e colecionar livros, especialmente os raros.

Dar pasto: dar motivo.

dos livros, inclina-se sobre a página anterior, a ver se lhe descobre o despropósito; lê, relê, treslê, desengonça as palavras, saca uma sílaba, depois outra, mais outra, e as restantes, examina-as por dentro e por fora, por todos os lados, contra a luz, espaneja-as, esfrega-as no joelho, lava-as, e nada; não acha o despropósito.

É um bibliômano. Não conhece o autor; esse nome de Brás Cubas não vem nos seus dicionários biográficos. Achou o volume, por acaso, no **pardieiro** de um **alfarrabista**. Comprou-o por duzentos réis. Indagou, pesquisou, **esgaravatou**, e veio a descobrir que era um exemplar único... Único! Vós, que não só amais os livros, senão que padeceis a mania deles, vós sabeis mui bem o valor dessa palavra, e adivinhais, portanto, as delícias de meu bibliômano. Ele rejeitaria a coroa das Índias, o papado, todos os museus da Itália e da Holanda, se os houvesse de trocar por esse único exemplar; e não porque seja o das minhas *Memórias*; faria a mesma coisa com o **Almanaque de Laemmert**, uma vez que fosse único.

O pior é o despropósito. Lá continua o homem inclinado sobre a página, com uma lente no olho direito, todo entregue à nobre e áspera função de decifrar o despropósito. Já prometeu a si mesmo escrever uma breve memória, na qual relate o achado do livro e a descoberta da **sublimidade**, se a houver por baixo daquela frase obscura. Ao cabo, não descobre nada e contenta-se com a posse. Fecha o livro, mira-o, remira-o, chega-se à janela e mostra-o ao sol. Um exemplar único. Nesse momento passa-lhe por baixo da janela um César ou um Cromwell, a caminho do poder. Ele dá de ombros, fecha a janela, estira-se na rede e folheia o livro devagar, com amor, aos goles... Um exemplar único!

73. O *LUNCHEON*

O despropósito fez-me perder outro capítulo. Que melhor não era dizer as coisas lisamente, sem todos esses

Pardieiro: prédio velho ou arruinado.

Alfarrabista: aquele que compra e vende livros velhos ou usados.

Esgaravatou: procurou cuidadosamente.

Almanaque de Laemmert: publicação anual da editora Laemmert, sobre diversos assuntos, muito popular na época de Machado de Assis.

Sublimidade: excelência.

***Luncheon* (em inglês):** refeição ligeira servida à tarde.

solavancos! Já comparei o meu estilo ao andar dos ébrios. Se a ideia vos parece indecorosa, direi que ele é o que eram as minhas refeições com Virgília, na casinha da Gamboa, onde às vezes fazíamos a nossa patuscada, o nosso *luncheon*. Vinho, fruta, compotas. Comíamos, é verdade, mas era um comer virgulado de palavrinhas doces, de olhares ternos, de criancices, uma infinidade desses apartes do coração, aliás o verdadeiro, o ininterrupto discurso do amor. Às vezes vinha o **arrufo** temperar o **nímio** adocicado da situação. Ela deixava-me, refugiava-se num canto do canapé, ou ia para o interior ouvir as denguices de dona Plácida. Cinco ou dez minutos depois, reatávamos a palestra, como eu reato a narração, para desatá-la outra vez. Note-se que, longe de termos horror ao método, era nosso costume convidá-lo, na pessoa de dona Plácida, a sentar-se conosco à mesa; mas dona Plácida não aceitava nunca.

— Você parece que não gosta mais de mim — disse-lhe um dia Virgília.

— Virgem Nossa Senhora! — exclamou a boa dama alçando as mãos para o teto. — Não gosto de Iaiá! Mas então de quem é que eu gostaria neste mundo?

E, pegando-lhe nas mãos, olhou-a fixamente, fixamente, fixamente, até molharem-se-lhe os olhos, de tão fixo que era. Virgília acariciou-a muito; eu deixei-lhe uma pratinha na algibeira do vestido.

74. HISTÓRIA DE DONA PLÁCIDA

Não te arrependas de ser generoso; a pratinha rendeu-me uma confidência de dona Plácida, e conseguintemente este capítulo. Dias depois, como eu a achasse só em casa, travamos palestra, e ela contou-me em breves termos a sua história. Era filha natural de um sacristão da Sé e de uma mulher que fazia doces para fora. Perdeu

Arrufo: breve irritação com a pessoa de quem se gosta.

Nímio: exagerado.

o pai aos dez anos. Já então ralava coco e fazia não sei que outros trabalhos de doceira, compatíveis com a idade. Aos quinze ou dezesseis casou com um alfaiate, que morreu tísico algum tempo depois, deixando-lhe uma filha. Viúva e moça, ficaram a seu cargo a filha, com dois anos, e a mãe, cansada de trabalhar. Tinha de sustentar a três pessoas. Fazia doces, que era o seu ofício, mas cosia também, de dia e de noite, com afinco, para três ou quatro lojas, e ensinava algumas crianças do bairro, a dez tostões por mês. Com isso iam se passando os anos, não a beleza, porque não a tivera nunca. Apareceram-lhe alguns namoros, propostas, seduções, a que resistia.

— Se eu pudesse encontrar outro marido — disse-me ela —, creia que me teria casado; mas ninguém queria casar comigo.

Um dos pretendentes conseguiu fazer-se aceito; não sendo, porém, mais delicado que os outros, dona Plácida despediu-o do mesmo modo, e, depois de o despedir, chorou muito. Continuou a coser para fora e a **escumar** os tachos. A mãe tinha a rabugem do temperamento, dos anos e da necessidade; mortificava a filha para que tomasse um dos maridos de empréstimo e de ocasião que lha pediam. E bradava:

— Queres ser melhor do que eu? Não sei donde te vêm essas **fidúcias** de pessoa rica. Minha camarada*****, a vida não se arranja à toa; não se come vento. Ora essa! Moços tão bons como o Policarpo da venda, coitado... Esperas algum fidalgo, não é?

Dona Plácida jurou-me que não esperava fidalgo nenhum. Era gênio. Queria ser casada. Sabia muito bem que a mãe o não fora, e conhecia algumas que tinham só o seu moço delas; mas era gênio e queria ser casada. Não queria também que a filha fosse outra coisa. Trabalhava muito, queimando os dedos ao fogão e os olhos ao candeeiro, para comer e não cair. Emagreceu, adoeceu, perdeu a mãe, **enterrou-a por subscrição**, e continuou a trabalhar. A filha estava com quatorze anos; mas era muito fraquinha, e não fazia nada, a não ser na-

Escumar: espumar, ensaboar, lavar.

Fidúcias: vaidades.

*** Observe o tom familiar dessa fala.**

Enterrou-a por subscrição: fez o enterro graças à ajuda financeira de outras pessoas.

morar os capadócios que lhe rondavam a rótula. Dona Plácida vivia com imensos cuidados, levando-a consigo quando tinha de ir entregar costuras. A gente das lojas arregalava e piscava os olhos, convencida de que ela a levava para colher marido ou outra coisa. Alguns diziam graçolas, faziam cumprimentos; a mãe chegou a receber propostas de dinheiro...

Interrompeu-se um instante, e continuou logo:

— Minha filha fugiu-me; foi com um sujeito, nem quero saber... Deixou-me só, mas tão triste, tão triste, que pensei em morrer. Não tinha ninguém mais no mundo e estava quase velha e doente. Foi por esse tempo que conheci a família de Iaiá: boa gente, que me deu que fazer, e até chegou a me dar casa. Estive lá muitos meses, um ano, mais de um ano, agregada, costurando. Saí quando Iaiá casou. Depois vivi como Deus foi servido. Olhe os meus dedos, olhe estas mãos... — E mostrou-me as mãos grossas e **gretadas**, as pontas dos dedos picadas de agulhas. — Não se cria isso à toa, meu senhor; Deus sabe como é que isso se cria... Felizmente, Iaiá me protegeu, e o senhor doutor também... Eu tinha um medo de acabar na rua, pedindo esmola...

Ao soltar a última frase, dona Plácida teve um calafrio. Depois, como se tornasse a si, pareceu atentar na inconveniência daquela confissão ao amante de uma mulher casada, e começou a rir, a desdizer-se, a chamar-se tola, "cheia de fidúcias", como lhe dizia a mãe; enfim, cansada do meu silêncio, retirou-se da sala. Eu fiquei a olhar para a ponta do botim.

75. COMIGO

Podendo acontecer que algum dos meus leitores tenha pulado o capítulo anterior, observo que é preciso lê-lo para entender o que eu disse comigo, logo

Gretadas: rachadas.

depois que dona Plácida saiu da sala. O que eu disse foi isto:

— Assim, pois, o sacristão da Sé, um dia, ajudando à missa viu entrar a dama, que devia ser sua colaboradora na vida de dona Plácida. Viu-a outros dias, durante semanas inteiras, gostou, disse-lhe alguma graça, pisou-lhe o pé*****, ao acender os altares, nos dias de festa. Ela gostou dele, acercaram-se, amaram-se. Dessa conjunção de luxúrias vadias brotou dona Plácida. É de crer que dona Plácida não falasse ainda quando nasceu, mas se falasse podia dizer aos autores de seus dias: "Aqui estou. Para que me chamastes?" E o sacristão e a sacristã naturalmente lhe responderiam: "Chamamos-te para queimar os dedos nos tachos, os olhos na costura, comer mal, ou não comer, andar de um lado para outro, na **faina**, adoecendo e sarando, com o fim de tornar a adoecer e sarar outra vez, triste agora, logo desesperada, amanhã resignada, mas sempre com as mãos no tacho e os olhos na costura, até acabar um dia na lama ou no hospital******; foi para isso que te chamamos, num momento de simpatia".

76. O ESTRUME

Súbito deu-me a consciência um repelão, **acusou-me de ter feito capitular a probidade de dona Plácida**, obrigando-a a um papel torpe, depois de uma longa vida de trabalho e privações. **Medianeira** não era melhor que concubina, e eu tinha-a baixado a esse ofício, à custa de obséquios e dinheiros. Foi o que me disse a consciência; fiquei uns dez minutos sem saber que lhe replicasse. Ela acrescentou que eu me aproveitara da fascinação exercida por Virgília sobre a ex-costureira, da gratidão desta, enfim da necessidade. Notou a resistência de dona Plácida, as lágrimas dos primeiros dias, as caras feias, os silêncios, os olhos baixos

*** Pisar o pé de uma mulher era uma forma de se mostrar interessado por ela, de cortejá-la.**

Faina: trabalho duro, labuta.

**** Será esse mesmo o destino final de dona Plácida? Observar a história dessa personagem.**

Acusou-me de ter feito capitular a probidade de dona Plácida: acusou-me de fazer com que dona Plácida deixasse de ser honesta.

Medianeira: intermediária (no caso, dos encontros adúlteros de Virgília).

e a minha arte em suportar tudo isso, até vencê-la. E repuxou-me outra vez de um modo irritado e nervoso.

Concordei que assim era, mas aleguei que a velhice de dona Plácida estava agora ao abrigo da **mendicidade**: era uma compensação. Se não fossem os meus amores, provavelmente dona Plácida acabaria como tantas outras criaturas humanas; donde se poderia deduzir que o vício é muitas vezes o estrume da virtude. O que não impede que a virtude seja uma flor cheirosa e sã. A consciência concordou, e eu fui abrir a porta a Virgília*.

77. ENTREVISTA

Virgília entrou risonha e sossegada. Os tempos tinham levado os sustos e vexames. Que doce que era vê-la chegar, nos primeiros dias, envergonhada e trêmula! Ia de sege, velado o rosto, envolvida numa espécie de **mantéu**, que lhe disfarçava as ondulações do **talhe**. Da primeira vez deixou-se cair no canapé, ofegante, **escarlate**, com os olhos no chão; e, palavra, em nenhuma outra ocasião a achei tão bela, talvez porque nunca me senti mais lisonjeado.

Agora, porém, como eu dizia, tinham acabado os sustos e vexames; as entrevistas entravam no período cronométrico. A intensidade do amor era a mesma; a diferença é que a chama perdera o tresloucado dos primeiros dias para constituir-se um simples feixe de raios, tranquilo e constante, como nos casamentos.

— Estou muito zangada com você — disse ela sentando-se.

— Por quê?

— Porque não foi lá ontem, como me tinha dito. O Damião perguntou muitas vezes se você não iria, ao menos, tomar chá. Por que é que não foi?

Com efeito, havia faltado à palavra que dera, e a culpa era toda de Virgília. Questão de ciúmes. Essa mulher esplên-

Mendicidade: mendicância. Isto é, ela não seria uma mendiga.

* Observe o raciocínio de Brás Cubas para encontrar uma justificativa que acalme sua consciência, que o acusa de ter corrompido dona Plácida, obrigando-a a servir de alcoviteira.

Mantéu: capa com colarinho.

Talhe: feições do corpo.

Escarlate: vermelha, ruborizada.

dida sabia que o era, e gostava de o ouvir dizer, fosse em voz alta ou baixa. Na antevéspera, em casa da baronesa, valsara duas vezes com o mesmo peralta depois de lhe escutar as cortesanices, ao canto de uma janela. Estava alegre! Tão derramada! Tão cheia de si! Quando descobriu, entre as minhas sobrancelhas, a ruga interrogativa e ameaçadora, não teve nenhum sobressalto, nem ficou subitamente séria; mas deitou ao mar o peralta e as cortesanices. Veio depois a mim, tomou-me o braço e levou-me a outra sala, menos povoada, onde se me queixou de cansaço, e disse muitas outras coisas, com ar pueril que costumava ter, em certas ocasiões, e eu ouvi-a quase sem responder nada.

Agora mesmo, custava-me responder alguma coisa, mas enfim contei-lhe o motivo da minha ausência... Não, eternas estrelas, nunca vi olhos mais pasmados. A boca semiaberta, as sobrancelhas arqueadas, uma estupefação visível, tangível, que se não podia negar, tal foi a primeira réplica de Virgília; abanou a cabeça com um sorriso de piedade e ternura, que inteiramente me confundiu.

— Ora você!

E foi tirar o chapéu, lépida, jovial, como a menina que torna do colégio; depois veio a mim, que estava sentado, deu-me pancadinhas na testa, com um só dedo, a repetir:

— Isto, isto; — e eu não tive remédio senão rir também, e tudo acabou em galhofa. Era claro que me enganara.

78. A PRESIDÊNCIA

Certo dia, meses depois, entrou Lobo Neves em casa, dizendo que iria talvez ocupar uma presidência de província. Olhei para Virgília, que empalideceu; ele, que a viu empalidecer, perguntou-lhe:

— **A modo que** não gostaste, Virgília?

A modo que: parece que.

Virgília abanou a cabeça.

— Não me agrada muito — foi sua resposta.

Não se disse mais nada; mas de noite Lobo Neves insistiu no projeto, um pouco mais resolutamente do que de tarde; dois dias depois declarou à mulher que a presidência era coisa definitiva. Virgília não pôde dissimular a repugnância que isso lhe causava. O marido respondia a tudo com as necessidades políticas.

— Não posso recusar o que me pedem; é até conveniência nossa, do nosso futuro, dos teus brasões, meu amor, porque eu prometi que serias marquesa, e nem baronesa estás. Dirás que sou ambicioso? Sou-o deveras, mas é preciso que me não ponhas um peso nas asas da ambição.

Virgília ficou desorientada. No dia seguinte achei-a triste, na casa da Gamboa, à minha espera; tinha dito tudo a dona Plácida, que buscava consolá-la como podia. Não fiquei menos abatido.

— Você há de ir conosco — disse-me Virgília.

— Está doida? Seria uma insensatez.

— Mas então...?

— Então, é preciso desfazer o projeto.

— É impossível.

— Já aceitou?

— Parece que sim.

Levantei-me, atirei o chapéu a uma cadeira, e entrei a passear de um lado para outro, sem saber o que faria. Cogitei largamente, e não achei nada. Enfim, cheguei-me a Virgília, que estava sentada, e travei-lhe da mão; dona Plácida foi à janela.

— Nesta pequenina mão está toda a minha existência — disse eu —, você é responsável por ela; faça o que lhe parecer.

Virgília teve um gesto aflitivo; eu fui encostar-me ao consolo fronteiro. Decorreram alguns instantes de silêncio; ouvíamos somente o latir de um cão, e não sei se o rumor da água, que morria na praia. Vendo que não falava, olhei para ela. Virgília tinha os olhos no chão, parados, sem luz, as mãos deixadas sobre os joelhos, com os dedos cruzados, na atitude da suprema desesperança. Noutra ocasião, por diferente motivo, é certo que eu me lançaria aos pés dela, e a ampararia com a minha razão e a minha ternura; agora, porém, era preciso compeli-la ao esforço de si mesma, ao sacrifício, à responsabilidade da nossa vida comum, e conseguintemente desampará-la, deixá-la e sair; foi o que fiz.

— Repito, a minha felicidade está nas tuas mãos — disse eu.

Virgília quis agarrar-me, mas eu já estava fora da porta. Cheguei a ouvir um prorromper de lágrimas, e digo-lhes que estive a ponto de voltar, para as enxugar com um beijo; mas subjuguei-me e saí.

79. COMPROMISSO

Não acabaria se houvesse de contar pelo miúdo o que padeci nas primeiras horas. Vacilava entre um querer e um não querer, entre a piedade que me empuxava à casa de Virgília e outro sentimento — egoísmo, suponhamos — que me dizia: "Fica; deixa-a a sós com o problema, deixa-a que ela o resolverá no sentido do amor". Creio que essas duas forças tinham igual intensidade, investiam e resistiam ao mesmo tempo, com ardor, com tenacidade, e nenhuma cedia definitivamente. Às vezes sentia um dentezinho de remorso; parecia-me que abusava da fraqueza de uma mulher amante e culpada, sem nada sacrificar nem arriscar de mim próprio; e, quando ia capitular, vinha outra vez o amor, e me repetia o conselho egoísta, e eu ficava irresoluto e inquieto, desejoso de a ver, e receoso de que a vista me levasse a compartir a responsabilidade da solução.

Por fim interveio um compromisso entre o egoísmo e a piedade; eu iria vê-la em casa, e só em casa, em presença do marido, para lhe não dizer nada, à espera do efeito da minha intimação. Desse modo poderia conciliar as duas forças. Agora, que isto escrevo, quer-me parecer que o compromisso era uma **burla**, que essa piedade era ainda uma forma de egoísmo, e que a resolução de ir consolar Virgília não passava de uma sugestão de meu próprio padecimento.

80. DE SECRETÁRIO

Na noite seguinte fui efetivamente à casa do Lobo Neves; estavam ambos, Virgília muito triste, ele muito jovial. Juro que ela sentiu certo alívio quando os nossos olhos se encontraram, cheios de curiosidade e ternura.

Burla: jeito de enganar.

Lobo Neves contou-me os planos que levava para a presidência, as dificuldades locais, as esperanças, as resoluções; estava tão contente! Tão esperançado! Virgília, ao pé da mesa, fingia ler um livro, mas por cima da página olhava-me de quando em quando, interrogativa e ansiosa.

— O pior — disse-me de repente o Lobo Neves — é que ainda não achei secretário.

— Não?

— Não, e tenho uma ideia.

— Ah!

— Uma ideia... Quer você dar um passeio ao Norte?

Não sei o que lhe disse.

— Você é rico — continuou ele —, não precisa de um magro ordenado; mas, se quisesse obsequiar-me, ia de secretário comigo.

Meu espírito deu um salto para trás, como se descobrisse uma serpente diante de si. Encarei o Lobo Neves, fixamente, imperiosamente, a ver se lhe apanhava algum pensamento oculto... Nem sombra disso; o olhar vinha direito e franco, a placidez do rosto era natural, não violenta, uma placidez salpicada de alegria. Respirei, e não tive ânimo de olhar para Virgília; senti por cima da página o olhar dela, que me pedia também a mesma coisa, e disse que sim, que iria. Na verdade, um presidente, uma presidenta, um secretário, era resolver as coisas de um modo administrativo*****.

*** Observe a ironia dessa reflexão.**

81. A RECONCILIAÇÃO

Contudo, ao sair de lá, tive umas sombras de dúvida; cogitei se não ia expor insanamente a reputação de Virgília, se não haveria outro meio razoável de **combinar o Estado e a Gamboa**. Não achei nada. No dia seguinte, ao levantar-me da cama, trazia o espírito feito e

Combinar o Estado e a Gamboa: isto é, combinar o cargo de presidente de província do Lobo Neves com a casinha de encontros amorosos com Virgília, no bairro da Gamboa.

resoluto a aceitar a nomeação. Ao meio-dia, veio o criado dizer-me que estava na sala uma senhora, coberta com um véu. Corro; era minha irmã Sabina.

— Isso não pode continuar assim — disse ela —, é preciso que, de uma vez por todas, façamos as pazes. Nossa família está acabando; não havemos de ficar como dois inimigos.

— Mas se eu não te peço outra coisa, mana! — bradei estendendo-lhe os braços.

Sentei-a ao pé de mim, falei-lhe do marido, da filha, dos negócios, de tudo. Tudo ia bem; a filha estava linda como os amores. O marido viria mostrar-ma, se eu consentisse.

— Ora essa! Irei eu mesmo vê-la.

— Sim?

— Palavra.

— Tanto melhor! — respirou Sabina. — É tempo de acabar com isso.

Achei-a mais gorda, e talvez mais moça. Parecia ter vinte anos, e contava mais de trinta. Graciosa, afável, nenhum acanhamento, nenhum ressentimento. Olhávamos um para o outro, com as mãos seguras, falando de tudo e de nada, como dois namorados. Era a minha infância que ressurgia, fresca, travessa e loura; os anos iam caindo como as fileiras de cartas de jogar encurvadas, com que eu brincava em pequeno, e deixavam-me ver a nossa casa, a nossa família, as nossas festas. Suportei a recordação com algum esforço; mas um barbeiro da vizinhança lembrou-se de **zangarrear** na **clássica rabeca**, e essa voz — porque até então a recordação era muda — essa voz do passado, fanhosa e saudosa, a tal ponto me comoveu que...

Os olhos dela estavam secos. Sabina não herdara a flor amarela e mórbida. Que importa? Era minha irmã, meu sangue, um pedaço de minha mãe, e eu disse-lho com ternura, com sinceridade... Súbito, ouço bater à porta da sala; vou abrir; era um anjinho de cinco anos.

— Entra, Sara — disse Sabina.

Zangarrear: tocar de modo desafinado.

Clássica rabeca: costumeiro violino. Os barbeiros tinham fama de tocadores de violinos. Nem sempre afinados, é claro.

Era minha sobrinha. Apanhei-a do chão, beijei-a muitas vezes; a pequena, espantada, empurrava-me o ombro com a mãozinha, quebrando o corpo para descer... Nisso, aparece-me à porta um chapéu, e logo um homem, o Cotrim, nada menos que o Cotrim. Eu estava tão comovido que deixei a filha e lancei-me aos braços do pai. Talvez essa efusão o desconcertou um pouco; é certo que me pareceu acanhado. Simples prólogo. Daí a pouco falávamos como bons amigos velhos. Nenhuma alusão ao passado, muitos planos de futuro, promessa de jantarmos em casa um do outro. Não deixei de dizer que essa troca de jantares podia ser que tivesse uma curta interrupção, porque eu andava com ideias de uma viagem ao Norte. Sabina olhou para o Cotrim, o Cotrim para Sabina; ambos concordaram que essas ideias não tinham senso comum. Que diacho podia eu achar no Norte? Pois não era na Corte, em plena Corte, que devia continuar a luzir, a meter num chinelo os rapazes do tempo? Que, na verdade, nenhum havia que se me comparasse; ele, Cotrim, acompanhava-me de longe, e, não obstante uma briga ridícula, teve sempre interesse, orgulho, vaidade nos meus triunfos. Ouvia o que se dizia a meu respeito, nas ruas e nas salas; era um concerto de louvores e admirações. E deixa-se isso para ir passar alguns meses na província, sem necessidade, sem motivo sério? A menos que não fosse política...

— Justamente política — disse eu.

— Nem assim — replicou ele daí a um instante. E depois de outro silêncio:
— Seja como for, venha jantar hoje conosco.

— Certamente que vou; mas, amanhã ou depois, hão de vir jantar comigo.

— Não sei, não sei — objetou Sabina —, em casa de homem solteiro... Você precisa casar, mano. Também eu quero uma sobrinha, ouviu?

Cotrim reprimiu-a com um gesto que não entendi bem. Não importa; a reconciliação de uma família vale bem um gesto enigmático.

82. QUESTÃO DE BOTÂNICA

Digam o que quiserem dizer os hipocondríacos, a vida é uma coisa doce. Foi o que eu pensei comigo ao ver Sabina, o marido e a filha descerem de tropel as escadas, dizendo muitas palavras afetuosas para cima, onde eu ficava — no patamar — a dizer-lhe outras tantas para baixo. Continuei a pensar que, na verdade, era feliz. Amava-me uma mulher, tinha a confiança do marido, ia por secretário de ambos, e reconciliava-me com os meus. Que podia desejar mais, em vinte e quatro horas?

Nesse mesmo dia, tratando de aparelhar os ânimos, comecei a espalhar que talvez fosse para o Norte como secretário de província, a fim de realizar certos desígnios políticos, que me eram pessoais. Disse-o na Rua do Ouvidor, repeti-o no dia seguinte, no Pharoux e no teatro. Alguns, ligando a minha nomeação à do Lobo Neves, que já andava em boatos, sorriam maliciosamente, outros batiam-me no ombro. No teatro disse-me uma senhora que era levar muito longe o amor da escultura. Referia-se às belas formas de Virgília.

Mas a alusão mais rasgada que me fizeram foi em casa de Sabina, três dias depois. Fê-la um certo Garcez, velho cirurgião, pequenino, trivial e **grulha**, que podia chegar aos setenta, aos oitenta, aos noventa anos, sem adquirir jamais aquela compostura austera, que é a gentileza do ancião. A velhice ridícula é, porventura, a mais triste e derradeira surpresa da natureza humana.

— Já sei, dessa vez vai ler Cícero — disse-me ele, ao saber da viagem.

— Cícero! — exclamou Sabina.

— Pois então? Seu mano é um grande latinista. Traduz Virgílio de relance. Olhe que é Virgílio, e não Virgília... não confunda...

E ria, de um riso grosso, rasteiro e frívolo. Sabina olhou para mim, receosa de alguma réplica; mas sorriu quando me viu sorrir, e voltou o rosto para disfarçá-lo. As outras pessoas olhavam-me com um ar de curiosidade, indulgência e simpatia; era transparente que não acabavam de ouvir nenhuma novidade. O caso dos meus amores andava mais público do que eu podia supor. Entretanto sorri, um sorriso curto, fugitivo e guloso — palreiro como as pegas de Sintra*. Virgília era um belo erro, e é tão fácil confessar um belo erro! Costumava ficar carrancudo, a princípio, quando ouvia alguma alusão aos nossos amores; mas, palavra de honra, sentia cá dentro uma impressão suave e lisonjeira. Uma vez,

Grulha: tagarela.

* Segundo uma lenda antiga, as pegas — aves que imitam os sons da fala humana — teriam roubado a rosa ofertada por um rei português à sua amante durante um passeio na cidade de Sintra, o que teria alertado a rainha.

porém, aconteceu-me sorrir, e continuei a fazê-lo das outras vezes. Não sei se há aí alguém que explique o fenômeno. Eu explico-o assim: a princípio, o contentamento, sendo interior, era por assim dizer o mesmo sorriso, mas abotoado; andando o tempo, desabotoou-se em flor, e apareceu aos olhos do próximo. Simples questão de botânica*.

83. 13

Cotrim tirou-me daquele gozo, levando-me à janela.

— Você quer que lhe diga uma coisa? — perguntou ele. — Não faça essa viagem; é insensata, é perigosa.

— Por quê?

— Você bem sabe por quê — tornou ele —, é, sobretudo, perigosa, muito perigosa. Aqui na Corte, um caso desses perde-se na multidão da gente e dos interesses; mas na província muda de figura; e, tratando-se de personagens políticos, é realmente insensatez. As gazetas de oposição, logo que farejarem o negócio, passarão a imprimi-lo com todas as letras, e aí virão as **chufas**, os **remoques**, as alcunhas...

— Mas não entendo...

— Entende, entende. Em verdade, seria bem pouco amigo nosso se me negasse o que toda a gente sabe. Eu sei disso há longos meses. Repito, não faça semelhante viagem; suporte a ausência, que é melhor, e evite algum grande escândalo e maior desgosto...

Disse isso, e foi para dentro. Eu deixei-me estar com os olhos no lampião da esquina — um antigo lampião de azeite — triste, obscuro e recurvado, como um ponto de interrogação. Que me cumpria fazer? Era o caso de Hamlet; ou dobrar-me à fortuna, ou lutar com ela e subjugá-la. Por outros termos: embarcar ou não embarcar. Essa era a questão**. O lampião não me dizia nada.

* Observe que o egoísmo e a vaidade de Brás Cubas vão se traduzindo num cinismo cada vez maior.

Chufas e remoques: zombarias e insinuações maliciosas.

** Alusão ao famoso monólogo "ser ou não ser", de Hamlet, personagem central da peça de mesmo nome, do inglês William Shakespeare.

As palavras do Cotrim ressoavam-me aos ouvidos da memória, de um modo mui diverso do das palavras do Garcez. Talvez Cotrim tivesse razão; mas podia eu separar-me de Virgília?

Sabina veio ter comigo e perguntou-me em que estava pensando. Respondi que em coisa nenhuma, que tinha sono e ia para casa. Sabina esteve um instante calada.

— O que você precisa, sei eu; é uma noiva. Deixe, que eu ainda arranjo uma nova noiva para você.

Saí de lá **opresso**, desorientado. Tudo pronto para embarcar — espírito e coração —, e eis aí me surge esse porteiro das conveniências, que me pede o cartão de ingresso. Dei ao diabo as conveniências, e com elas a constituição, o corpo legislativo, o ministério, tudo.

No dia seguinte, abro uma folha política e leio a notícia de que, por decreto de 13, tínhamos sido nomeados presidente e secretário da província de *** o Lobo Neves e eu. Escrevi imediatamente à Virgília, e segui duas horas depois para a Gamboa. Coitada de dona Plácida! Estava cada vez mais aflita; perguntou-me se esqueceríamos a nossa velha, se a ausência era grande e se a província ficava longe. Consolei-a; mas eu próprio precisava de consolações; a objeção de Cotrim afligia-me. Virgília chegou daí a pouco, lépida como uma andorinha; mas, ao ver-me triste, ficou muito séria.

— Que aconteceu?

— Vacilo — disse eu —, não sei se devo aceitar...

Virgília deixou-se cair, no canapé, a rir.

— Por quê? — disse ela.

— Não é conveniente, dá muito na vista...

— Mas nós já não vamos.

— Como assim?

Contou-me que o marido ia recusar a nomeação, e por motivo que só lhe disse, a ela, pedindo-lhe o maior segredo; não podia confessá-lo a ninguém mais.

— É pueril, observou ele, é ridículo; mas em suma, é um motivo poderoso para mim. Referiu-lhe que o de-

Opresso: com o coração apertado.

creto trazia a data de 13, e que esse número significava para ele uma recordação fúnebre. O pai morreu num dia 13, treze dias depois de um jantar em que havia treze pessoas. A casa em que morrera a mãe tinha o número 13. ***Et coetera***. Era um algarismo fatídico. Não podia alegar semelhante coisa ao ministro; dir-lhe-ia que tinha razões particulares para não aceitar. Eu fiquei como há de estar o leitor, um pouco assombrado com esse sacrifício a um número; mas, sendo ele ambicioso, o sacrifício devia ser sincero...

84. O CONFLITO

Número fatídico, lembras-te que te abençoei muitas vezes? Assim também as virgens ruivas de Tebas deviam abençoar a égua, de ruiva crina, que as substituiu no sacrifício de **Pelópidas** — uma donosa égua, que lá morreu, coberta de flores, sem que ninguém lhe desse nunca uma palavra de saudade. Pois dou-ta eu, égua piedosa, não só pela morte havida, como porque, entre as donzelas **escapas**, não é impossível que figurasse uma avó dos Cubas... Número fatídico, tu foste a nossa salvação. Não me confessou o marido a causa da recusa; disse-me também que eram negócios particulares, e o rosto sério, convencido, com que eu o escutei, fez honra à dissimulação humana. Ele é que mal podia encobrir a tristeza profunda que o minava; falava pouco, absorvia-se, metia-se em casa, a ler. Outras vezes recebia, e então conversava e ria muito, com estrépito e afetação. Oprimiam-no duas coisas, a ambição, que um escrúpulo **desasara**, e logo depois a dúvida, e talvez o arrependimento, mas um arrependimento que viria outra vez, se se repetisse a hipótese, porque o fundo supersticioso existia. Duvidava da superstição, sem chegar a rejeitá-la.

***Et coetera* (em latim):** escrita por extenso da abreviatura "etc".

Pelópidas (420-364 a.C.): general tebano que, para obter o favor dos deuses na expulsão dos espartanos de Tebas, em vez de sacrificar uma virgem, conforme a profecia, sacrificou um animal. Mais uma vez, observe o tom irônico dessa citação, que relaciona um episódio da história antiga a um banal caso de superstição.

Escapas: que escaparam.

Desasara: quebrara as asas, isto é, impedira a ambição de alçar voo.

Essa persistência de um sentimento, que repugna ao mesmo indivíduo, era um fenômeno digno de alguma atenção. Mas eu preferia a pura ingenuidade de dona Plácida, quando confessava não poder ver um sapato voltado para o ar.

— Que tem isso? — perguntava-lhe eu.

— Faz mal — era a sua resposta.

Isto somente, esta única resposta, que valia para ela o **livro dos sete selos**. Faz mal. Disseram-lhe isso em criança, sem outra explicação, e ela contentava-se com a certeza do mal. Já não acontecia a mesma coisa quando se falava de apontar uma estrela com o dedo; aí sabia perfeitamente que era caso de criar uma verruga.

Ou verruga ou outra coisa, que valia isso, para quem não perde uma presidência de província? Tolera-se uma superstição gratuita ou barata; é insuportável a que leva uma parte da vida. Esse era o caso do Lobo Neves com o acréscimo da dúvida e do terror de haver sido ridículo. E mais esse outro acréscimo, que o ministro não acreditou nos motivos particulares; atribuiu a recusa do Lobo Neves a manejos políticos, ilusão complicada de algumas aparências; tratou-o mal, comunicou a desconfiança aos colegas; sobrevieram incidentes; enfim, com o tempo, o presidente resignatário foi para a oposição.

85. O CIMO DA MONTANHA

Quem escapa a um perigo ama a vida com outra intensidade. Entrei a amar Virgília com muito mais ardor, depois que estive a pique de a perder, e a mesma coisa lhe aconteceu a ela. Assim, a presidência não fez mais do que avivar a afeição primitiva; foi a droga com que tornamos mais saboroso o nosso amor, e mais

Livro dos sete selos: **texto profético que, segundo a Bíblia (em Apocalipse), trata do final dos tempos e do destino do homem.**

prezado também. Nos primeiros dias, depois daquele incidente, folgávamos de imaginar a dor da separação, se houvesse separação, a tristeza de um e de outro, à proporção que o mar, como uma toalha elástica, se fosse dilatando entre nós; e, semelhantes às crianças que se achegam ao regaço das mães, para fugir a uma simples careta, fugíamos do suposto perigo, apertando-nos com abraços.

— Minha boa Virgília!

— Meu amor!

— Tu és minha, não?

— Tua, tua...

E assim reatamos o fio da aventura, como a sultana **Scheherazade** o dos seus contos. Esse foi, cuido eu, o ponto máximo do nosso amor, o cimo da montanha, donde por algum tempo divisamos os vales de leste e de oeste, e por cima de nós o céu tranquilo e azul. Repousado esse tempo, começamos a descer a encosta, com as mãos presas ou soltas, mas a descer, a descer...

86. O MISTÉRIO

Serra abaixo, como eu a visse um pouco diferente, não sei se abatida ou outra coisa, perguntei-lhe o que tinha; calou-se, fez um gesto de enfado, de mal-estar, de fadiga; ateimei, ela disse-me que... Um fluido sutil percorreu todo o meu corpo: sensação forte, rápida, singular, que eu não chegarei jamais a fixar no papel. Travei-lhe das mãos, puxei-a levemente a mim, e beijei-a na testa, com uma delicadeza de **zéfiro** e uma **gravidade de Abraão**. Ela estremeceu, colheu-me a cabeça entre as palmas, fitou-me os olhos, depois afagou-me com um gesto maternal... Eis aí um mistério; deixemos ao leitor o tempo de decifrar esse mistério.

Scheherazade: personagem-narradora dos contos *As mil e uma noites*.

Zéfiro: na mitologia grega, nome do vento suave e fresco que, na primavera, faz as flores se abrirem.

Gravidade de Abraão: seriedade de Abraão, patriarca hebreu, uma das grandes figuras da Bíblia. Considerado o antepassado comum dos israelitas e árabes, orou a Deus pelo nascimento de um filho com sua esposa Sara.

87. GEOLOGIA

Sucedeu por esse tempo um desastre; a morte do Viegas. Viegas passou aí de relance, com os seus setenta anos, abafados de asma, desconjuntados de reumatismo, e uma lesão de coração por quebra. Foi um dos finos espreitadores da nossa aventura. Virgília nutria grandes esperanças em que esse velho parente, avaro como um sepulcro, lhe amparasse o legado; e, se o marido tinha iguais pensamentos, encobria-os ou estrangulava-os. Tudo se deve dizer: havia no Lobo Neves certa dignidade fundamental, uma camada de rocha, que resistia ao comércio dos homens. As outras, as camadas de cima, terra solta e areia, levou-lhas a vida, que é um enxurro perpétuo. Se o leitor ainda se lembra do capítulo 23, observará que é agora a segunda vez que eu comparo a vida a um enxurro; mas também há de reparar que dessa vez acrescento-lhe um adjetivo — perpétuo. E Deus sabe a força de um adjetivo, principalmente em países novos e cálidos.

O que é novo neste livro é a geologia moral do Lobo Neves, e provavelmente a do cavalheiro que me está lendo. Sim, essas camadas de caráter, que a vida altera, conserva ou dissolve, conforme a resistência delas, essas camadas mereceriam um capítulo, que eu não escrevo, por não alongar a narração. Digo apenas que o homem mais **probo** que conheci em minha vida foi um certo Jacó Medeiros ou Jacó Valadares, não me recorda bem o nome. Talvez fosse Jacó Rodrigues; em suma, Jacó. Era a probidade em pessoa; podia ser rico, violentando um pequenino escrúpulo, e não quis; deixou ir pelas mãos fora nada menos de uns quatrocentos contos; tinha a probidade tão exemplar, que chegava a ser miúda e cansativa. Um dia, como nos achássemos, a sós, em casa dele, em boa palestra, vieram dizer que o procurava o doutor B., um sujeito enfadonho. Jacó mandou dizer que não estava em casa.

Probo: honesto.

— Não pega — bradou uma voz do corredor —, cá estou de dentro.

E, com efeito, era o doutor B., que apareceu logo à porta da sala. Jacó foi recebê-lo, afirmando que cuidava ser outra pessoa, e não ele, e acrescentando que tinha muito prazer com a visita, o que nos rendeu hora e meia de enfado mortal, e isso mesmo, porque Jacó tirou o relógio; o doutor B. perguntou-lhe então se ia sair.

— Com minha mulher — disse Jacó.

Retirou-se o doutor B., e respiramos. Uma vez respirados, disse eu ao Jacó que ele acabava de mentir quatro vezes, em menos de duas horas: a primeira, negando-se; a segunda, alegrando-se com a presença do importuno; a terceira, dizendo que ia sair; a quarta, acrescentando que com a mulher. Jacó refletiu um instante, depois confessou a justeza da minha observação, mas desculpou-se dizendo que a veracidade absoluta era incompatível com um estado social adiantado, e que a paz das cidades só se podia obter à custa de **embaçadelas** recíprocas...***** Ah! Lembra-me agora; chamava-se Jacó Tavares.

88. O ENFERMO

Não é preciso dizer que refutei tão perniciosa doutrina, com os mais elementares argumentos; mas ele estava tão vexado do meu reparo que resistiu até o fim, mostrando certo calor fictício, talvez para atordoar a consciência.

O caso de Virgília tinha alguma gravidade mais. Ela era menos escrupulosa que o marido: manifestava claramente as esperanças que trazia no legado, cumulava o parente de todas as cortesias, atenções e afagos que poderiam render, pelo menos, um **codicilo**. Pro-

Embaçadelas: mentiras.

*** Repare que, mais uma vez, a hipocrisia é vista como um dos traços essenciais da vida social. Sem ela seria impossível a convivência entre as pessoas.**

Codicilo: participação na herança, ainda que pequena.

priamente, adulava-o; mas eu observei que a adulação das mulheres não é a mesma coisa que a dos homens. Esta orça pela servilidade; a outra confunde-se com a afeição. As formas graciosamente curvas, a palavra doce, a mesma fraqueza física dão à ação lisonjeira da mulher uma cor local, um aspecto legítimo. Não importa a idade do adulado; a mulher há de ter sempre para ele uns ares de mãe ou de irmã — ou ainda de enfermeira, outro ofício feminil, em que o mais hábil dos homens carecerá sempre de um ***quid***, um fluido, alguma coisa.

Era o que eu pensava comigo quando Virgília se desfazia toda em afagos ao velho parente. Ela ia recebê-lo à porta, falando e rindo, tirava-lhe o chapéu e a bengala, dava-lhe o braço e levava-o a uma cadeira, ou à cadeira, porque havia lá em casa a "cadeira do Viegas", obra especial, conchegada, feita para gente enferma ou anciã. Ia fechar a janela próxima, se havia alguma brisa, ou abri-la, se estava calor, mas com cuidado, combinando de modo que lhe não desse um golpe de ar.

— Então? Hoje está mais fortezinho...

— Qual! Passei mal a noite; o diabo da asma não me deixa.

E bufava o homem, repousando a pouco e pouco do cansaço de entrada e da subida, não do caminho, porque ia sempre de sege. Ao lado, um pouco mais para a frente, sentava-se Virgília, numa banquinha, com as mãos nos joelhos do enfermo. Entretanto o nhonhô chegava à sala, sem os pulos do costume, mas discreto, meigo, sério. Viegas gostava muito dele.

— Vem cá, nhonhô — dizia-lhe; e a custo introduzia a mão na ampla algibeira, tirava uma caixinha de pastilhas, metia uma na boca e dava outra ao pequeno. Pastilhas antiasmáticas. O pequeno dizia que eram muito boas.

Repetia-se isso, com variantes. Como o Viegas gostasse de jogar damas, Virgília cumpria-lhe o desejo, atu-

***Quid* (em latim): um quê especial.**

rando-o por largo tempo, a mover as pedras com a mão frouxa e tarda. Outras vezes, desciam a passear na chácara, dando-lhe ela o braço, que ele nem sempre aceitava, por dizer-se rijo e capaz de andar uma légua. Iam, sentavam-se, tornavam a ir, a falar de coisas várias, ora de um negócio de família, ora de uma bisbilhotice de sala, ora enfim de uma casa que ele meditava construir, para residência própria, casa de feitio moderno, porque a dele era das antigas, contemporânea de el-rei dom João VI, à maneira de algumas que ainda hoje (creio eu) se podem ver no Bairro de São Cristóvão, com as suas grossas colunas na frente. Parecia-lhe que o casarão em que morava podia ser substituído, e já tinha encomendado o **risco** a um pedreiro de fama. Ah! Então sim, então é que Virgília chegaria a ver o que era um velho de gosto.

Falava, como se pode supor, lentamente e a custo intervalado de uma arfagem incômoda para ele e para os outros. De quando em quando, vinha um acesso de tosse; curvo, gemendo, levava o lenço à boca e **investigava-o**; passado o acesso, tornava ao plano da casa, que devia ter tais e tais quartos, um terraço, cocheira, um primor.

89. *IN EXTREMIS*

— Amanhã vou passar o dia em casa do Viegas — disse-me ela uma vez. — Coitado! não tem ninguém...

Viegas caíra na cama, definitivamente; a filha, casada, adoecera justamente agora, e não podia fazer-lhe companhia. Virgília ia lá de quando em quando. Eu aproveitei a circunstância para passar todo aquele dia ao pé dela. Eram duas horas da tarde quando cheguei. Viegas tossia com tal força que me fazia arder o peito; no intervalo dos acessos debatia o preço de uma

Risco: planta baixa.

Investigava-o: examinava o lenço (para ver se tinha sinal de alguma doença séria).

casa, com um sujeito magro. O sujeito oferecia trinta contos, Viegas exigia quarenta. O comprador instava como quem receia perder o trem da estrada de ferro, mas Viegas não cedia; recusou primeiramente os trinta contos, depois mais dois, depois mais três, enfim teve um forte acesso, que lhe tolheu a fala durante quinze minutos. O comprador acarinhou-o muito, arranjou-lhe os travesseiros, ofereceu-lhe trinta e seis contos.

— Nunca! — gemeu o enfermo.

Mandou buscar um maço de papéis à escrivaninha; não tendo forças para tirar a fita de borracha que prendia os papéis, pediu-me que os deslaçasse: fi-lo. Eram as contas das despesas com a construção da casa: contas de pedreiro, de carpinteiro, de pintor; contas do papel da sala de visitas, da sala de jantar, das alcovas, dos gabinetes; contas das ferragens; custo do terreno. Ele abria-as, uma por uma, com a mão trêmula, e pedia-me que as lesse, e eu lia-as.

— Veja; mil e duzentos, papel de mil e duzentos a peça. Dobradiças francesas... Veja, é de graça — concluiu ele depois de lida a última conta.

— Pois bem... Mas...

— Quarenta contos; não lhe dou por menos. Só os juros... Faça a conta dos juros... Vinham tossidas essas palavras, às golfadas, às sílabas, como se fossem migalhas de um pulmão desfeito. Nas órbitas fundas rolavam os olhos lampejantes, que me faziam lembrar a lamparina da madrugada. Sob o lençol desenhava-se a estrutura óssea do corpo, pontudo em dois lugares, nos joelhos e nos pés; a pele amarelada, bamba, rugosa, revestia apenas a caveira de um rosto sem expressão; uma carapuça de algodão branco cobria-lhe o crânio rapado pelo tempo.

— Então? — disse o sujeito magro.

Fiz-lhe sinal para que não insistisse, e ele calou-se por alguns instantes. O doente ficou a olhar para o teto, calado, a arfar muito: Virgília empalideceu, levantou-se, foi até à janela. Suspeitara a morte e tinha medo. Eu procurei falar de outras coisas. O sujeito magro contou uma anedota, e tornou a tratar da casa, alteando a proposta.

— Trinta e oito contos — disse ele.

— Ahn?... — gemeu o enfermo.

O sujeito magro aproximou-se da cama, pegou-lhe na mão, e sentiu-a fria. Eu acheguei-me ao doente, perguntei-lhe se sentia alguma coisa, se queria tomar um cálice de vinho.

— Não... não... quar... quaren... quar... quar... Teve um acesso de tosse, e foi o último; daí a pouco expirava ele, com grande consternação do sujeito magro, que me confessou depois a disposição em que estava de oferecer os quarenta contos; mas era tarde*.

90. O VELHO COLÓQUIO DE ADÃO E CAIM

Nada. Nenhuma lembrança testamentária, uma pastilha que fosse, com que do todo em todo não parecesse ingrato ou esquecido. Nada. Virgília tragou raivosa esse malogro, e disse-mo com certa cautela, não pela coisa em si, senão porque entendia com o filho, de quem sabia que eu não gostava muito, nem pouco. Insinuei-lhe que não devia pensar mais em semelhante negócio. O melhor de tudo era esquecer o defunto, um **lorpa**, um **cainho** sem nome, e tratar de coisas alegres; o nosso filho por exemplo...

Lá me escapou a decifração do mistério, esse doce mistério de algumas semanas antes, quando Virgília me pareceu um pouco diferente do que era. Um filho! Um ser tirado do meu ser! Essa era a minha preocupação exclusiva daquele tempo. Olhos do mundo, zelos do marido, morte do Viegas nada me interessava por então, nem conflitos políticos, nem revoluções, nem terremotos, nem nada. Eu só pensava naquele embrião anônimo, de obscura paternidade, e uma voz secreta me dizia: é teu filho. Meu filho! E repetia estas duas palavras com certa voluptuosidade indefinível e não sei que assomos do orgulho. Sentia-me homem.

O melhor é que conversávamos os dois, o embrião e eu, falávamos de coisas presentes e futuras. O maroto amava-me, era um pelintra gracioso, dava-me pancadinhas na cara com as mãozinhas gordas, ou então traçava a beca de bacharel, porque ele havia de ser bacharel e fazia um discurso na Câmara dos Deputados. E o pai

*** A narração da morte de Viegas ilustra que aspecto do comportamento humano?**

Lorpa: pateta.

Cainho: avarento, sovina.

a ouvi-lo de uma tribuna, com os olhos rasos de lágrimas. De bacharel passava outra vez à escola, pequenino, **lousa** e livros debaixo do braço, ou então caía no berço para tornar a erguer-se homem. Em vão buscava fixar no espírito uma idade, uma atitude: esse embrião tinha a meus olhos todos os tamanhos e gestos: ele mamava, ele escrevia, ele valsava, ele era o interminável nos limites de um quarto de hora — *baby* e deputado, colegial e pintalegrete. Às vezes, ao pé de Virgília, esquecia-me dela e de tudo; Virgília sacudia-me, **reprochava-me** o silêncio; dizia que eu já lhe não queria nada. A verdade é que estava em diálogo com o embrião; era o velho colóquio de Adão e Caim, uma conversa sem palavras entre a vida e a vida, o mistério e o mistério.

91. UMA CARTA EXTRAORDINÁRIA

Por esse tempo recebi uma carta extraordinária, acompanhada de um objeto não menos extraordinário. Eis o que a carta dizia:

Meu caro Brás Cubas,

Há tempos, no Passeio Público, tomei-lhe de empréstimo um relógio. Tenho a satisfação de restituir-lho com esta carta. A diferença é que não é o mesmo, porém outro, não digo superior, mas igual ao primeiro. Que voulez-vous, monseigneur — como dizia Fígaro —, ***c'est la misère****. Muitas coisas se deram depois do nosso encontro; irei contá-las pelo miúdo, se me não fechar a porta. Saiba que já não trago aquelas botas caducas, nem envergo uma famosa sobrecasaca cujas abas se perdiam na noite dos tempos. Cedi o meu degrau da escada de São Francisco; finalmente, almoço.*

Dito isso, peço licença para ir um dia destes expor-lhe um trabalho, fruto de longo estudo, um novo siste-

Lousa: pequena lousa de ardósia que as crianças da época levavam à escola.

Reprochava-me: censurava-me.

C'est la misère **(em francês):** "Que quereis, senhor, é a miséria". Frase da comédia *O barbeiro de Sevilha*, do escritor francês Pierre Beaumarchais (1732-1799), dita pelo personagem Fígaro, que simboliza a luta dos menos favorecidos contra os privilégios dos nobres.

ma de filosofia, que não só explica e descreve a origem e a consumação das coisas, como faz dar um grande passo adiante de **Zenon** *e Sêneca, cujo estoicismo era um verdadeiro brinco de crianças ao pé da minha receita moral. É singularmente espantoso esse meu sistema; retifica o espírito humano, suprime a dor, assegura a felicidade, e enche de imensa glória o nosso país. Chamo-lhe Humanitismo, de Humanitas, princípio das coisas. Minha primeira ideia revelava uma grande* **enfatuação***; era chamar-lhe borbismo, de Borba; denominação vaidosa, além de rude e* **molesta***. E com certeza exprimia menos. Verá, meu caro Brás Cubas, verá que é deveras um monumento; e, se alguma coisa há que possa fazer-me esquecer as amarguras da vida, é o gosto de haver enfim apanhado a verdade e a felicidade. Ei-las na minha mão, essas duas esquivas; após tantos séculos de lutas, pesquisas, descobertas, sistemas e quedas, ei-las nas mãos do homem. Até breve, meu caro Brás Cubas. Saudades do*

Velho amigo
Joaquim Borba dos Santos.

Li essa carta sem entendê-la. Vinha com ela uma **boceta** contendo um bonito relógio com as minhas iniciais gravadas, e esta frase: "Lembrança do velho Quincas". Voltei à carta, reli-a com pausa, com atenção. A restituição do relógio excluía toda a ideia de burla; a lucidez, a serenidade, a convicção — um pouco **jactanciosa**, é certo — pareciam excluir a suspeita de insensatez. Naturalmente o Quincas Borba herdara de algum dos seus parentes de Minas, e a **abastança** devolvera-lhe a primitiva dignidade. Não digo tanto; há coisas que se não podem reaver integralmente; mas enfim a regeneração não era impossível. Guardei a carta e o relógio, e esperei a filosofia.

Zenón de Cício (335-264 a.C.): filósofo grego fundador do estoicismo, sistema filosófico que teve em Sêneca, filósofo romano, um de seus principais representantes. Segundo o estoicismo, a sabedoria consiste em viver de acordo com a natureza, dominando os impulsos e os desejos vãos.

Enfatuação: falta de modéstia; presunção.

Molesta: prejudicial.

Boceta: caixinha oval.

Jactanciosa: arrogante.

Abastança: riqueza.

92. UM HOMEM EXTRAORDINÁRIO

Já agora acabo com as coisas extraordinárias. Vinha de guardar a carta e o relógio quando me procurou um homem magro e **meão**, com um bilhete do Cotrim, convidando-me para jantar. O portador era casado com uma irmã do Cotrim, chegara poucos dias antes do Norte, chamava-se Damasceno e fizera a revolução de 1831. Foi ele mesmo que me disse isso, no espaço de cinco minutos. Saíra do Rio de Janeiro, por desacordo com o regente, que era um asno, pouco menos asno do que os ministros que serviram com ele. De resto, a revolução estava outra vez às portas. Nesse ponto, conquanto trouxesse as ideias políticas um pouco baralhadas, consegui organizar e formular o governo de suas preferências: era um despotismo temperado, não por cantigas, como dizem **alhures**, mas por penachos da guarda nacional. Só não pude alcançar se ele queria o despotismo de um, de três, de trinta ou de trezentos. Opinava por várias coisas, entre outras, o desenvolvimento do tráfico dos africanos e a expulsão dos ingleses. Gostava muito de teatro; logo que chegou foi ao teatro de São Pedro, onde viu um drama soberbo, a *Maria Joana*, e uma comédia muito interessante, *Kettly, ou a volta à Suíça*. Também gostara muito da **Deperini**, na *Safo*, ou na *Ana Bolena*, não se lembrava bem. Mas a Candiani! Sim, senhor, era papa-fina. Agora queria ouvir o *Ernani*, que a filha dele cantava em casa, ao piano: *Ernani, Ernani, involami*... E dizia isso levantando-se e cantarolando a meia-voz. No Norte essas coisas chegavam como um eco. A filha morria por ouvir todas as óperas. Tinha uma voz muito mimosa a filha. E gosto, muito gosto. Ah! Ele estava ansioso por voltar ao Rio de Janeiro. Já havia corrido a cidade toda, com umas saudades... Palavra! Em alguns lugares teve vontade de chorar. Mas não embarcaria mais. Enjoara muito a bordo, como todos os outros passageiros, exceto um inglês... Que os le-

Meão: de estatura média.

Alhures: em outros lugares.

Margarida Deperini: famosa cantora lírica da época, tanto quanto Augusta Candiani, já mencionada nos capítulos 63 e 65.

vasse o diabo os ingleses! Isso não ficava direito sem irem todos eles barra fora. Que é que a Inglaterra podia fazer-nos? Se ele encontrasse algumas pessoas de boa vontade, era obra de uma noite a expulsão dos tais **godemes**... Graças a Deus, tinha patriotismo — e batia no peito —, o que não admirava porque era de família; descendia de um antigo capitão-mor muito patriota. Sim, não era nenhum pé-rapado. Viesse a ocasião, e ele havia de mostrar de que pau era a canoa... Mas fazia-se tarde, ia dizer que eu não faltaria ao jantar, e lá me esperava para maior palestra. Levei-o até a porta da sala; ele parou dizendo que simpatizava muito comigo. Quando casara, estava eu na Europa. Conheceu meu pai, um homem às direitas, com quem dançara num célebre baile da Praia Grande... Coisas! Coisas! Falaria depois, fazia-se tarde, tinha de ir levar a resposta ao Cotrim. Saiu; fechei-lhe a porta...

93. O JANTAR

Que suplício que foi o jantar! Felizmente, Sabina fez-me sentar ao pé da filha do Damasceno, uma dona Eulália, ou mais familiarmente Nhã-loló, moça graciosa, um tanto acanhada a princípio, mas só a princípio. Faltava-lhe elegância, mas compensava-a com os olhos, que eram soberbos e só tinham o defeito de se não arrancarem de mim, exceto quando desciam ao prato; mas Nhã-loló comia tão pouco, que quase não olhava para o prato. De noite cantou; a voz era como dizia o pai, "muito mimosa". Não obstante, esquivei-me. Sabina veio até a porta, e perguntou-me que tal achara a filha do Damasceno.

— Assim, assim.

— Muito simpática, não é? — acudiu ela —; falta-lhe um pouco mais de corte. Mas que coração! É uma pérola. Bem boa noiva para você.

Godemes: apelido com que eram designados pejorativamente os ingleses no Brasil. Essa expressão vem de _goddam_, que significa "maldito".

— Não gosto de pérolas.

— Casmurro! Para quando é que você se guarda? Para quando estiver a cair de maduro, já sei. Pois, meu rico, quer você queira quer não, há de casar com Nhã-loló.

E dizia isso a bater-me na face com os dedos, meiga como uma pomba, e ao mesmo tempo intimativa e resoluta. Santo Deus! Seria esse o motivo da reconciliação? Fiquei um pouco desconsolado com a ideia, mas uma voz misteriosa chamava-me à casa do Lobo Neves; disse adeus a Sabina e às suas ameaças.

94. A CAUSA SECRETA

Como está a minha querida mamãe? A essa palavra, Virgília amuou-se como sempre. Estava ao canto de uma janela, sozinha, a olhar para a lua, e recebeu-me alegremente; mas quando lhe falei no nosso filho amuou-se. Não gostava de semelhante alusão, aborreciam-lhe as minhas antecipadas carícias paternais. Eu, para quem ela era já uma pessoa sagrada, uma **âmbula** divina, deixava-a estar quieta. Supus a princípio que o embrião, esse perfil do incógnito, projetando-se na nossa aventura, lhe restituíra a consciência do mal. Enganava-me. Nunca Virgília me parecera mais expansiva, mais sem reservas, menos preocupada dos outros e do marido. Não eram remorsos. Imaginei também que a concepção seria um puro invento, um modo de prender-me a ela, recurso sem longa eficácia, que talvez começava de oprimi-la. Não era absurda essa hipótese; a minha doce Virgília mentia às vezes, com tanta graça!

Naquela noite descobri a causa verdadeira. Era medo do parto e vexame da gravidez. Padecera muito quando lhe nasceu o primeiro filho; e essa hora, feita de minutos de vida e minutos de morte, dava-lhe já imaginariamente os calafrios do **patíbulo**. Quanto ao

Âmbula: vaso onde se guardam os santos óleos de rituais religiosos.

Patíbulo: local onde se executa uma pena de morte.

vexame, complicava-se ainda da forçada privação de certos hábitos da vida elegante. Com certeza, era isso mesmo; dei-lho a entender, repreendendo-a, um pouco em nome dos meus direitos de pai. Virgília fitou-me; em seguida desviou os olhos e sorriu de um jeito incrédulo.

95. FLORES DE ANTANHO

Onde estão elas, as flores de antanho? Uma tarde, após algumas semanas de gestação, **esboroou-se** todo o edifício das minhas **quimeras** paternais. Foi-se o embrião, naquele ponto em que se não distingue **Laplace** de uma tartaruga. Tive a notícia por boca do Lobo Neves, que me deixou na sala e acompanhou o médico à alcova da frustrada mãe. Eu encostei-me à janela, a olhar para a chácara, onde verdejavam as laranjeiras sem flores. Onde iam elas as flores de antanho?

96. A CARTA ANÔNIMA

Senti tocar-me no ombro; era Lobo Neves. Encaramo-nos alguns instantes, mudos, inconsoláveis. Indaguei de Virgília, depois ficamos a conversar uma meia hora. No fim desse tempo, vieram trazer-lhe uma carta; ele leu-a, empalideceu muito, e fechou-a com a mão trêmula. Creio que lhe vi fazer um gesto, como se quisesse atirar-se sobre mim, mas não me lembra bem. O que me lembra claramente é que durante os dias seguintes recebeu-me frio e taciturno. Enfim Virgília contou-me tudo, daí a dias na Gamboa.

O marido mostrou-lhe a carta, logo que ela se restabeleceu. Era anônima e denunciava-nos. Não dizia tudo;

Esboroou-se: desabou, destruiu-se.

Quimeras: fantasias.

Pierre Simon Laplace (1749-1827): astrônomo, matemático e físico francês.

não falava, por exemplo, das nossas entrevistas externas; limitava-se a precavê--lo contra a minha intimidade, e acrescentava que a suspeita era pública. Virgília leu a carta e disse com indignação que era uma calúnia infame.

— Calúnia? — perguntou Lobo Neves.

— Infame.

O marido respirou; mas, tornando à carta, parece que cada palavra dela lhe fazia com o dedo um sinal negativo, cada letra bradava contra a indignação da mulher. Esse homem, aliás intrépido, era agora a mais frágil das criaturas. Talvez a imaginação lhe mostrou, ao longe, o famoso olho da opinião, a fitá-lo sarcasticamente, com um ar de pulha; talvez uma boca invisível lhe repetiu ao ouvido as chufas que ele escutara ou dissera outrora. Instou com a mulher que lhe confessasse tudo, porque tudo lhe perdoaria. Virgília compreendeu que estava salva; mostrou-se irritada com a insistência, jurou que da minha parte só ouvira palavras de gracejo e cortesia. A carta havia de ser de algum namorado sem ventura. E citou alguns, — um que a galanteara francamente, durante três semanas, outro que lhe escrevera uma carta, e ainda outros e outros. Citava-os pelo nome, com circunstâncias, estudando os olhos do marido, e concluiu dizendo que, para não dar margem à calúnia, tratar-me-ia de maneira que eu não voltaria lá.

Ouvi tudo isso um pouco turbado, não pelo acréscimo de dissimulação que era preciso empregar de ora em diante, até afastar-me inteiramente da casa do Lobo Neves, mas pela tranquilidade moral de Virgília, pela falta de comoção, de susto, de saudades, e até de remorsos. Virgília notou a minha preocupação, levantou-me a cabeça, porque eu olhava então para o soalho, e disse-me com certa amargura:

— Você não merece os sacrifícios que lhe faço.

Não lhe disse nada; era ocioso ponderar-lhe que um pouco de desespero e terror daria à nossa situação o sabor cáustico dos primeiros dias; mas, se lho dissesse, não é impossível que ela chegasse lenta e artificiosamente até esse pouco de desespero e terror. Não lhe disse nada. Ela batia nervosamente com a ponta do pé no chão; aproximei-me e beijei-a na testa. Virgília recuou, como se fosse um beijo de defunto.

97. ENTRE A BOCA E A TESTA

Sinto que o leitor estremeceu, ou devia estremecer. Naturalmente a última palavra sugeriu-lhe três ou quatro reflexões. Veja bem o quadro: numa casinha da Gamboa, duas pessoas que se amam há muito tempo, uma inclinada para a outra, a dar-lhe um beijo na testa, e a outra recuar, como se sentisse o contato de uma boca de cadáver. Há aí, no breve intervalo, entre a boca e a testa, antes do beijo e depois do beijo, há aí largo espaço para muita coisa, a contração de um ressentimento, a ruga da desconfiança, ou enfim o nariz pálido e sonolento da saciedade...

98. SUPRIMIDO

Separamo-nos alegremente. Jantei reconciliado com a situação. A carta anônima restituía à nossa aventura o sal do mistério e a pimenta do perigo; e afinal foi bem bom que Virgília não perdesse naquela crise a posse de si mesma. De noite fui ao teatro de São Pedro; representava-se uma grande peça, em que a **Estela** arrancava lágrimas. Entro; corro os olhos pelos camarotes; vejo em um deles Damasceno e a família. Trajava a filha com outra elegância e certo apuro, coisa difícil de explicar, porque o pai ganhava apenas o necessário para endividar-se; e daí, talvez fosse por isso mesmo.

No intervalo fui visitá-los. Damasceno recebeu-me com muitas palavras, a mulher com muitos sorrisos. Quanto a Nhã-loló, não tirou mais os olhos de mim. Parecia-me agora mais bonita que no dia do jantar. Achei-lhe certa suavidade etérea casada ao polido das formas terrenas: expressão vaga e condigna de um capítulo em que tudo há de ser vago. Realmente, não sei como lhes digo não me senti mal, ao pé da moça, trajando garridamente um vestido fino, um vestido que me dava cócegas de **Tartufo**. Ao contemplá-lo, cobrindo casta e redondamente o joelho, foi que eu fiz uma descoberta sutil, a saber que a natureza previu a vestidura humana, condição necessária ao desenvolvimento da nossa es-

Estela Sezefreda (1810-1874): famosa atriz da época.

Tartufo: personagem que dá título a uma das comédias de Molière. Ele representa o moralista hipócrita que, sob a capa da virtude, esconde a malícia e a corrupção. Por que Brás Cubas se sente um pouco Tartufo ao olhar para Nhã-loló?

pécie. A nudez habitual, dada a multiplicação das obras e dos cuidados do indivíduo, tenderia a embotar os sentidos e a retardar os sexos, ao passo que o vestuário, **negaceando a natureza, aguça e atrai as vontades**, ativa-as, **reprodu-las**, e conseguintemente faz andar a civilização. Abençoado uso que nos deu ***Otelo*** e os **paquetes** transatlânticos!

Estou com vontade de suprimir este capítulo. O declive é perigoso. Mas enfim eu escrevo as minhas memórias e não as tuas, leitor pacato. Ao pé da graciosa donzela, parecia-me tomado de uma sensação dupla e indefinível. Ela exprimia inteiramente a dualidade de Pascal, ***l'ange et la bête***, com a diferença que o **jansenista** não admitia a simultaneidade das duas naturezas, ao passo que elas aí estavam bem juntinhas — *l'ange*, que dizia algumas coisas do céu — e *la bête*, que... Não; decididamente suprimo este capítulo.

99. NA PLATEIA

Na plateia achei Lobo Neves de conversa com alguns amigos; falamos por alto, a frio, constrangidos um e outro. Mas no intervalo seguinte, prestes a levantar o pano, encontramo-nos num dos corredores, em que não havia ninguém. Ele veio a mim, com muita afabilidade e riso, puxou-me a um dos **óculos** do teatro, e falamos muito, principalmente ele, que parecia o mais tranquilo dos homens. Cheguei a perguntar-lhe pela mulher; respondeu que estava boa, mas torceu logo a conversação para assuntos gerais, expansivo, quase risonho. Adivinhe quem quiser a causa da diferença; eu fujo ao Damasceno que me espreita ali da porta do camarote.

Não ouvi nada do seguinte ato, nem as palavras dos atores, nem as palmas do público. Reclinado na cadeira, apanhava de memória os retalhos da conversação do

Negaceando a natureza, aguça e atrai as vontades: isto é, quanto mais esconde a beleza, mais a mulher atrai a atenção do homem.

Reprodu-las: as reproduz.

***Otelo*:** tragédia escrita por William Shakespeare. Otelo é o marido ciumento que mata a inocente esposa Desdêmona, acusando-a de traição. A referência a essa peça pode ter alguma relação com o que está acontecendo entre Virgília e Brás Cubas?

Paquetes: navios.

***L'ange et la bête* (em francês):** o anjo e o animal.

Jansenista: alusão ao mesmo Pascal, adepto de um pensamento religioso chamado jansenismo.

Óculos: abertura circular numa parede, para arejar ou clarear o ambiente.

Lobo Neves, refazia as maneiras dele, e concluía que era muito melhor a nova situação. Bastava-nos a Gamboa. A frequência da outra casa aguçaria as invejas. Rigorosamente podíamos dispensar-nos de falar todos os dias; era até melhor, meti a saudade de permeio nos amores. Ao demais, eu galgara os quarenta anos, e não era nada, nem simples eleitor de paróquia. Urgia fazer alguma coisa, ainda por amor de Virgília, que havia de **ufanar-se** quando visse luzir o meu nome... Creio que nessa ocasião houve grandes aplausos, mas não juro; eu pensava em outra coisa.

Multidão, cujo amor cobicei até a morte, era assim que eu me vingava às vezes de ti; deixava burburinhar em volta do meu corpo a gente humana, sem a ouvir, como o Prometeu* de Ésquilo fazia aos seus **verdugos**. Ah! Tu cuidavas encadear-me ao rochedo da tua frivolidade, da tua indiferença, ou da tua agitação? Frágeis cadeias, amiga minha; eu rompia-as de um gesto de **Gulliver**. Vulgar coisa é ir **considerar no ermo**. O voluptuoso, o esquisito, é **insular-se** o homem no meio de um mar de gestos e palavras, de nervos e paixões, decretar-se alheado, inacessível, ausente. O mais que podem dizer, quando ele torna a si, isto é, quando torna aos outros, é que baixa do mundo da lua; mas o mundo da lua, esse desvão luminoso e recatado do cérebro, que outra coisa é senão a afirmação desdenhosa da nossa liberdade espiritual? Vive Deus! Eis um bom fecho de capítulo.

100. O CASO PROVÁVEL

Se esse mundo não fosse uma região de espíritos desatentos, era escusado lembrar ao leitor que eu só afirmo certas leis, quando as possuo deveras; em relação a outras restrinjo-me à admissão da probabilidade. Um exemplo da segunda classe constitui o presente capítu-

Ufanar-se: envaidecer-se; ficar vaidosa.

* Referência à tragédia *Prometeu acorrentado*, do teatrólogo grego Ésquilo (525-456 a.C.).

Verdugos: carrascos.

Gulliver: personagem do livro *As viagens de Gulliver*, do escritor inglês Jonathan Swift (1667-1745). Gulliver é considerado um gigante de poder descomunal em Lilliput, uma terra de anões.

Considerar no ermo: refletir na solidão.

Insular-se: isolar-se.

lo, cuja leitura recomendo a todas as pessoas que amam o estudo dos fenômenos sociais. Segundo parece, e não é improvável, existe entre os fatos da vida pública e os da vida particular uma certa ação recíproca, regular, e talvez periódica — ou, para usar de uma imagem, há alguma coisa semelhante às marés da praia do Flamengo e de outras igualmente marulhosas. Com efeito, quando a onda investe a praia, alaga-a muitos palmos adentro; mas essa mesma água torna ao mar, com variável força, e vai engrossar a onda que há de vir, e que terá de tornar como a primeira. Essa é a imagem; vejamos a aplicação.

Deixei dito noutra página que o Lobo Neves, nomeado presidente de província, recusou a nomeação por motivo da data do decreto, que era 13; ato grave, cuja consequência foi separar do ministério o marido de Virgília. Assim, o fato particular da ojeriza de um número produziu o fenômeno da **dissidência** política. Resta ver como, tempos depois, um ato político determinou na vida particular uma cessação de movimento. Não convindo ao método deste livro descrever imediatamente esse outro fenômeno, limito-me a dizer por ora que o Lobo Neves, quatro meses depois de nosso encontro no teatro, reconciliou-se com o ministério; fato que o leitor não deve perder de vista, se quiser penetrar a sutileza do meu pensamento.

101. A REVOLUÇÃO DÁLMATA

Foi Virgília quem me deu notícia da viravolta política do marido, certa manhã de outubro, entre onze e meio-dia; falou-me de reuniões, de conversas, de um discurso...

— De maneira que desta vez fica você baronesa — interrompi eu.

Ela derreou os cantos da boca e moveu a cabeça a um e outro lado; mas esse gesto de indiferença era desmenti-

Dissidência: separação. Ao recusar o cargo de presidente da província, Lobo Neves separou-se politicamente do ministro que o nomeara.

do por alguma coisa menos definível, menos clara, uma expressão de gosto e de esperança. Não sei por quê, imaginei que a carta imperial da nomeação podia atraí-la à virtude, não digo pela virtude em si mesma, mas por **gratidão ao marido**. Que ela amava cordialmente a nobreza. Um dos maiores desgostos de nossa vida foi o aparecimento de certo pelintra de legação — da legação da Dalmácia, suponhamos —, o conde B. V., que a **namorou** durante três meses. Esse homem, vero fidalgo de raça, transtornara um pouco a cabeça de Virgília, que, além do mais, possuía a vocação diplomática. Não chego a alcançar o que seria de mim, se não rebentasse na Dalmácia uma revolução, que derrocou o governo e purificou as embaixadas. Foi sangrenta a revolução, dolorosa, formidável; os jornais, a cada navio que chegava da Europa, transcreviam os horrores, mediam o sangue, contavam as cabeças; toda a gente **fremia** de indignação e piedade... Eu não; eu abençoava interiormente essa tragédia, que me tirara uma **pedrinha do sapato**. E depois a Dalmácia era tão longe!

102. DE REPOUSO

Mas esse mesmo homem, que se alegrou com a partida do outro, praticou daí a tempos... Não, não hei de contá-lo nesta página; fique este capítulo para repouso do meu vexame. Uma ação grosseira, baixa, sem explicação possível... Repito, não contarei o caso nesta página.

103. DISTRAÇÃO

— Não, senhor doutor, isso não se faz. Perdoe-me, isso não se faz.

Gratidão ao marido: Virgília poderia pensar em terminar seu romance adúltero com Brás Cubas em gratidão ao marido, pois ele a faria subir na escala social. Portanto, o fim do relacionamento não se daria por uma crise moral, mas por vaidade.

Namorou: assediou.

Fremia: estremecia.

Pedrinha do sapato: que relação há entre o caso do diplomata e a nomeação de Lobo Neves para que ambos preocupassem Brás Cubas?

Tinha razão dona Plácida. Nenhum cavalheiro chega uma hora mais tarde ao lugar em que o espera a sua dama. Entrei esbaforido: Virgília tinha ido embora. Dona Plácida contou-me que ela esperara muito, que se irritara, que chorara, que jurara votar-me ao desprezo, e outras mais coisas que a nossa caseira dizia com lágrimas na voz, pedindo-me que não desamparasse laiá, que era ser muito injusto com uma moça que me sacrificara tudo. Expliquei-lhe então que um equívoco... e não era; cuido que foi simples distração. Um dito, uma conversa, uma anedota, qualquer coisa; simples distração.

Coitada de dona Plácida! Estava aflita deveras. Andava de um lado para outro, abanando a cabeça, suspirando com estrépito, espiando pela rótula. Coitada de dona Plácida! Com que arte conchegava as roupas, bafejava as faces, acalentava as manhas do nosso amor! Que imaginação fértil em tornar as horas mais aprazíveis e breves! Flores, doces — os bons doces de outros dias — e muito riso, muito afago, riso e afago que cresciam com o tempo, como se ela quisesse fixar a nossa aventura, ou restituir-me a primeira flor. Nada esquecia a nossa confidente e caseira; nada, nem a mentira, porque a um e outro referia suspiros e saudades que não presenciara; nada, nem a calúnia, porque uma vez chegou a atribuir-me uma paixão nova.

— Você sabe que não posso gostar de outra mulher — foi a minha resposta quando Virgília me falou em semelhante coisa. E essa só palavra, sem nenhum protesto ou admoestação, dissipou o **aleive** de dona Plácida, que ficou triste.

— Está bem — disse-lhe eu, depois de um quarto de hora. — Virgília há de reconhecer que não tive culpa nenhuma... Quer você levar-lhe uma carta agora mesmo?

— Ela há de estar bem triste, coitadinha! Olhe, eu não desejo a morte de ninguém; mas, se o senhor doutor algum dia chegar a casar com laiá, então sim, é que há de ver o anjo que ela é!

Aleive: calúnia.

Lembra-me que desviei o rosto e baixei os olhos ao chão. Recomendo esse gesto às pessoas que não tiverem uma palavra pronta para responder, ou ainda às que recearem encarar a pupila de outros olhos. Em tais casos, alguns preferem recitar uma oitava dos ***Lusíadas***, outros adotam o recurso de assobiar a ***Norma***; eu atenho-me ao gesto indicado; é mais simples, exige menos esforço*****.

Três dias depois, estava tudo explicado. Suponho que Virgília ficou um pouco admirada quando lhe pedi desculpa das lágrimas que derramara naquela triste ocasião. Nem me lembra se interiormente as atribuí a dona Plácida. Com efeito, podia acontecer que dona Plácida chorasse, ao vê-la desapontada, e, por um fenômeno da visão, as lágrimas que tinha nos próprios olhos lhe parecessem cair dos olhos de Virgília. Fosse como fosse, tudo estava explicado, mas não perdoado, e menos ainda esquecido. Virgília dizia-me uma porção de coisas duras, ameaçava--me com a separação, enfim louvava o marido. Esse sim, era um homem digno, muito superior a mim, delicado, um primor de cortesia e afeição; é o que ela dizia, enquanto eu, sentado, com os braços fincados nos joelhos, olhava para o chão, onde uma mosca arrastava uma formiga que lhe mordia o pé. Pobre mosca! Pobre formiga!

— Mas você não diz nada, nada? — perguntou Virgília, parando diante de mim.

— Que hei de dizer? Já expliquei tudo; você teima em zangar-se; que hei de dizer? Sabe o que me parece? Parece-me que você está enfastiada, que se aborrece, que quer acabar...

— Justamente!

Foi dali pôr o chapéu, com a mão trêmula, raivosa...

— Adeus, dona Plácida — bradou ela para dentro. Depois foi até à porta, correu o fecho, ia sair; agarrei-a pela cintura.

— Está bom, está bom — disse-lhe.

Virgília ainda forcejou por sair. Eu retive-a, pedi-lhe que ficasse, que esquecesse; ela afastou-se da porta e

***Os Lusíadas*:** **famoso poema épico de Luís Vaz de Camões (1524-1580). O assunto central é a viagem de Vasco da Gama às Índias e a glorificação dos feitos portugueses. Foi escrito em dez cantos, em estrofes de oito versos.**

***Norma*:** **ópera do compositor Vincenzo Bellini (1801-1835).**

*** O humor provocado por essas observações quebra o tom melodramático do texto e mostra novamente a ironia do narrador diante dos fatos.**

foi cair no canapé. Sentei-me ao pé dela, disse-lhe muitas coisas meigas, outras humildes, outras graciosas. Não afirmo se os nossos lábios chegaram a distância de um fio de cambraia ou ainda menos; é matéria controversa. Lembra-me, sim, que na agitação caiu um brinco de Virgília, que eu inclinei-me a apanhá-lo, e que a mosca de há pouco trepou ao brinco, levando sempre a formiga no pé. Então eu, com a delicadeza nativa de um homem do nosso século, pus na palma da mão aquele casal de mortificados; calculei toda a distância que ia da minha mão ao planeta Saturno, e perguntei a mim mesmo que interesse podia haver num episódio tão **mofino**. Se concluis daí que eu era um bárbaro, enganas-te, porque eu pedi um grampo a Virgília, a fim de separar os dois insetos; mas a mosca farejou a minha intenção, abriu as asas e foi-se embora. Pobre mosca! Pobre formiga! E Deus viu que isso era bom, como se diz na Escritura.

104. ERA ELE!

Restituí o grampo a Virgília, que o repregou nos cabelos e preparou-se para sair. Era tarde; tinha dado três horas. Tudo estava esquecido e perdoado. Dona Plácida, que espreitava a ocasião idônea para a saída, fecha subitamente a janela e exclama:

— Virgem Nossa Senhora! Aí vem o marido de Iaiá!

O momento de terror foi curto, mas completo. Virgília fez-se da cor das rendas do vestido, correu até a porta da alcova; dona Plácida, que fechara a rótula, queria fechar também a porta de dentro; eu dispus-me a esperar o Lobo Neves. Esse curto instante passou. Virgília tornou a si, empurrou-me para a alcova, disse a dona Plácida que voltasse à janela; a confidente obedeceu.

Mofino: desimportante.

Era ele. Dona Plácida abriu-lhe a porta com muitas exclamações de pasmo:

— O senhor por aqui! Honrando a casa de sua velha! Entre, faça favor. Adivinhe quem está cá... Não tem que adivinhar, não veio por outra coisa... Apareça, Iaiá.

Virgília, que estava a um canto, atirou-se ao marido. Eu espreitava-os pelo buraco da fechadura. O Lobo Neves entrou lentamente, pálido, frio, quieto, sem explosão, sem arrebatamento, e circulou um olhar em volta da sala.

— Que é isso? — exclamou Virgília. — Você por aqui?

— Ia passando, vi dona Plácida à janela, e vim cumprimentá-la.

— Muito obrigada — acudiu esta. — E digam que as velhas não valem alguma coisa... Olhai, gentes! Iaiá parece estar com ciúmes. — E acariciando-a muito: — Este anjinho é que nunca se esqueceu da velha Plácida. Coitadinha! É mesmo a cara da mãe. Sente-se, senhor doutor...

— Não me demoro.

— Você vai para casa? — disse Virgília. — Vamos juntos.

— Vou.

— Dê cá o meu chapéu, dona Plácida.

— Está aqui.

Dona Plácida foi buscar um espelho, abriu-o diante dela. Virgília punha o chapéu, atava as fitas, arranjava os cabelos, falando ao marido, que não respondia nada. A nossa boa velha tagarelava demais; era um modo de disfarçar as tremuras do corpo. Virgília, dominado o primeiro instante, tornara à posse de si mesma.

— Pronta! — disse ela. — Adeus, dona Plácida; não se esqueça de aparecer, ouviu? — A outra prometeu que sim, e abriu-lhes a porta.

105. EQUIVALÊNCIA DAS JANELAS

Dona Plácida fechou a porta e caiu numa cadeira. Eu deixei imediatamente a alcova, e dei dois passos para sair à rua, com o fim de arrancar Virgília ao marido; foi o que disse e em bem que o disse, porque dona Plácida deteve-me por um braço. Tempo houve em que cheguei a supor que não dissera aquilo senão para que ela me detivesse; mas a simples reflexão basta para mostrar que, depois dos dez minutos da alcova, o gesto mais genuíno e cordial não podia ser senão esse. E isso por aquela famosa lei da equivalência das janelas, que eu tive a satisfação de descobrir e formular, no capítulo 51. Era preciso arejar a consciência. A alcova foi uma janela fechada; eu abri outra com o gesto de sair, e respirei.

106. JOGO PERIGOSO

Respirei e sentei-me. Dona Plácida **atroava** a sala com exclamações e lástimas. Eu ouvia, sem lhe dizer coisa nenhuma; refletia comigo se não era melhor ter fechado Virgília na alcova e ficado na sala; mas adverti logo que seria pior; confirmaria a suspeita, chegaria o fogo à pólvora, e uma cena de sangue... Foi muito melhor assim. Mas depois? Que ia acontecer em casa de Virgília? Matá-la-ia o marido? Espancá-la-ia? Encerrá-la-ia? Expulsá-la-ia? Essas interrogações percorriam lentamente o meu cérebro, como os pontinhos e vírgulas escuras percorrem o campo visual dos olhos enfermos ou cansados. Iam e vinham, com o seu aspecto seco e trágico, e eu não podia agarrar um deles e dizer: és tu, tu e não outro.

De repente vejo um vulto negro; era dona Plácida, que fora dentro, enfiara a mantilha, e vinha oferecer-se-me para ir à casa do Lobo Neves. Ponderei-lhe que era arriscado, porque ele desconfiaria da visita tão próxima.

— Sossegue — interrompeu ela —, eu saberei arranjar as coisas. Se ele estiver em casa não entro.

Saiu; eu fiquei a ruminar o sucesso e as consequências possíveis. Ao cabo, parecia-me jogar um jogo perigoso, e perguntava a mim mesmo se não era tempo de levantar e espairecer. Sentia-me tomado de uma saudade do casamento, de um desejo de canalizar a vida. Por que não? Meu coração tinha ainda de explorar; não me sentia incapaz de um amor casto, severo e puro. Em verdade, as aventuras são a parte torrencial e vertiginosa da vida, isto é, a exceção; eu estava enfarado delas; não

Atroava: fazia estremecer.

sei até se me pungia algum remorso. Mal pensei naquilo, deixei-me ir atrás da imaginação; vi-me logo casado, ao pé de uma mulher adorável, diante de um *baby*, que dormia no regaço da ama, todos nós no fundo de uma chácara sombria e verde, a espiarmos através das árvores uma nesga do céu azul, extremamente azul...

107. BILHETE

Não houve nada, mas ele suspeita alguma coisa; está muito sério e não fala; agora saiu. Sorriu uma vez somente, para nhonhô, depois de o fitar muito tempo, carrancudo. Não me tratou mal nem bem. Não sei o que vai acontecer; Deus queira que isso passe. Muita cautela, por ora, muita cautela.*

108. QUE SE NÃO ENTENDE

Eis aí o drama, eis aí a ponta da orelha trágica de Shakespeare. Esse retalhinho de papel, garatujado em partes, machucado das mãos, era um documento de análise, que eu não farei neste capítulo, nem no outro, nem talvez em todo o resto do livro. Poderia eu tirar ao leitor o gosto de notar por si mesmo a frieza, a perspicácia e o ânimo dessas poucas linhas traçadas à pressa; e por trás delas a tempestade de outro cérebro, a raiva dissimulada, o desespero que se constrange e medita, porque tem de resolver-se na lama, ou no sangue, ou nas lágrimas?

Quanto a mim, se vos disser que li o bilhete três ou quatro vezes, naquele dia, acreditai-o, que é verdade; se vos disser mais que o reli no dia seguinte, antes e depois

*** O que sugere esse comentário de Virgília sobre o marido?**

do almoço, podeis crê-lo, é a realidade pura. Mas, se vos disser a comoção que tive, duvidai um pouco da asserção, e não a aceiteis sem provas. Nem então, nem ainda agora cheguei a discernir o que experimentei. Era medo, e não era medo; era dó e não era dó; era vaidade e não era vaidade; enfim, era amor sem amor, isto é, sem delírio; e tudo isso dava uma combinação assaz complexa e vaga, uma coisa que não podereis entender, como eu não entendi. Suponhamos que não disse nada.

109. O FILÓSOFO

Sabido que reli a carta, antes e depois do almoço, sabido fica que almocei, e só resta dizer que essa refeição foi das mais parcas da minha vida: um ovo, uma fatia de pão, uma xícara de chá. Não me esqueceu essa circunstância mínima; no meio de tanta coisa importante **obliterada** escapou esse almoço. A razão principal poderia ser justamente o meu desastre; mas não foi; a principal razão foi a reflexão que me fez o Quincas Borba, cuja visita recebi naquele dia. Disse-me ele que a **frugalidade** não era necessária para entender o Humanitismo, e menos ainda praticá-lo; que esta filosofia acomodava-se facilmente com os prazeres da vida, inclusive a mesa, o espetáculo e os amores; e que, ao contrário, a frugalidade podia indicar certa tendência para o **ascetismo**, o qual era a expressão acabada da tolice humana.

— Veja São João — continuou ele —, mantinha-se de gafanhotos, no deserto, em vez de engordar tranquilamente na cidade, e fazer emagrecer o **farisaísmo** na sinagoga.

Deus me livre de contar a história do Quincas Borba, que aliás ouvi toda naquela triste ocasião, uma história longa, complicada, mas interessante.

Obliterada: esquecida.

Frugalidade: qualidade de quem é frugal, isto é, que come pouco.

Ascetismo: vida isolada e solitária, quase sem contato com outras pessoas.

Farisaísmo: hipocrisia, falsidade.

E, se não conto a história, dispenso-me outrossim de descrever-lhe a figura, aliás mui diversa da que me apareceu no Passeio Público. Calo-me; digo somente que, se o principal característico do homem não são as feições, mas o vestuário, ele não era o Quincas Borba; era um desembargador sem beca, um general sem farda, um negociante sem déficit. Notei-lhe a perfeição da sobrecasaca, a alvura da camisa, o asseio das botas. A mesma voz, **roufenha** outrora, parecia restituída à primitiva sonoridade. Quanto à gesticulação, sem que houvesse perdido a viveza de outro tempo, não tinha já a desordem, sujeitava-me a um certo método. Mas eu não quero descrevê-lo. Se falasse, por exemplo, no botão de ouro que trazia ao peito, e na qualidade do couro das botas, iniciaria uma descrição, que omito por brevidade. Contentem-se de saber que as botas eram de verniz. Saibam mais que ele herdara alguns pares de contos de réis de um velho tio de Barbacena*.

Meu espírito (permitam-me aqui uma comparação de criança!), meu espírito era naquela ocasião uma espécie de peteca. A narração do Quincas Borba dava-lhe uma palmada, ele subia; quando ia a cair, o bilhete de Virgília dava-lhe outra palmada, e ele era de novo arremessado aos ares; descia, e o episódio do Passeio Público recebia-o com outra palmada, igualmente rija e eficaz. Cuido que não nasci para situações complexas. Esse puxar e empuxar de coisas opostas desequilibrava-me; tinha vontade de embrulhar o Quincas Borba, o Lobo Neves e o bilhete de Virgília na mesma filosofia, e mandá-los de presente a Aristóteles. Contudo era instrutiva a narração do nosso filósofo; admirava-lhe sobretudo o talento de observação com que descrevia a gestação e o crescimento do vício, as lutas interiores, as capitulações vagarosas, o uso da lama.

— Olhe — observou ele —, a primeira noite que passei na escada de São Francisco dormi-a inteira, como se fosse a mais fina pluma. Por quê? Porque fui gradual-

Roufenha: fanhosa, que parece sair pelo nariz.

* O narrador diz várias vezes que não vai descrever Quincas Borba e, no entanto, descreve-o detalhadamente.

mente da cama de esteira ao **catre de pau**, do quarto próprio ao corpo da guarda, do corpo da guarda à rua...

Quis expor-me finalmente a filosofia; pedi-lhe que não.

— Estou muito preocupado hoje e não poderia atendê-lo; venha depois; estou sempre em casa. — Quincas Borba sorriu de um modo malicioso; talvez soubesse da minha aventura, mas não acrescentou nada. Só me disse estas últimas palavras à porta:

— Venha para o Humanitismo; ele é o grande regaço dos espíritos, o mar eterno em que mergulhei para arrancar de lá a verdade. Os gregos faziam-na sair de um poço. Que concepção mesquinha! Um poço! Mas é por isso mesmo que nunca atinaram com ela. Gregos, subgregos, antigregos, toda a longa série dos homens tem-se debruçado sobre o poço, para ver sair a verdade, que não está lá. Gastaram cordas e caçambas; alguns mais afoutos desceram ao fundo e trouxeram um sapo. Eu fui diretamente ao mar. Venha para o Humanitismo.

110. 31

Uma semana depois, Lobo Neves foi nomeado presidente de província. Agarrei-me à esperança da recusa, se o decreto viesse outra vez datado de 13; trouxe, porém, a data de 31, e esta simples transposição de algarismos eliminou deles a substância diabólica. Que profundas que são as molas da vida!

111. O MURO

Não sendo meu costume dissimular ou esconder nada, contarei nesta página o caso do muro. Eles es-

Catre de pau: cama dura de madeira.

tavam prestes a embarcar. Entrando em casa de dona Plácida, vi um papelinho dobrado sobre a mesa; era um bilhete de Virgília; dizia que me esperava à noite, na chácara, sem falta. E concluía: "O muro é baixo do lado do beco".

Fiz um gesto de desagrado. A carta pareceu-me descomunalmente audaciosa, malpensada e até ridícula. Não era só convidar o escândalo, era convidá-lo de parceria com a **risota**. Imagine-me a saltar o muro, embora baixo e do lado do beco; e, quando ia a galgá-lo, via-me agarrado por um pedestre de polícia, que me levava ao corpo da guarda. O muro é baixo! E que tinha que fosse baixo? Naturalmente Virgília não soube o que fez; era possível que já estivesse arrependida. Olhei para o papel, um pedaço de papel amarrotado, mas inflexível. Tive comichões de o rasgar, em trinta mil pedaços, e atirá-los ao vento, como o último despojo da minha aventura; mas recuei a tempo; o amor-próprio, o vexame da fuga, a ideia do medo... Não havia remédio senão ir.

— Diga-lhe que vou.

— Aonde? — perguntou dona Plácida.

— Onde ela disse que me espera.

— Não me disse nada.

— Neste papel.

Dona Plácida arregalou os olhos:

— Mas este papel, achei-o hoje de manhã, nesta sua gaveta, e pensei que...

Tive uma sensação esquisita. Reli o papel, mirei-o, remirei-o; era, em verdade, um antigo bilhete de Virgília, recebido no começo dos nossos amores, uma certa entrevista na chácara, que me levou efetivamente a saltar o muro, um muro baixo e discreto. Guardei o papel e... tive uma sensação esquisita*.

Risota: risadinha zombeteira.

*** Que sensação Brás Cubas pode ter tido ao se lembrar de que, certa vez, fizera exatamente aquilo que agora achava ridículo e humilhante?**

112. A OPINIÃO

Mas estava escrito que esse dia devia ser o dos lances **dúbios**. Poucas horas depois, encontrei Lobo Neves na Rua do Ouvidor; falamos da presidência e da política. Ele aproveitou o primeiro conhecido que nos passou **à ilharga** e deixou-me, depois de muitos cumprimentos. Lembra-me que estava retraído, mas de um retraimento que forcejava por dissimular. Pareceu-me então (e peço perdão à crítica, se esse meu juízo for temerário!), pareceu-me que ele tinha medo — não medo de mim, nem de si, nem do código, nem da consciência; tinha medo da opinião. Supus que esse tribunal anônimo e invisível, em que cada membro acusa e julga, era o limite posto à vontade do Lobo Neves. Talvez já não amasse a mulher; e, assim, pode ser que o coração fosse estranho à indulgência dos seus últimos atos. Cuido (e de novo insto pela boa vontade da crítica!), cuido que ele estaria pronto a separar-se da mulher, como o leitor se terá separado de muitas relações pessoais; mas a opinião, essa opinião que lhe arrastaria a vida por todas as ruas, que abriria minucioso inquérito acerca do caso, que coligiria uma a uma todas as circunstâncias, antecedências, induções, provas, que as relataria na palestra das chácaras desocupadas, essa terrível opinião, tão curiosa das alcovas, **obstou** à dispersão da família. Ao mesmo tempo tornou possível o **desforço**, que seria a divulgação. Ele não podia mostrar-se ressentido comigo sem igualmente buscar a separação conjugal; teve então de simular a mesma ignorância de outrora, e, por dedução, iguais sentimentos.

Que lhe custasse creio; naqueles dias, principalmente, vi-o de modo que devia custar-lhe muito. Mas o tempo (e é outro ponto em que eu espero a indulgência dos homens pensadores!), o tempo caleja a sensibilidade e oblitera a memória das coisas; era de supor que os anos lhe despontassem os espinhos, que

Dúbios: incertos, ambíguos.

À ilharga: ao lado.

Obstou: impediu.

Desforço: vingança, desforra.

a distância dos fatos apagasse os respectivos contornos, que uma sombra de dúvida retrospectiva cobrisse a nudez da realidade; enfim, que a opinião se ocupasse um pouco com outras aventuras. O filho, crescendo, buscaria satisfazer as ambições do pai; seria o herdeiro de todos os seus afetos. Isso, e a atividade externa, e o prestígio público, e a velhice depois, a doença, o declínio, a morte, um **responso**, uma notícia biográfica, e estava fechado o livro da vida, sem nenhuma página de sangue.

113. A SOLDA

A conclusão, se há alguma no capítulo anterior, é que a opinião é uma boa solda das instituições domésticas. Não é impossível que eu desenvolva esse pensamento antes de acabar o livro; mas também não é impossível que o deixe como está. De um ou de outro modo, é uma boa solda a opinião, e tanto na ordem doméstica como na política. Alguns metafísicos **biliosos** têm chegado ao extremo de a darem como simples produto da gente chocha ou medíocre; mas é evidente que, ainda quando um conceito tão extremado não trouxesse em si mesmo a resposta, bastava considerar os efeitos salutares da opinião para concluir que ela é a obra superfina da flor dos homens, a saber, do maior número*.

Responso: oração religiosa.

Biliosos: mal-humorados.

* Observe a ironia do narrador ao destacar a importância da opinião pública para a estabilidade familiar. Isso teria impedido Lobo Neves de separar-se de Virgília, pois ele teria sua vida pessoal exposta e vasculhada. Aqui, novamente, o narrador destaca a hipocrisia da vida em sociedade.

114. FIM DE UM DIÁLOGO

— Sim, é amanhã. Você vai a bordo?

— Está doida? É impossível.

— Então, adeus!

— Adeus!

— Não se esqueça de dona Plácida. Vá vê-la algumas vezes. Coitada! Foi ontem despedir-se de nós; chorou muito, disse que eu não a veria mais... é uma boa criatura, não é?

— Certamente.

— Se tivermos de escrever, ela receberá as cartas. Agora até daqui a...

— Talvez dois anos?

— Qual! Ele diz que é só até fazer as eleições.

— Sim? Então até breve. Olhe que estão olhando para nós.

— Quem?

— Ali do sofá. Separemo-nos.

— Custa-me muito.

— Mas é preciso; adeus, Virgília!

— Até breve. Adeus!

115. O ALMOÇO

Não a vi partir; mas à hora marcada senti alguma coisa que não era dor nem prazer, uma coisa mista, alívio e saudade, tudo misturado, em iguais doses. Não se irrite o leitor com essa confissão. Eu bem sei que, para **titilar**-lhe os nervos da fantasia, devia padecer um grande desespero, derramar algumas lágrimas, e não almoçar. Seria romanesco; mas não seria biográfico. A realidade pura é que eu almocei, como nos demais dias, acudindo ao coração com as lembranças da minha aventura, e ao estômago com os acepipes de **M. Prudhon**...

... Velhos do meu tempo, acaso vos lembrais desse mestre cozinheiro do Hotel Pharoux, um sujeito que, segundo dizia o dono da casa, havia servido nos fa-

Titilar: excitar, provocar.

***Monsieur* Prudhon:** conhecido cozinheiro francês do Rio de Janeiro.

mosos *Véry* e *Véfour*, de Paris, e mais nos palácios do Conde Molé e do Duque de la Rochefoucauld? Era insigne. Entrou no Rio de Janeiro com a polca... A polca, M. Prudhon, o **Tivoli**, o baile dos estrangeiros, o **Cassino**, eis algumas das melhores recordações daquele tempo; mas sobretudo os acepipes do mestre eram deliciosos.

Eram, e naquela manhã parece que o diabo do homem adivinhara a nossa catástrofe. Jamais o engenho e a arte lhe foram tão propícios. Que requinte de temperos! Que tenrura de carnes! Que rebuscado de formas! Comia-se com a boca, com os olhos, com o nariz. Não guardei a conta desse dia; sei que foi cara. Ai dor! Era-me preciso enterrar magnificamente os meus amores. Eles lá iam, mar em fora, no espaço e no tempo, e eu ficava-me ali numa ponta de mesa, com os meus quarenta e tantos anos, tão vadios e tão vazios; ficava-me para os não ver nunca mais, porque ela poderia tornar e tornou, mas o **eflúvio** da manhã quem é que o pediu ao crepúsculo da tarde?

116. FILOSOFIA DAS FOLHAS VELHAS

Fiquei tão triste com o fim do último capítulo que estava capaz de não escrever este, descansar um pouco, purgar o espírito da melancolia que o empacha, e continuar depois. Mas não, não quero perder tempo.

A partida de Virgília deu-me uma amostra da viuvez. Nos primeiros dias meti-me em casa, a fisgar moscas, como **Domiciano**, se não mente o Suetônio, mas a fisgá-las de um modo particular: com os olhos. Fisgava-as uma a uma, no fundo de uma sala grande, estirado na rede, com um livro aberto entre as mãos. Era tudo:

Tivoli e Cassino: famosos teatros do Rio de Janeiro do século XIX.

Eflúvio: perfume, odor.

Tito Flávio Domiciano (51-96): imperador romano cuja vida foi escrita pelo historiador latino Suetônio.

saudades, ambições, um pouco de tédio e muito devaneio solto. Meu tio cônego morreu nesse intervalo; item, dois primos. Não me dei por abalado; levei-os ao cemitério, como quem leva dinheiro a um banco. Que digo? Como quem leva cartas ao correio: selei as cartas, meti-as na caixinha e deixei ao carteiro o cuidado de as entregar em mão própria. Foi também por esse tempo que nasceu minha sobrinha Venância, filha do Cotrim. Morriam uns, nasciam outros: eu continuava às moscas.

Outras vezes agitava-me. Ia às gavetas, entornava as cartas antigas, dos amigos, dos parentes, das namoradas (até as de Marcela), e abria-as todas, lia-as uma a uma e recompunha o pretérito... Leitor **ignaro**, se não guardas as cartas da juventude, não conhecerás um dia a filosofia das folhas velhas, não gostarás o prazer de ver-te, ao longe, na penumbra, com um chapéu de três bicos, botas de sete léguas e longas barbas assírias, a bailar ao som de uma gaita **anacreôntica**. Guarda as tuas cartas da juventude!

Ou, se te não apraz o chapéu de três bicos, empregarei a locução de um velho marujo, familiar da casa de Cotrim; direi que, se guardares as cartas da juventude, acharás ocasião de "cantar uma saudade". Parece que os nossos marujos dão esse nome às cantigas de terra, entoadas no alto-mar. Como expressão poética, é o que se pode exigir mais triste.

117. O HUMANITISMO

Duas forças, porém, além de uma terceira, compeliam-me a tornar à vida agitada do costume: Sabina e Quincas Borba. Minha irmã encaminhou a candidatura conjugal de Nhã-loló de um modo verdadeiramente impetuoso. Quando dei por mim estava com a moça quase

Ignaro: ignorante.

Anacreôntica: alusão ao poeta grego Anacreonte (séc. VI a.C.).

nos braços. Quanto ao Quincas Borba, expôs-me enfim o Humanitismo, sistema de filosofia destinado a arruinar todos os demais sistemas.

— Humanitas — dizia ele —, o princípio das coisas, não é outro senão o mesmo homem repartido por todos os homens. Conta três fases Humanitas: a *estática*, anterior a toda a criação; a *expansiva*, começo das coisas; a *dispersiva*, aparecimento do homem; e contará mais uma, a *contrativa*, absorção do homem e das coisas. A *expansão*, iniciando o universo, sugeriu a Humanitas o desejo de o gozar, e daí a *dispersão*, que não é mais do que a multiplicação personificada da substância original.

Como me não aparecesse assaz clara essa exposição, Quincas Borba desenvolveu-a de um modo profundo, fazendo notar as grandes linhas do sistema. Explicou-me que, por um lado, o Humanitismo ligava-se ao Bramanismo, a saber, na distribuição dos homens pelas diferentes partes do corpo de Humanitas; mas aquilo que na religião indiana tinha apenas uma estreita significação teológica e política era no Humanitismo a grande lei do valor pessoal. Assim, descender do peito ou dos rins de Humanitas, isto é, ser um forte, não era o mesmo que descender dos cabelos ou da ponta do nariz. Daí a necessidade de cultivar e temperar o músculo. Hércules não foi senão um símbolo antecipado do Humanitismo. Nesse ponto Quincas Borba ponderou que o paganismo poderia ter chegado à verdade, se se não houvesse amesquinhado com a parte galante dos seus mitos. Nada disso acontecerá com o Humanitismo. Nessa igreja nova não há aventuras fáceis, nem quedas, nem tristezas, nem alegrias pueris. O amor, por exemplo, é um sacerdócio, a reprodução um ritual. Como a vida é o maior benefício do universo, e não há mendigo que não prefira a miséria à morte (o que é um delicioso influxo de Humanitas), segue-se que a transmissão da vida, longe de ser uma ocasião de galanteio, é a hora suprema da missa espiritual. Porquanto, verdadeiramente há só uma desgraça: é não nascer.

— Imagina, por exemplo, que eu não tinha nascido — continuou o Quincas Borba —; é positivo que não teria agora o prazer de conversar contigo, comer esta batata, ir ao teatro, e para tudo dizer numa só palavra: viver. Nota que eu não faço do homem um simples veículo de Humanitas; não, ele é ao mesmo tempo veículo, cocheiro e passageiro; ele é o próprio Humanitas reduzido; daí a necessidade de adorar-se a si próprio. Queres uma prova da superioridade do meu sistema? Contempla a inveja. Não há moralista grego ou turco, cristão ou muçulmano que não troveje contra o sentimento da inveja. O acordo é universal, desde os campos da Idumeia até o alto da Tijuca. Ora bem; abre mão dos velhos preconceitos, esquece as retóricas **rafadas** e estuda a inveja, esse sentimento tão sutil e tão nobre. Sendo cada homem uma redução de Humanitas, é claro que nenhum homem é fundamentalmente oposto a outro homem, quaisquer que sejam as aparências contrárias. Assim, por exemplo, o algoz que executa o condenado pode excitar o vão clamor dos poetas; mas substancialmente é Humanitas que corrige em Humanitas uma infração da lei de Humanitas. O mesmo direi do indivíduo que estripa a outro; é uma manifestação da força de Humanitas. Nada obsta (e há exemplos) que ele seja igualmente estripado. Se entendeste bem, facilmente compreenderás que a inveja não é senão uma admiração que luta, e, sendo a luta a grande função do gênero humano, todos os sentimentos belicosos são os mais adequados à sua felicidade. Daí vem que a inveja é uma virtude.

Para que negá-lo? Eu estava estupefato. A clareza da exposição, a lógica dos princípios, o rigor das consequências, tudo isso parecia superiormente grande, e foi-me preciso suspender a conversa por alguns minutos, enquanto digeria a filosofia nova. Quincas Borba mal podia encobrir a satisfação do triunfo. Tinha uma asa de frango no prato e trincava-a com filosófica serenidade. Eu fiz-lhe ainda algumas objeções, mas tão frouxas, que ele não gastou muito tempo em destruí-las.

— Para entender bem o meu sistema — concluiu ele —, importa não esquecer nunca o princípio universal, repartido e resumido em cada homem. Olha: a guerra, que parece uma calamidade, é uma operação conveniente, como se disséssemos o estalar dos dedos de Humanitas; a fome (e ele chupava filosoficamente a asa do frango), a fome é uma prova a que Humanitas submete a própria víscera. Mas eu não quero outro documento da sublimidade do meu sistema, senão este mesmo frango. Nutriu-se de milho, que foi plantado por um africano, suponhamos, importado de Angola.

Rafadas: gastas.

Nasceu esse africano, cresceu, foi vendido; um navio o trouxe, um navio construído de madeira cortada no mato por dez ou doze homens, levado por velas, que oito ou dez homens teceram, sem contar a cordoalha e outras partes do aparelho náutico. Assim, esse frango, que eu almocei agora mesmo, é o resultado de uma multidão de esforços e lutas, executadas com o único fim de dar mate ao meu apetite.

Entre o queijo e o café, demonstrou-me Quincas Borba que o seu sistema era a destruição da dor. A dor, segundo o Humanitismo, é uma pura ilusão. Quando a criança é ameaçada por um pau, antes mesmo de ter sido espancada, fecha os olhos e treme; essa *predisposição* é que constitui a base da ilusão humana, herdada e transmitida. Não basta certamente a adoção do sistema para acabar logo com a dor, mas é indispensável; o resto é a natural evolução das coisas. Uma vez que o homem se compenetre bem de que ele é o próprio Humanitas, não tem mais do que remontar o pensamento à substância original para obstar qualquer sensação dolorosa. A evolução, porém, é tão profunda, que mal se lhe podem assinar alguns milhares de anos.

Quincas Borba leu-me daí a dias a sua grande obra. Eram quatro volumes manuscritos, de cem páginas cada um, com letra miúda e citações latinas. O último volume compunha-se de um tratado político, fundado no Humanitismo; era talvez a parte mais enfadonha do sistema, posto que concebida com um formidável rigor de lógica. Reorganizada a sociedade pelo método dele, nem por isso ficavam eliminadas a guerra, a insurreição, o simples murro, a facada anônima, a miséria, a fome, as doenças; mas, sendo esses supostos flagelos verdadeiros equívocos do entendimento, porque não passariam de movimentos externos da substância interior, destinados a não influir sobre o homem, senão como simples quebra da monotonia universal, claro estava que a sua existência não impediria a felicidade humana. Mas ainda quando tais flagelos (o que era radicalmente falso) correspondessem no futuro à concepção acanhada de antigos tempos, nem por isso ficava destruído o sistema, e por dois motivos: primeiro, porque sendo Humanitas a substância criadora e absoluta, cada indivíduo deveria achar a maior delícia do mundo em sacrificar-se ao princípio de que descende; segundo, porque, ainda assim, não diminuiria o poder espiritual do homem sobre a Terra, inventada unicamente para seu recreio dele, como as estrelas, as brisas, as tâmaras e o **ruibarbo**. Pangloss, dizia-me ele ao fechar o livro, não era tão tolo como o pintou Voltaire*.

118. A TERCEIRA FORÇA

A terceira força que me chamava ao bulício era o gosto de luzir, e, sobretudo, a incapacidade de viver só. A multidão atraía-me, o aplauso namorava-me. Se a ideia do emplasto me tem aparecido nesse tempo, quem sabe? não teria morrido logo e estaria célebre. Mas o emplasto não veio. Veio o desejo de agitar-me em alguma coisa, com alguma coisa e por alguma coisa.

119. PARÊNTESIS

Quero deixar aqui, entre parêntesis, meia dúzia de **máximas** das muitas que escrevi por esse tempo. São bocejos de enfado; podem servir de **epígrafe** a discursos sem assunto:

* * *

Suporta-se com paciência a cólica do próximo.

* * *

Matamos o tempo; o tempo nos enterra.

* * *

Um cocheiro filósofo costumava dizer que o gosto da carruagem seria diminuto, se todos andassem de carruagem.

* * *

Crê em ti; mas nem sempre duvides dos outros.

* * *

Ruibarbo: certo tipo de erva.

* Pangloss, personagem que representa o otimismo ingênuo, é criação do escritor francês Voltaire.

Parêntesis: hoje, é mais usual a forma "parênteses".

Máximas: pensamentos, reflexões.

Epígrafe: frase que serve de inspiração ou tema a um assunto.

Não se compreende que um **botocudo** fure o beiço para enfeitá-lo com um pedaço de pau. Essa reflexão é de um joalheiro.

* * *

Não te irrites se te pagarem mal um benefício: antes cair das nuvens que de um terceiro andar*.

120. *COMPELLE INTRARE*

— Não, senhor, agora quer você queira, quer não, há de casar — disse-me Sabina. — Que belo futuro! Um solteirão sem filhos.

Sem filhos! A ideia de ter filhos deu-me um sobressalto; percorreu-me outra vez o fluido misterioso. Sim, cumpria ser pai. A vida celibata podia ter certas vantagens próprias, mas seriam tênues e compradas a troco da solidão. Sem filhos! Não, impossível. Dispus-me a aceitar tudo, ainda a aliança do Damasceno. Sem filhos! Como já então depositasse grande confiança em Quincas Borba, fui ter com ele e expus-lhe os movimentos internos da minha paternidade. O filósofo ouviu-me com alvoroço; declarou-me que Humanitas se agitava em meu seio; animou-me ao casamento; ponderou que eram mais alguns convivas que batiam à porta, etc. *Compelle intrare*, como dizia Jesus. E não me deixou sem provar que o **apólogo** evangélico não era mais do que um prenúncio do Humanitismo, erradamente interpretado pelos padres.

121. MORRO ABAIXO

No fim de três meses, ia tudo à maravilha. O fluido, Sabina, os olhos da moça, os desejos do pai eram outros

Botocudo: indígena da tribo dos botocudos, que costumam usar botoque, uma rodela embutida no lábio inferior.

*** Este capítulo é mais um exemplo da inovação formal de Machado de Assis, pois quebra a sequência do enredo, contrariando a estrutura tradicional do romance. No geral, pode-se dizer que as reflexões apresentadas coincidem com a filosofia de vida expressa na obra?**

***Compelle intrare*:** essa expressão latina já apareceu no capítulo 13.

Apólogo: fábula, pequena história de fundo moral.

tantos impulsos que me levavam ao matrimônio. A lembrança de Virgília aparecia de quando em quando à porta, e com ela um diabo negro, que me metia à cara um espelho, no qual eu via ao longe Virgília desfeita em lágrimas; mas outro diabo vinha, cor-de-rosa, com outro espelho, em que se refletia a figura de Nhã-loló, terna, luminosa, angélica.

Não falo dos anos. Não os sentia; acrescentarei até que os deitara fora, certo domingo, em que fui à missa da capela do Livramento. Como o Damasceno morava nos Cajueiros, eu acompanhava-os muitas vezes à missa. O morro estava ainda nu de habitações, salvo o velho palacete do alto, onde era a capela. Pois um domingo, ao descer com Nhã-loló pelo braço, não sei que fenômeno se deu que fui deixando aqui dois anos, ali quatro, logo adiante cinco, de maneira que, quando cheguei abaixo, estava com vinte anos apenas, tão lépidos como tinham sido.

Agora, se querem saber em que circunstâncias se deu o fenômeno, basta-lhes ler esse capítulo até o fim. Vínhamos da missa, ela, o pai e eu. No meio do morro achamos um grupo de homens. Damasceno, que vinha ao pé de nós, percebeu o que era e adiantou-se alvoroçado; nós fomos atrás dele. E vimos isto: homens de todas as idades, tamanhos e cores, uns em mangas de camisa, outros de jaqueta, outros metidos em sobrecasacas esfrangalhadas; atitudes diversas, uns de cócoras, outros com as mãos apoiadas nos joelhos, estes sentados em pedras, aqueles encostados ao muro, e todos com os olhos fixos no centro, e as almas debruçadas das pupilas.

— Que é? — perguntou-me Nhã-loló.

Fiz-lhe sinal que se calasse; abri sutilmente caminho, e todos me foram cedendo espaço, sem que positivamente ninguém me visse. O centro tinha-lhes atado os olhos. Era uma briga de galos. Vi os dois contendores, dois galos de esporão agudo, olho de fogo e bico afiado. Ambos agitavam as cristas em sangue; o peito de um e de outro estava desplumado e rubro; invadia-os o cansaço. Mas lutavam ainda assim, olhos fitos nos olhos, bico abaixo, bico acima, golpe deste, golpe daquele, vibrantes e raivosos. Damasceno não sabia mais nada; o espetáculo eliminou para ele todo o universo. Em vão lhe disse que era tempo descer; ele não respondia, não ouvia, concentrara-se no duelo. A briga de galos era uma de suas paixões.

Foi nessa ocasião que Nhã-loló me puxou brandamente pelo braço, dizendo que nos fôssemos embora. Aceitei o conselho e vim com ela por ali abaixo. Já disse que o morro era então desabitado; disse-lhes também que vínhamos da missa, e, não lhes tendo dito que chovia, era claro que fazia bom tempo, um sol delicioso. E forte. Tão forte que eu abri logo o guarda-sol, segurei-o pelo centro do cabo e inclinei-o por modo que ajuntei uma página à filosofia do Quincas Borba: Humanitas **osculou** Humanitas... Foi assim que os anos me vieram caindo pelo morro abaixo.

Ao sopé detivemo-nos alguns minutos, à espera de Damasceno; ele veio daí a pouco rodeado dos apostadores, a comentar com eles a briga. Um desses, tesoureiro das apostas, distribuía um velho maço de notas de dez tostões, que os vencedores recebiam duplamente alegres. Quanto aos galos, vinham sobraçados pelo respectivo dono. Um deles trazia a crista tão comida e ensanguentada que vi logo nele o vencido; mas era engano — o vencido era o outro, que não trazia crista nenhuma. Ambos tinham o bico aberto, respirando a custo, esfalfados. Os apostadores, ao contrário, vinham alegres, sem embargo das fortes comoções da luta; biografavam os contendores, relembravam as proezas de ambos. Eu fui andando, vexado; Nhã-loló vexadíssima.

122. UMA INTENÇÃO MUI FINA

O que vexava a Nhã-loló era o pai. A facilidade com que ele se metera com os apostadores punha em relevo antigos costumes e afinidades sociais, e Nhã-loló chegara a temer que tal sogro me parecesse indigno. Era notável a diferença que ela fazia de si mesma; estudava-se e estudava-me. A vida elegante e polida atraía-a, principalmente porque lhe parecia o meio mais seguro de ajustar as nossas pessoas. Nhã-loló observava, imitava, adivinhava; ao mesmo tempo dava-se ao esforço de mascarar a inferioridade da família. Naquele dia, porém, a manifestação do pai foi tamanha que a entristeceu grandemente. Eu busquei então diverti-la do assunto, dizendo-lhe muitas **chanças** e motes de bom-tom; vãos esforços, que não a alegravam mais. Era tão

Osculou: beijou.

Chanças: ditos engraçados.

profundo o abatimento, tão expressivo o desânimo, que cheguei a atribuir a Nhã-loló a intenção positiva de separar, no meu espírito, a sua causa da causa do pai. Esse sentimento pareceu-me de grande elevação; era uma afinidade mais entre nós.

— Não há remédio — disse eu comigo —, vou arrancar essa flor a esse pântano.

123. O VERDADEIRO COTRIM

Não obstante os meus quarenta e tantos anos, como eu amasse a harmonia da família, entendi não tratar o casamento sem primeiro falar ao Cotrim. Ele ouviu-me e respondeu-me seriamente que não tinha opinião em negócio de parentes seus. Podiam supor-lhe algum interesse, se acaso louvasse as raras prendas de Nhã-loló; por isso calava-se. Mais: estava certo de que a sobrinha nutria por mim verdadeira paixão, mas, se ela o consultasse, o seu conselho seria negativo. Não era levado por nenhum ódio; apreciava as minhas boas qualidades, não se fartava de as elogiar, como era de justiça; e, pelo que respeita a Nhã-loló, não chegaria jamais a negar que era noiva excelente; mas daí a aconselhar o casamento ia um abismo.

— Lavo inteiramente as mãos — concluiu ele.

— Mas você achava outro dia que eu devia casar quanto antes...

— Isso é outro negócio. Acho que é indispensável casar, principalmente tendo ambições políticas. Saiba que na política o celibato é uma **remora**. Agora, quanto à noiva, não posso ter voto, não quero, não devo, não é de minha honra. Parece-me que Sabina foi além, fazendo-lhe certas confidências, segundo me disse; mas em todo caso ela não é tia carnal de Nhã-loló, como eu. Olhe... mas não... não digo...

Remora: embaraço.

— Diga.

— Não; não digo nada.

Talvez pareça excessivo o escrúpulo do Cotrim, a quem não souber que ele possuía um caráter ferozmente honrado. Eu mesmo fui injusto com ele durante os anos que se seguiram ao inventário de meu pai. Reconheço que era um modelo. Arguiam-no de avareza, e cuido que tinham razão; mas a avareza é apenas a exageração de uma virtude, e as virtudes devem ser como os orçamentos: melhor é o saldo que o déficit. Como era muito seco de maneiras, tinha inimigos, que chegavam a acusá-lo de bárbaro. O único fato alegado nesse particular era o de mandar com frequência escravos ao calabouço, donde eles desciam a escorrer sangue; mas, além de que só mandava os perversos e os fujões, ocorre que, tendo longamente contrabandeado em escravos, habituara-se de certo modo ao trato um pouco mais duro que esse gênero de negócio requeria, e não se pode honestamente atribuir à índole original de um homem o que é puro efeito de relações sociais*****. A prova de que o Cotrim tinha sentimentos pios encontrava-se no seu amor aos filhos e na dor que padeceu quando lhe morreu Sara, dali a alguns meses; prova irrefutável, acho eu, e não única. Era tesoureiro de uma confraria, e irmão de várias irmandades, e até irmão remido de uma dessas, o que não se coaduna muito com a reputação da avareza; verdade é que o benefício não caíra no chão: a irmandade (de que ele fora juiz) mandara-lhe **tirar** o retrato a óleo. Não era perfeito, decerto; tinha, por exemplo, o sestro de mandar para os jornais a notícia de um ou outro benefício que praticava, sestro repreensível ou não louvável, concordo; mas ele desculpava-se dizendo que as boas ações eram contagiosas, quando públicas; razão a que se não pode negar algum peso. Creio mesmo (e nisso faço seu maior elogio) que ele não praticava, de quando em quando, esses benefícios senão com o fim de espertar a filantropia dos outros; e, se tal era o intuito, força é confessar que a publicidade tornava-

*** Comparar esse comentário sobre o comportamento de Cotrim com o caso de Prudêncio narrado no capítulo 68. Há alguma relação entre eles?**

Tirar: fazer.

-se uma condição ***sine qua non***. Em suma, poderia dever algumas atenções, mas não devia um **real** a ninguém.

124. VÁ DE INTERMÉDIO

Que há entre a vida e a morte? Uma curta ponte. Não obstante, se eu não compusesse este capítulo, padeceria o leitor um forte abalo, assaz danoso ao efeito do livro. Saltar de um retrato a um epitáfio pode ser real e comum; o leitor, entretanto, não se refugia no livro, senão para escapar à vida. Não digo que esse pensamento seja meu; digo que há nele uma dose de verdade, e que, ao menos, a forma é **pinturesca**. E repito: não é meu.

125. EPITÁFIO

AQUI JAZ
DONA EULÁLIA DAMASCENO DE BRITO
MORTA
AOS DEZENOVE ANOS DE IDADE
ORAI POR ELA!

126. DESCONSOLAÇÃO

O epitáfio diz tudo. Vale mais do que se lhes narrasse a moléstia de Nhã-loló, a morte, o desespero da família, o enterro. Ficam sabendo que morreu; acrescentarei que foi por ocasião da primeira entrada da febre amarela*****. Não digo mais nada, a não ser que a acompa-

***Sine qua non* (em latim):** nessa passagem, significa "indispensável".

Real: moeda da época.

Pinturesca: pitoresca, criativa.

***** O Rio de Janeiro passou por vários surtos de febre amarela. A ocorrência de que fala o texto deve referir-se ao surto iniciado em dezembro de 1849 e que durante alguns meses matou muitas pessoas na cidade.

nhei até o último jazigo, e me despedi triste, mas sem lágrimas. Concluí que talvez não a amasse deveras.

Vejam agora a que excessos pode levar uma inadvertência; doeu-me um pouco a cegueira da epidemia que, matando à direita e à esquerda, levou também uma jovem dama, que tinha de ser minha mulher; não cheguei a entender a necessidade da epidemia, menos ainda daquela morte. Creio até que esta me pareceu ainda mais absurda que todas as outras mortes. Quincas Borba, porém, explicou-me que epidemias eram úteis à espécie, embora desastrosas para uma certa porção de indivíduos; fez-me notar que, por mais horrendo que fosse o espetáculo, havia uma vantagem de muito peso: a sobrevivência do maior número. Chegou a perguntar-me se, no meio do luto geral, não sentia eu algum secreto encanto em ter escapado às garras da peste; mas essa pergunta era tão insensata, que ficou sem resposta.

Se não contei a morte, não conto igualmente a missa do sétimo dia. A tristeza do Damasceno era profunda; esse pobre homem parecia uma ruína. Quinze dias depois estive com ele; continuava inconsolável, e dizia que a dor grande com que Deus o castigara fora ainda aumentada com a que lhe infligiram os homens. Não me disse mais nada. Três semanas depois tornou ao assunto, e então confessou-me que, no meio do desastre irreparável, quisera ter a consolação da presença dos amigos. Doze pessoas apenas, e três quartas partes amigos do Cotrim, acompanharam à cova o cadáver de sua querida filha. E ele fizera expedir oitenta convites. Ponderei-lhe que as perdas eram tão gerais que bem se podia desculpar essa desatenção aparente. Damasceno abanava a cabeça de um modo incrédulo e triste.

— Qual! — gemia ele. — Desampararam-me.

Cotrim, que estava presente:

— Vieram os que deveras se interessam por você e por nós. Os oitenta viriam por formalidade, falariam da inércia do governo, das **panaceias dos boticários**, do preço das casas, ou uns dos outros...

Panaceias dos boticários: remédios dos farmacêuticos.

Damasceno ouviu calado, abanou outra vez a cabeça, e suspirou:

— Mas viessem!*

127. FORMALIDADE

Grande coisa é haver recebido do céu uma partícula da sabedoria, o dom de achar as relações das coisas, a faculdade de as comparar e o talento de concluir! Eu tive essa distinção psíquica; eu a agradeço ainda agora do fundo do meu sepulcro.

De fato, o homem vulgar que ouvisse a última palavra do Damasceno não se lembraria dela, quando, tempos depois, houvesse de olhar para uma gravura representando seis damas turcas. Pois eu me lembrei. Eram seis damas de Constantinopla — modernas — em trajos de rua, cara tapada, não com um espesso pano que as cobrisse deveras, mas com um véu tenuíssimo, que simulava descobrir somente os olhos, e na realidade descobria a cara inteira. E eu achei graça a essa esperteza da faceirice muçulmana, que assim esconde o rosto, e cumpre o uso, mas não o esconde, e divulga a beleza. Aparentemente, nada há entre as damas turcas e o Damasceno; mas, se tu és um espírito profundo e penetrante (e duvido muito que me negues isso), compreenderás que, tanto num como noutro caso, surge aí a orelha de uma rígida e meiga companheira do homem social...**

Amável Formalidade, tu és, sim, o bordão da vida, o bálsamo dos corações, a medianeira entre os homens, o vínculo da Terra e do céu; tu enxugas as lágrimas de um pai, tu captas a indulgência de um profeta. Se a dor adormece e a consciência se acomoda, a que, senão a ti, devem esse imenso benefício? A estima que passa de chapéu na cabeça não diz nada à alma; mas a indiferen-

*** Mesmo abatido pela dor, Damasceno dava importância às aparências sociais. Para ele, solidariedade não era importante e sim a presença de muitas pessoas, pois isso lhe daria prestígio social.**

**** Que relação há entre o caso das damas turcas que cumprem a lei do véu, mas usam um véu quase transparente, e a frustração de Damasceno com a pouca presença de pessoas no enterro da filha?**

ça que corteja deixa-lhe uma deleitosa impressão. A razão é que, ao contrário de uma velha fórmula absurda, não é a letra que mata; a letra dá vida; o espírito é que é objeto de controvérsia, de dúvida, de interpretação, e conseguintemente de luta e de morte. Vive tu, amável Formalidade, para sossego do Damasceno e glória de Muhammed*.

128. NA CÂMARA

E notai bem que eu vi a gravura turca, dois anos depois das palavras de Damasceno, e vi-a na Câmara dos Deputados, em meio de grande burburinho, enquanto um deputado discutia um parecer da comissão do orçamento, sendo eu também deputado. Para quem há lido este livro é escusado encarecer a minha satisfação, e para os outros é igualmente inútil. Era deputado, e vi a gravura turca, recostado na minha cadeira, entre um colega que contava uma anedota, e outro, que tirava a lápis, nas costas de uma sobrecarta, o perfil do orador**. O orador era o Lobo Neves. A onda da vida trouxe-nos à mesma praia, como duas **botelhas** de naúfragos, ele contendo o seu ressentimento, eu devendo conter o meu remorso; e emprego essa forma suspensiva, dubitativa ou condicional, para o fim de dizer que efetivamente não continha nada, a não ser a ambição de ser ministro.

129. SEM REMORSOS

Não tinha remorsos. Se possuísse os aparelhos próprios, incluía neste livro uma página de química, por-

*** Trata-se de Maomé (570-632), o fundador do islamismo. Esse nome pode aparecer em diferentes grafias: além da forma como está escrita no texto, também pode ser Muamede, Muhammad ou Mohammed.**

**** Observe o sentido crítico dessa passagem: os deputados agem como crianças travessas, não dando importância ao que se passa na tribuna. E são eles que compõem a classe dirigente do país...**

Botelhas: garrafas.

que havia de decompor o remorso até os mais simples elementos, com o fim de saber de um modo positivo e concludente por que razão **Aquiles** passeia à roda de Troia o cadáver do adversário, e ***lady* Macbeth** passeia à volta da sala a sua mancha de sangue. Mas eu não tenho aparelhos químicos, como não tinha remorsos; tinha vontade de ser ministro de Estado. Contudo, se hei de acabar este capítulo, direi que não quisera ser Aquiles nem *lady* Macbeth; e que, a ser alguma coisa, antes Aquiles, antes passear **ovante** o cadáver do que a mancha; ouvem-se no fim as súplicas de Príamo, e ganha-se uma bonita reputação militar e literária. Eu não ouvia as súplicas de Príamo, mas o discurso do Lobo Neves, e não tinha remorsos.

130. PARA INTERCALAR NO CAPÍTULO 129

A primeira vez que pude falar a Virgília, depois da presidência, foi num baile em 1855. Trazia um soberbo vestido de gorgorão azul e ostentava às luzes o mesmo par de ombros de outro tempo. Não era a frescura da primeira idade; ao contrário; mas ainda estava formosa, de uma formosura outoniça, realçada pela noite. Lembra-me que falamos muito, sem aludir a coisa nenhuma do passado. Subentendia-se tudo. Um dito remoto, vago, ou então um olhar, e mais nada. Pouco depois retirou-se; eu fui vê-la descer as escadas, e não sei por que fenômeno de ventriloquismo cerebral (perdoem-me os filólogos essa frase bárbara) murmurei comigo esta palavra profundamente retrospectiva:

— Magnífica!

Convém intercalar este capítulo entre a primeira oração e a segunda do capítulo 129*.

Aquiles: personagem do poema *Ilíada*, de Homero (já mencionado no cap. 7). Aquiles arrastou o cadáver de Heitor diante das muralhas de Troia. Depois, cedendo às súplicas de Príamo, pai de Heitor, entregou-lhe o corpo do filho.

***Lady* Macbeth:** personagem da tragédia *Macbeth*, de William Shakespeare. Movida pela ambição, ela persuadiu o marido a assassinar o rei Duncan para tomar o poder. Depois, atormentada pelo remorso e pelo medo, passou a ver manchas de sangue em suas mãos.

Ovante: triunfante.

* Outra "brincadeira" metalinguística do narrador com relação à construção da narrativa.

131. DE UMA CALÚNIA

Como eu acabava de dizer aquilo, pelo processo ventríloco-cerebral, o que era simples opinião e não remorso, senti que alguém me punha a mão no ombro. Voltei-me; era um antigo companheiro, oficial de Marinha, jovial, um pouco despejado de maneiras. Ele sorriu maliciosamente, e disse-me:

— Seu maganão! Recordações do passado, hein?

— Viva o passado!

— Você naturalmente foi reintegrado no emprego.

— Salta, pelintra! — disse eu, ameaçando-o com o dedo.

Confesso que esse diálogo era uma indiscrição, principalmente a última réplica. E com tanto maior prazer o confesso, quanto que as mulheres é que têm fama de indiscretas, e não quero acabar o livro sem retificar essa noção do espírito humano. Em pontos de aventura amorosa, achei homens que sorriam; ou negavam a custo, de um modo frio, monossilábico, etc., ao passo que as parceiras não davam por si, e jurariam aos Santos Evangelhos que era tudo uma calúnia. A razão dessa diferença é que a mulher (salva a hipótese do capítulo 101 e outras) entrega-se por amor, ou seja o amor-paixão de Stendhal, ou o puramente físico de algumas damas romanas, por exemplo, ou polinésias, lapônias, cafres, e pode ser que outras raças civilizadas; mas o homem — falo do homem de uma sociedade culta e elegante —, o homem conjuga a sua vaidade ao outro sentimento. Além disso (e refiro-me sempre aos casos **defesos**), a mulher, quando ama outro homem, parece-lhe que mente a um dever, e portanto tem de dissimular com arte maior, tem de refinar a **aleivosia**; ao passo que o homem, sentindo-se causa da infração e vencedor de outro homem, fica legitimamente orgulhoso, e logo passa a outro sentimento menos ríspido e menos secreto, essa boa **fatuidade**, que é a transpiração luminosa do mérito.

Defesos: proibidos.

Aleivosia: traição, fingimento.

Fatuidade: vaidade.

Mas seja ou não verdadeira a minha explicação, basta-me deixar escrito nesta página, para uso dos séculos, que a indiscrição das mulheres é uma burla inventada pelos homens; em amor, pelo menos, elas são um verdadeiro sepulcro. Perdem-se muita vez por desastradas, por inquietas, por não saberem resistir aos gestos, aos olhares; e é por isso que uma grande dama e fino espírito, a rainha de Navarra*, empregou algures essa metáfora para dizer que toda a aventura amorosa vinha a descobrir-se por força, mais tarde ou mais cedo: "Não há cachorrinho tão adestrado, que **alfim** lhe não ouçamos o latir".

132. QUE NÃO É SÉRIO

Citando o dito da rainha de Navarra, ocorre-me que, entre o nosso povo, quando uma pessoa vê outra pessoa arrufada costuma perguntar-lhe: "Gentes, quem matou seus cachorrinhos?" como se dissesse: "Quem lhe levou os amores, as aventuras secretas, etc." Mas este capítulo não é sério.

133. O PRINCÍPIO DE HELVETIUS

Estávamos no ponto em que o oficial de Marinha me arrancou a confissão dos amores de Virgília, e aqui emendo eu o princípio de Helvetius, ou, por outra, explico-o. O meu interesse era calar; confirmar a suspeita de uma coisa antiga fora provocar algum ódio **sopitado**, dar origem a um escândalo, quando menos adquirir a reputação de indiscreto. Era esse o interesse; e, enten-

* Alusão a Margarida de Angoulême (1492-1549).

Alfim: por fim.

Helvetius (1715-1771): filósofo francês que fez a afirmação que o objetivo da sociedade era o máximo prazer.

Sopitado: reprimido, adormecido.

dendo-se o princípio de Helvetius de um modo superficial, isso é o que devia ter feito. Mas eu já dei o motivo da indiscrição masculina: antes daquele interesse de "segurança", havia outro, o do "desvanecimento", que é mais íntimo, mais imediato: o primeiro era reflexivo, supunha um silogismo anterior; o segundo era espontâneo, instintivo, vinha das entranhas do sujeito; finalmente, o primeiro tinha o efeito remoto, o segundo próximo. Conclusão: o princípio de Helvetius é verdadeiro no meu caso; a diferença é que não era o interesse aparente, mas o recôndito.

134. CINQUENTA ANOS

Não lhes disse ainda — mas digo-o agora — que, quando Virgília descia a escada e o oficial de Marinha me tocava no ombro, tinha eu cinquenta anos. Era portanto a minha vida que descia pela escada abaixo, ou a melhor parte, ao menos, uma parte cheia de prazeres, de agitações, de sustos, **capeada de dissimulação** e duplicidade, mas enfim a melhor, se devemos falar a linguagem usual. Se, porém, empregarmos outra mais sublime, a melhor parte foi a restante, como eu terei a honra de lhes dizer nas poucas páginas deste livro.

Cinquenta anos! Não era preciso confessá-lo. Já se vai sentindo que o meu estilo não é tão **lesto** como nos primeiros dias. Naquela ocasião, cessado o diálogo com o oficial de Marinha, que enfiou a capa e saiu, confesso que fiquei um pouco triste. Voltei à sala, lembrou-me dançar uma polca, embriagar-me das luzes, das flores, dos cristais, dos olhos bonitos, e do burburinho surdo e ligeiro das conversas particulares. E não me arrependo; remocei. Mas, meia hora depois, quando me retirei do baile, às quatro da manhã, o que é que fui achar no fundo do carro? Os meus cinquenta anos. Lá estavam eles os

Capeada de dissimulação: encoberta de fingimento.

Lesto: ágil.

teimosos, não tolhidos de frio, nem reumáticos, mas cochilando a sua fadiga, um pouco cobiçosos de cama e de repouso. Então — vejam até que ponto pode ir a imaginação de um homem, com sono —, então pareceu-me ouvir de um morcego encarapitado no **tejadilho**: "Senhor Brás Cubas, a rejuvenescência estava na sala, nos cristais, nas luzes, nas sedas, enfim, nos outros".

135. OBLIVION

E agora sinto que, se alguma dama tem seguido estas páginas, fecha o livro e não lê as restantes. Para ela extinguiu-se o interesse da minha vida, que era o amor. Cinquenta anos! Não é ainda a invalidez, mas já não é a frescura. Venham mais dez, e eu entenderei o que um inglês dizia, entenderei que "coisa é não achar já quem se lembre de meus pais, e de que modo me há de encarar o próprio ESQUECIMENTO".

Vai em **versaletes** esse nome. OBLIVION! Justo é que se deem todas as honras a um personagem tão desprezado e tão digno, conviva da última hora, mas certo. Sabe-o a dama que luziu na aurora do atual reinado, e mais dolorosamente a que ostentou suas graças em flor sob o ministério Paraná*, porque essa acha-se mais perto do triunfo e sente já que outras lhe tomaram o carro. Então, se é digna de si mesma, não teima em espertar a lembrança morta ou expirante; não busca no olhar de hoje a mesma saudação do olhar de ontem, quando eram outros os que **encetavam** a marcha da vida, de alma alegre e pé veloz. ***Tempora mutantur***. Compreende que este turbilhão é assim mesmo, leva as folhas do mato e os farrapos do caminho, sem exceção nem piedade; e, se tiver um pouco de filosofia, não inveja, mas lastima as que lhe tomaram o carro, porque também elas hão de ser apeadas pelo estribeiro OBLI-

Tejadilho: teto dos veículos; no caso, da carruagem.

Oblivion: esquecimento.

Versaletes: tipo de letra que põe em destaque as palavras. Mais uma alusão de Machado de Assis à arte da tipografia (cf. cap. 22).

* Alusão ao ano de 1853, em que o Marquês do Paraná organizou o ministério.

Encetavam: iniciavam.

***Tempora mutantur* (em latim):** significa "os tempos mudam".

VION. Espetáculo cujo fim é divertir o planeta Saturno, que anda muito aborrecido.

136. INUTILIDADE

Mas, ou muito me engano, ou acabo de escrever um capítulo inútil.

137. A BARRETINA

E daí não; ele resume as reflexões que fiz no dia seguinte ao Quincas Borba, acrescentando que me sentia acabrunhado, e mil outras coisas tristes. Mas esse filósofo, com o elevado tino de que dispunha, bradou-me que eu ia escorregando na ladeira fatal da melancolia.

— Meu caro Brás Cubas, não te deixes vencer desses vapores. Que diacho! É preciso ser homem! Ser forte! Lutar! Vencer! Brilhar! Influir! Dominar! Cinquenta anos é a idade da ciência e do governo. Ânimo, Brás Cubas; não me sejas palerma. Que tens tu com essa sucessão de ruína a ruína ou de flor a flor? Trata de saborear a vida: e fica sabendo que a pior filosofia é a do choramingas que se deita à margem do rio para o fim de lastimar o curso incessante das águas. O ofício delas é não parar nunca; acomoda-te com a lei, e trata de aproveitá-la.

Vê-se nas menores coisas o que vale a autoridade de um grande filósofo. As palavras do Quincas Borba tiveram o condão de sacudir o torpor moral e mental em que andava. Vamos lá; façamo-nos governo, é tempo. Eu não havia intervindo até então nos grandes debates. Cortejava a pasta por meio de rapapés, chás, comissões e votos; e a pasta não vinha. Urgia apoderar-se da tribuna.

Barretina: barrete; tipo de chapéu militar.

Comecei devagar. Três dias depois, discutindo-se o orçamento da Justiça, aproveitei o ensejo para perguntar modestamente ao ministro se não julgava útil diminuir a barretina na guarda nacional. Não tinha vasto alcance o objeto da pergunta; mas ainda assim demonstrei que não era indigno das cogitações de um homem de Estado; e citei **Filopêmen**, que ordenou a substituição dos **broquéis** de suas tropas, que eram pequenos, por outros maiores, e bem assim as lanças, que eram demasiado leves; fato que a história não achou que desmentisse a gravidade de suas páginas. O tamanho das nossas barretinas estava pedindo um corte profundo, não só por serem deselegantes, mas também por serem anti-higiênicas. Nas paradas, ao sol, o excesso do calor produzido por elas podia ser fatal. Sendo certo que um dos preceitos de **Hipócrates** era trazer a cabeça fresca, parecia cruel obrigar um cidadão, por simples consideração de uniforme, a arriscar a saúde e a vida, e consequentemente o futuro da família. A Câmara e o governo deviam lembrar-se que a guarda nacional era o anteparo da liberdade e da independência, e que o cidadão, chamado a um serviço gratuito, frequente e penoso, tinha direito a que se lhe diminuísse o ônus, decretando um uniforme leve e maneiro. Acrescia que a barretina, por seu peso, abatia a cabeça dos cidadãos, e a pátria precisava de cidadãos cuja fronte pudesse levantar-se altiva e serena diante do poder; e concluí com esta ideia: o chorão, que inclina os seus galhos para a terra, é árvore de cemitério; a palmeira, ereta e firme, é árvore do deserto, das praças e dos jardins.

Vária foi a impressão desse discurso. Quanto à forma, ao **rapto** eloquente, à parte literária e filosófica, a opinião foi só uma; disseram-me todos que era completo, e que de uma barretina ninguém ainda conseguira tirar tantas ideias. Mas a parte política foi considerada por muitos deplorável; alguns achavam o meu discurso um desastre parlamentar; enfim, vieram dizer-me que outros me davam já em oposição, entrando nesse nú-

Filopêmen (253-183 a.C.): general grego.

Broquéis: escudos.

Hipócrates (460-377 a.C.): iniciador, na Grécia, da medicina científica.

Rapto: exaltação.

mero os oposicionistas da Câmara, que chegaram a insinuar a conveniência de uma moção de desconfiança. Repeli energicamente tal interpretação, que não era só errônea, mas caluniosa, à vista da notoriedade com que eu sustentava o gabinete; acrescentei que a necessidade de diminuir a barretina não era tamanha que não pudesse esperar alguns anos; e que, em todo caso, eu transigiria na extensão do corte, contentando-me com três quartos de polegada ou menos; enfim, dado mesmo que a minha ideia não fosse adotada, bastava-me tê-la iniciado no parlamento.

Quincas Borba, porém, não fez restrição alguma. Não sou homem político, disse-me ele ao jantar; não sei se andaste bem ou mal; sei que fizeste um excelente discurso. E então notou as partes mais salientes, as belas imagens, os argumentos fortes, com esse comedimento de louvor que tão bem fica a um grande filósofo; depois, tomou o assunto à sua conta, e impugnou a barretina com tal força, com tamanha lucidez, que acabou convencendo-me efetivamente do seu perigo*.

138. A UM CRÍTICO

Meu caro crítico.

Algumas páginas atrás, dizendo eu que tinha cinquenta anos, acrescentei: "Já se vai sentindo que o meu estilo não é tão lesto como nos primeiros dias". Talvez aches essa frase incompreensível, sabendo-se o meu atual estado; mas eu chamo a tua atenção para a sutileza daquele pensamento. O que eu quero dizer não é que esteja agora mais velho do que quando comecei o livro. A morte não envelhece. Quero dizer, sim, que em cada fase da narração da minha vida experimento a sensação correspondente. Valha-me Deus! É preciso explicar tudo.

*** O tom aparentemente sério com que se fala da barretina cria o efeito cômico e irônico dessa passagem, expondo o ridículo da discussão.**

139. DE COMO NÃO FUI MINISTRO DE ESTADO*

. . . .
. . . .
. . . .
. . . .

140. QUE EXPLICA O ANTERIOR

Há coisas que melhor se dizem calando; tal é a matéria do capítulo anterior. Podem entendê-lo os ambiciosos malogrados. Se a paixão do poder é a mais forte de todas, como alguns **inculcam**, imaginem o desespero, a dor, o abatimento do dia em que perdi a cadeira da Câmara dos Deputados. Iam-se-me esperanças todas; terminava a carreira política. E notem que o Quincas Borbas, por induções filosóficas que fez, achou que a minha ambição não era a paixão verdadeira do poder, mas um capricho, um desejo de folgar. Na opinião dele, esse sentimento, não sendo mais profundo que o outro, amofina muito mais, porque orça pelo amor que as mulheres têm às rendas e toucados. Um Cromwell ou um Bonaparte, acrescentava ele, por isso mesmo que os queima a paixão do poder, lá chegam à fina força ou pela escada da direita, ou pela da esquerda. Não era assim o meu sentimento; este, não tendo em si a mesma força, não tem a mesma certeza do resultado; e daí a maior aflição, o maior desencanto, a maior tristeza. O meu sentimento, segundo o Humanitismo...

— Vai para o diabo com o teu Humanitismo — interrompi-o —, estou farto de filosofias que me não levam a coisa nenhuma.

*** Outra inovação de Machado de Assis que deve ter surpreendido o leitor brasileiro: um capítulo em branco, que, aliás, vem justificado na primeira frase do seguinte. Compare esse procedimento com o que foi feito no capítulo 55.**

Inculcam: afirmam.

A dureza da interrupção, tratando-se de tamanho filósofo, equivalia a um desacato; mas ele próprio desculpou a irritação com que lhe falei. Trouxeram-nos café; era uma hora da tarde, estávamos na minha sala de estudo, uma bela sala, que dava para o fundo da chácara, bons livros, objetos de arte, um Voltaire entre eles, um Voltaire de bronze, que nessa ocasião parecia acentuar o risinho de sarcasmo, com que me olhava, o ladrão; cadeiras excelentes; fora, o sol, um grande sol, que o Quincas Borba, não sei se por **chalaça** ou poesia, chamou um dos ministros da natureza; corria um vento fresco, o céu estava azul. De cada janela — eram três — pendia uma gaiola com pássaros, que chilreavam as suas óperas rústicas. Tudo tinha a aparência de uma conspiração das coisas contra o homem: e, conquanto eu estivesse na *minha* sala, olhando para a *minha* chácara, sentado na *minha* cadeira, ouvindo os *meus* pássaros, ao pé dos *meus* livros, alumiado pelo *meu* sol, não chegava a curar-me das saudades daquela outra cadeira, que não era minha.

141. OS CÃES

— Mas, enfim, que pretendes fazer agora? — perguntou-me Quincas Borba, indo pôr a xícara vazia no parapeito de uma das janelas.

— Não sei; vou meter-me na Tijuca; fugir aos homens. Estou envergonhado, aborrecido. Tantos sonhos, meu caro Borba, tantos sonhos, e não sou nada.

— Nada! — interrompeu-me Quincas Borba com um gesto de indignação.

Para distrair-me, convidou-me a sair; saímos para os lados do Engenho Velho. Íamos a pé, filosofando as coisas. Nunca me há de esquecer o benefício desse passeio. A palavra daquele grande homem era o cor-

Chalaça: brincadeira.

dial da sabedoria. Disse-me ele que eu não podia fugir ao combate; se me fechavam a tribuna, cumpria-me abrir um jornal. Chegou a usar uma expressão menos elevada, mostrando assim que a língua filosófica podia, uma ou outra vez, retemperar-se no calão do povo. Funda um jornal, disse-me ele, e "desmancha toda essa igrejinha".

— Magnífica ideia! Vou fundar um jornal, vou **escachá-los**, vou...

— Lutar. Podes escachá-los ou não; o essencial é que lutes. Vida é luta. Vida sem luta é um mar morto no centro do organismo universal.

Daí a pouco demos com uma briga de cães; fato que aos olhos de um homem vulgar não teria valor. Quincas Borba fez-me parar e observar os cães. Eram dois. Notou que ao pé deles estava um osso, motivo da guerra, e não deixou de chamar a minha atenção para a circunstância de que o osso não tinha carne. Um simples osso nu. Os cães mordiam-se, rosnavam, com o furor nos olhos... Quincas Borba meteu a bengala debaixo do braço, e parecia em êxtase.

— Que belo que isto é! — dizia ele de quando em quando.

Quis arrancá-lo dali, mas não pude; ele estava arraigado ao chão, e só continuou a andar quando a briga cessou inteiramente e um dos cães, mordido e vencido, foi levar a sua fome a outra parte. Notei que ficara sinceramente alegre, posto contivesse a alegria, segundo convinha a um grande filósofo. Fez-me observar a beleza do espetáculo, relembrou o objeto da luta, concluiu que os cães tinham fome; mas a privação do alimento era nada para os efeitos gerais da filosofia. Nem deixou de recordar que em algumas partes do globo o espetáculo é mais grandioso: as criaturas humanas é que disputam aos cães os ossos e outros manjares menos apetecíveis; luta que se complica muito, porque entra em ação a inteligência do homem, com todo o acúmulo de sagacidade que lhe deram os séculos, etc.

Escachá-los: destruí-los.

142. O PEDIDO SECRETO

Quanta coisa num **minuete**, como dizia o outro. Quanta coisa numa briga de cães! Mas eu não era um discípulo servil ou medroso, que deixasse de fazer uma ou outra objeção adequada. Andando, disse-lhe que tinha uma dúvida; não estava bem certo da vantagem de disputar a comida aos cães. Ele respondeu-me com excepcional brandura:

— Disputá-la aos outros homens é mais lógico, porque a condição dos contendores é a mesma, e leva o osso o que for mais forte. Mas por que não será um espetáculo grandioso disputá-lo aos cães? Voluntariamente, comem-se gafanhotos, como **o Precursor**, ou coisa pior, como **Ezequiel**; logo, o ruim é comível; resta saber se é mais digno do homem disputá-lo, por virtude de uma necessidade natural, ou preferi-lo, para obedecer a uma exaltação religiosa, isto é, modificável, ao passo que a fome é eterna, como a vida e como a morte.

Estávamos à porta de casa; deram-me uma carta, dizendo que vinha de uma senhora. Entramos, e o Quincas Borba, com a discrição própria de um filósofo, foi ler a lombada dos livros de uma estante, enquanto eu lia a carta, que era de Virgília:

Meu bom amigo,

Dona Plácida está muito mal. Peço-lhe o favor de fazer alguma coisa por ela; mora no Beco das Escadinhas; veja se alcança metê-la na Misericórdia.

Sua amiga sincera,
V.

Não era a letra fina e correta de Virgília, mas grossa e desigual; o V da assinatura não passava de um rabisco sem intenção alfabética; de maneira que, se a carta aparecesse, era mui difícil atribuir-lhe a autoria. Virei e revirei o papel. Pobre dona Plácida! Mas eu

Minuete: o mesmo que minueto, certo tipo de dança de origem francesa.

O Precursor: referência a João Batista, que anunciou a vinda de Cristo. Viveu muitos anos no deserto, alimentando-se de mel e gafanhotos.

Ezequiel: profeta hebreu que, segundo o relato bíblico, comeu um rolo de papiro enviado por Deus, sentindo-o "doce como mel" (cf. Ezequiel 3:2).

tinha-lhe deixado os cinco contos da Praia de Botafogo, e não podia compreender que...

— Vais compreender — disse Quincas Borba, tirando um livro da estante.

— O quê? — perguntei espantado.

— Vais compreender que eu só te disse a verdade. Pascal é um dos meus avôs espirituais; e, conquanto a minha filosofia valha mais que a dele, não posso negar que era um grande homem. Ora, que diz ele nesta página? — E, chapéu na cabeça, bengala sobraçada, apontava o lugar com o dedo. — Que diz ele? Diz que o homem tem "uma grande vantagem sobre o resto do universo: sabe que morre, ao passo que o universo ignora-o absolutamente". Vês? Logo, o homem que disputa o osso a um cão tem sobre este a grande vantagem de saber que tem fome; e é isso que torna grandiosa a luta, como eu dizia. "Sabe que morre" é uma expressão profunda; creio todavia que é mais profunda a minha expressão: sabe que tem fome. Porquanto, o fato da morte limita, por assim dizer, o entendimento humano; a consciência da extinção dura um breve instante e acaba para nunca mais, ao passo que a fome tem a vantagem de voltar, de prolongar o estado consciente. Parece-me (se não vai nisso alguma imodéstia) que a fórmula de Pascal é inferior à minha, sem todavia deixar de ser um grande pensamento, e Pascal um grande homem.

143. NÃO VOU

Enquanto ele restituía o livro à estante, relia eu o bilhete. Ao jantar, vendo que eu falava pouco, mastigava sem acabar de engolir, fitava o canto da sala, a ponta da mesa, um prato, uma cadeira, uma mosca invisível, disse-me ele:

— Tens alguma coisa; aposto que foi aquela carta?

— Foi.

Realmente, sentia-me aborrecido, incomodado, com o pedido de Virgília. Tinha dado a dona Plácida cinco contos de réis; duvido muito que ninguém fosse mais generoso do que eu, nem tanto. Cinco contos! E que fizera deles? Naturalmente botou-os fora, comeu-os em grandes festas, e agora toca para a Misericórdia, e eu que a leve! Morre-se em qualquer parte. Acresce que eu não sabia ou não me lembrava do tal Beco das Escadinhas; mas, pelo nome, parecia-me algum recanto estreito e escuro da cidade. Tinha de lá ir, chamar a atenção dos vizinhos, bater à porta, etc. Que maçada! Não vou.

144. UTILIDADE RELATIVA

Mas a noite, que é boa conselheira, ponderou que a cortesia mandava obedecer aos desejos da minha antiga dama.

— Letras vencidas, urge pagá-las — disse eu ao levantar-me.

Depois do almoço fui à casa de dona Plácida; achei um molho de ossos, envolto em molambos, estendido sobre um catre velho e nauseabundo; dei-lhe algum dinheiro. No dia seguinte fi-la transportar para a Misericórdia, onde ela morreu uma semana depois. Minto: amanheceu morta; saiu da vida às escondidas, tal qual entrara. Outra vez perguntei, a mim mesmo, como no capítulo 75, se era para isso que o sacristão da Sé e a doceira trouxeram dona Plácida à luz, num momento de simpatia específica. Mas adverti logo que, se não fosse dona Plácida, talvez os meus amores com Virgília tivessem sido interrompidos, ou imediatamente quebrados, em plena efervescência; tal foi, portanto, a utilidade da vida de dona Plácida. Utilidade relativa, convenho; mas que diacho há absoluto neste mundo?

145. SIMPLES REPETIÇÃO

Quanto aos cinco contos, não vale a pena dizer que um carteiro da vizinhança fingiu-se enamorado de dona Plácida, logrou espertar-lhe os sentidos, ou a vaidade, e casou com ela; no fim de alguns meses inventou um negócio, vendeu as apólices e fugiu com o dinheiro. Não vale a pena. É o caso dos cães do Quincas Borba. Simples repetição de um capítulo*.

*** Que relação há entre o caso de dona Plácida e a luta dos cães?**

146. O PROGRAMA

Urgia fundar o jornal. Redigi o programa, que era uma aplicação política do Humanitismo; somente, como o Quincas Borba não houvesse ainda publicado o livro (que aperfeiçoava de ano em ano), assentamos de lhe não fazer nenhuma referência. Quincas Borba exigiu apenas uma declaração, autógrafa e reservada, de que alguns princípios novos aplicados à política eram tirados do livro dele, ainda inédito.

Era a fina flor dos programas; prometia curar a sociedade, destruir os abusos, defender os sãos princípios de liberdade e conservação; fazia um apelo ao comércio e à lavoura; citava **Guizot** e **Ledru-Rollin**, e acabava com essa ameaça, que o Quincas Borba achou mesquinha e local: "A nova doutrina que professamos há de inevitavelmente **derribar** o atual ministério". Confesso que, nas circunstâncias políticas da ocasião, o programa pareceu-me uma obra-prima. A ameaça do fim, que o Quincas Borba achou mesquinha, demonstrei-lhe que era saturada do mais puro Humanitismo, e ele mesmo o confessou depois. Porquanto o Humanitismo não excluía nada; as guerras de Napoleão e uma contenda de cabras eram, segundo a nossa doutrina, a mesma sublimidade, com a diferença que os soldados de Napoleão sabiam que morriam, coisa que aparentemente não acontece às cabras. Ora, eu não fazia mais do que aplicar às circunstâncias a nossa fórmula filosófica: Humanitas queria substituir Humanitas para consolação de Humanitas.

— Tu és o meu discípulo amado, o meu **califa** — bradou Quincas Borba, com uma nota de ternura, que até então lhe não ouvira. — Posso dizer como o grande Muhammed: nem que venham agora contra mim o sol e a lua, não recuarei das minhas ideias. Crê, meu caro Brás Cubas, que essa é a verdade eterna, anterior aos mundos, posterior aos séculos.

François Guizot (1787-1874): político e historiador francês.

Ledru-Rollin (1807-1874): político francês incentivador do voto universal.

Derribar: derrubar.

Califa: guia espiritual sucessor de Maomé.

147. O DESATINO

Mandei logo para a imprensa uma notícia discreta, dizendo que provavelmente começaria a publicação de um jornal oposicionista, daí a algumas semanas, redigido pelo doutor Brás Cubas. Quincas Borba, a quem li a notícia, pegou da pena e acrescentou ao meu nome, com uma fraternidade verdadeiramente humanística, esta frase: "Um dos mais gloriosos membros da passada Câmara".

No dia seguinte entra-me em casa o Cotrim. Vinha um pouco transtornado, mas dissimulava, afetando sossego e até alegria. Vira a notícia do jornal, e achou que devia, como amigo e parente, dissuadir-me de semelhante ideia. Era um erro, um erro fatal. Mostrou que eu ia colocar-me numa situação difícil, e de certa maneira trancar as portas do parlamento. O ministério, não só lhe parecia excelente, o que aliás podia não ser a minha opinião, mas com certeza viveria muito; e que podia eu ganhar com indispô-lo contra mim? Sabia que alguns dos ministros me eram afeiçoados; não era impossível uma vaga, e... Interrompi-o nesse ponto, para lhe dizer que meditara muito o passo que ia dar, e não podia recuar uma linha. Cheguei a propor-lhe a leitura do programa, mas ele recusou energicamente, dizendo que não queria ter a mínima parte no meu desatino.

— É um verdadeiro desatino — repetiu ele —; pense ainda alguns dias, e verá que é um desatino.

A mesma coisa disse Sabina, à noite, no teatro. Deixou a filha no camarote, com o Cotrim, e trouxe-me ao corredor.

— Mano Brás, que é que você vai fazer? — perguntou-me aflita. — Que ideia é essa de provocar o governo, sem necessidade, quando podia...

Expliquei-lhe que não me convinha mendigar uma cadeira no parlamento; que a minha ideia era derribar o ministério, por não me parecer adequado à situação — e a certa fórmula filosófica; afiancei que empregaria sempre uma linguagem cortês, embora enérgica. A violência não era especiaria do meu paladar. Sabina bateu com o leque na ponta dos dedos, abanou a cabeça, e tornou ao assunto com um ar de súplica e ameaça, alternadamente; eu disse-lhe que não, que não, e que não. Desenganada, lançou-me em rosto preferir os conselhos de pessoas estranhas e invejosas aos dela e do marido.

— Pois siga o que lhe parecer — concluiu —, nós cumprimos a nossa obrigação. — Deu-me as costas e voltou ao camarote.

148. O PROBLEMA INSOLÚVEL

Publiquei o jornal. Vinte e quatro horas depois, aparecia em outros uma declaração do Cotrim, dizendo, em substância, que, "posto não militasse em nenhum dos partidos em que se dividia a pátria, achava conveniente deixar bem claro que não tinha influência nem parte direta ou indireta na folha de seu cunhado, o doutor Brás Cubas, cujas ideias e procedimento político inteiramente reprovava. O atual ministério (como aliás qualquer outro composto de iguais capacidades) parecia-lhe destinado a promover a felicidade pública".

Não podia acabar de crer nos meus olhos. Esfreguei-os uma e duas vezes, e reli a declaração inoportuna, insólita e enigmática. Se ele nada tinha com os partidos, que lhe importava um incidente tão vulgar como a publicação de uma folha? Nem todos os cidadãos que acham bom ou mau um ministério fazem declarações tais pela imprensa, nem são obrigados a fazê-las. Realmente, era um mistério a intrusão do Cotrim nesse negócio, não menos que a sua agressão pessoal. Nossas relações até então tinham sido **lhanas** e benévolas; não me lembrava nenhum dissentimento, nenhuma sombra, nada, depois da reconciliação. Ao contrário, as recordações eram de verdadeiros obséquios; assim, por exemplo, sendo eu deputado, pude obter-lhe uns fornecimentos para o arsenal de Marinha, fornecimentos que ele continuava a fazer com a maior pontualidade, e dos quais me dizia algumas semanas antes que, no fim de mais três anos, podiam dar-lhe duzentos contos. Pois a lembrança de tamanho obséquio não teve força para obstar que ele viesse a público **enxovalhar** o cunhado? Devia ser mui poderoso o motivo da declaração, que o fazia cometer ao mesmo tempo um **destempero** e uma ingratidão; confesso que era um problema insolúvel.

Lhanas: polidas, educadas.

Enxovalhar: desonrar, manchar (a honra, o nome).

Destempero: despropósito.

149. TEORIA DO BENEFÍCIO

... Tão insolúvel que o Quincas Borba não pôde dar com ele, apesar de estudá-lo longamente e com boa vontade.

— Ora adeus! — concluiu —, nem todos os problemas valem cinco minutos de atenção.

Quanto à censura de ingratidão, Quincas Borba rejeitou-a inteiramente, não como improvável, mas como absurda, por não obedecer às conclusões de uma boa filosofia humanística. — Não me podes negar um fato — disse ele —, é que o prazer do beneficiador é sempre maior que o do beneficiado. Que é o benefício? É um ato que faz cessar certa privação do beneficiado. Uma vez produzido o efeito essencial, isto é, uma vez cessada a privação, torna o organismo ao estado anterior, ao estado indiferente. Supõe que tens apertado em demasia o cós das calças; para fazer cessar o incômodo, desabotoas o cós, respiras, saboreias um instante de gozo, o organismo torna à indiferença, e não te lembras dos teus dedos que praticaram o ato. Não havendo nada que perdure, é natural que a memória se esvaeça, porque ela não é uma planta aérea, precisa de chão. A esperança de outros fatores, é certo, conserva sempre no beneficiado a lembrança do primeiro; mas esse fato, aliás um dos mais sublimes que a filosofia pode achar em seu caminho, explica-se pela memória da privação, ou, usando de outra fórmula, pela privação continuada na memória, que repercute a dor passada e aconselha a precaução do remédio oportuno. Não digo que, ainda sem essa circunstância, não aconteça, algumas vezes, persistir a memória do obséquio, acompanhada de certa afeição mais ou menos intensa; mas são verdadeiras aberrações, sem nenhum valor aos olhos de um filósofo.

— Mas — repliquei eu —, se nenhuma razão há para que perdure a memória do obséquio no obsequiado, menos há de haver em relação ao obsequiador. Quisera que me explicasses esse ponto.

— Não se explica o que é de sua natureza evidente — retorquiu o Quincas Borba —; mas eu direi alguma coisa mais. A persistência do benefício na memória de quem o exerce explica-se pela natureza mesma do benefício e seus efeitos. Primeiramente, há o sentimento de uma boa ação, e dedutivamente a consciência de que somos capazes de boas ações; em segundo lugar, recebe-se uma convicção de superioridade sobre outra criatura, superioridade no estado e nos meios; e essa é uma das coisas mais legitimamente agradáveis, segundo as melhores opiniões, ao organismo humano. **Erasmo**, que no seu *Elogio da sandice* escreveu algumas coisas boas, chamou a atenção para a complacência com que dois burros se coçam um ao outro. Estou longe de rejeitar essa observação de Erasmo; mas direi o que ele não disse, a saber, que, se um dos burros coçar melhor o outro, esse há de ter nos olhos algum indício especial de satisfação. Por que é que uma mulher bonita olha muitas vezes para o espelho, senão porque se acha bonita, e porque isso lhe dá certa superioridade sobre uma multidão de outras mulheres menos bonitas ou absolutamente feias? A consciência é a mesma coisa; remira-se a miúdo, quando se acha bela. Nem o remorso é outra coisa mais do que o trejeito de uma consciência que se vê hedionda. Não esqueças que, sendo tudo uma simples irradiação de Humanitas, o benefício e seus efeitos são fenômenos perfeitamente admiráveis.

150. ROTAÇÃO E TRANSLAÇÃO

Há em cada empresa, afeição ou idade um ciclo inteiro da vida humana. O primeiro número do meu jornal encheu-me a alma de uma vasta aurora, coroou-me de verduras, restituiu-me a lepidez da mocidade. Seis meses depois batia a hora da velhice, e daí a duas semanas a da morte, que foi clandestina, como a de dona Plácida. No dia em que o jornal amanheceu morto, respirei como um homem que vem de longo caminho. De modo que, se eu disser que a vida humana nutre de si mesma outras vidas, mais ou menos efêmeras, como o corpo alimenta os seus parasitas, creio não dizer uma coisa inteiramente absurda. Mas, para não arriscar essa figura menos nítida e adequada, prefiro uma imagem astronômica: o homem executa à roda do grande mistério um movimento duplo de rotação e translação; tem os seus dias, desiguais como os de Júpiter, e deles compõe o seu ano mais ou menos longo.

No momento em que eu terminava o meu movimento de rotação, concluía Lobo Neves o seu movimento de trans-

Erasmo de Rotterdam (1467-1536): humanista holandês, autor da famosa obra *Elogio da loucura* (título pelo qual é mais conhecida em português), em que faz a sátira da sociedade da época.

lação. Morria com o pé na escada ministerial. Correu, ao menos durante algumas semanas, que ele ia ser ministro; e, pois que o boato me encheu de muita irritação e inveja, não é impossível que a notícia da morte me deixasse alguma tranquilidade, alívio, e um ou dois minutos de prazer. Prazer é muito, mas é verdade; juro aos séculos que é a pura verdade.

Fui ao enterro. Na sala mortuária achei Virgília, ao pé do féretro, a soluçar. Quando levantou a cabeça, vi que chorava deveras. Ao sair o enterro, abraçou-se ao caixão, aflita; vieram tirá-la e levá-la para dentro. Digo-vos que as lágrimas eram verdadeiras. Eu fui ao cemitério; e, para dizer tudo, não tinha muita vontade de falar, levava uma pedra na garganta ou na consciência. No cemitério, principalmente quando deixei cair a pá de cal sobre o caixão, no fundo da cova, o baque surdo da cal deu-me um estremecimento passageiro, é certo, mas desagradável; e depois a tarde tinha o peso e a cor do chumbo; o cemitério, as roupas pretas...

151. FILOSOFIA DOS EPITÁFIOS

Saí, afastando-me dos grupos, e fingindo ler os epitáfios. E, aliás, gosto dos epitáfios; eles são, entre a gente civilizada, uma expressão daquele pio e secreto egoísmo, que induz o homem a arrancar à morte um farrapo ao menos da sombra que passou. Daí vem, talvez, a tristeza inconsolável dos que sabem os seus mortos na vala comum; parece-lhes que a podridão anônima os alcança a eles mesmos.

152. A MOEDA DE VESPASIANO

Vespasiano (9-79): imperador romano que, para restabelecer as finanças do império, criou imposto até sobre o uso das latrinas. Interpelado pelos que estranharam tal imposto, teria respondido que não importava a origem dos recursos, pois "dinheiro não tem cheiro".

Tinham ido todos; só o meu carro esperava pelo dono. Acendi um charuto; afastei-me do cemitério. Não podia sacudir dos olhos a cerimônia do enterro, nem dos ouvidos os soluços de Virgília. Os soluços, principalmente, tinham o som vago e misterioso de um problema. Virgília traíra o marido, com sinceridade, e agora chorava-o com sinceridade. Eis uma combinação difícil que não pude fazer em todo trajeto; em casa, porém, apeando-me do carro, suspeitei que a combinação era possível, e até fácil. Meiga Natura! A taxa da dor é como a moeda de Vespasiano; não cheira à origem, e tanto se colhe do mal como do bem. A moral repreenderá, porventura, a minha cúmplice; é o que te não importa, implacável amiga, uma vez que lhe recebeste pontualmente as lágrimas. Meiga, três vezes meiga Natura!

153. O ALIENISTA

Começo a ficar patético e prefiro dormir. Dormi, sonhei que era **nababo**, e acordei com a ideia de ser nababo. Eu gostava, às vezes, de imaginar esses contrastes de região, estado e credo. Alguns dias antes tinha pensado na hipótese de uma revolução social, religiosa e política, que transferisse o **arcebispo de Cantuária** a simples **coletor** de Petrópolis, e fiz longos cálculos para saber se o coletor eliminaria o arcebispo, ou se o arcebispo rejeitaria o coletor, ou que porção de arcebispo pode jazer um coletor, ou que soma de coletor pode combinar com um arcebispo, etc. Questões insolúveis, aparentemente, mas na realidade perfeitamente solúveis, desde que se atenda que pode haver num arcebispo dois arcebispos — o da **bula** e o outro. Está dito, vou ser nababo.

Era um simples gracejo; disse-o, todavia, ao Quincas Borba, que olhou para mim com certa cautela e pena, levando a sua bondade a comunicar-me que eu estava doido. Ri-me a princípio; mas a nobre convicção do filósofo incutiu-me certo medo. A única objeção contra a palavra

Alienista: médico especialista em doenças mentais.

Nababo: príncipe oriental muito rico.

Arcebispo de Cantuária: principal arcebispo da igreja anglicana. Cantuária é a cidade da Inglaterra onde fica a sede do arcebispado.

Coletor: cobrador de impostos.

Bula: documento papal. Isto é, o arcebispo de fato e o outro.

do Quincas Borba é que não me sentia doido, mas, não tendo geralmente os doidos outro conceito de si mesmos, tal objeção ficava sem valor. E vede se há algum fundamento na crença popular de que os filósofos são homens alheios às coisas mínimas. No dia seguinte, mandou-me o Quincas Borba um alienista. Conhecia-o, fiquei aterrado. Ele, porém, houve-se com a maior delicadeza e habilidade, despedindo-se tão alegremente que me animou a perguntar-lhe se deveras me não achava doido.

— Não — disse ele sorrindo —, raros homens terão tanto juízo como o senhor.

— Então o Quincas Borba enganou-se?

— Redondamente. — E depois: — Ao contrário, se é amigo dele... peço-lhe que o distraia... que...

— Justos céus! Parece-lhe?... Um homem de tamanho espírito, um filósofo!

— Não importa; a loucura entra em todas as casas.

Imaginem a minha aflição. O alienista, vendo o efeito de suas palavras, reconheceu que eu era amigo do Quincas Borba, e tratou de diminuir a gravidade da advertência. Observou que podia não ser nada, e acrescentou até que um grãozinho de sandice, longe de fazer mal, dava certo pico à vida. Como eu rejeitasse com horror essa opinião, o alienista sorriu e disse-me uma coisa tão extraordinária, tão extraordinária, que não merece menos de um capítulo.

154. OS NAVIOS DO PIREU

— Há de lembrar-se — disse o alienista — daquele famoso maníaco ateniense, que supunha que todos os navios entrados no Pireu eram de sua propriedade. Não passava de um pobretão, que talvez não tivesse, para dormir, a cuba de **Diógenes**; mas a posse imaginária dos navios valia por todas as **dracmas** da Hélade. Ora

Diógenes (413-327 a.C.): famoso filósofo grego que desprezava a riqueza e as convenções sociais. Ele morava dentro de um barril.

Dracma: antiga moeda da Grécia (Hélade).

bem, há em todos nós um maníaco de Atenas. E quem jurar que não possuiu alguma vez, mentalmente, dois ou três **patachos**, pelo menos, pode crer que jura falso.

— Também o senhor? — perguntei-lhe.

— Também eu.

— Também eu?

— Também o senhor; e o seu criado, não menos, se é seu criado esse homem que ali está sacudindo os tapetes à janela.

De fato, era um dos meus criados que batia os tapetes, enquanto nós falávamos no jardim, ao lado. O alienista notou então que ele escancarara as janelas todas desde longo tempo, que alçara as cortinas, que devassara o mais possível a sala, ricamente alfaiada, para que a vissem de fora, e concluiu:

— Esse seu criado tem a mania do ateniense: crê que os navios são dele; uma hora de ilusão que lhe dá a maior felicidade da Terra.

155. REFLEXÃO CORDIAL

Se o alienista tem razão, disse eu comigo, não haverá muito que lastimar o Quincas Borba; é uma questão de mais ou de menos. Contudo é justo cuidar dele e evitar que lhe entrem no cérebro maníacos de outras paragens.

156. ORGULHO DA SERVILIDADE

Quincas Borba divergiu do alienista em relação ao meu criado.

Patachos: embarcação de dois mastros.

— Pode-se, por imagem — disse ele —, atribuir ao teu criado a mania do ateniense; mas imagens não são ideias nem observações tomadas à natureza. O que o teu criado tem é um sentimento nobre e perfeitamente regido pelas leis do Humanitismo: é o orgulho da servilidade. A intenção dele é mostrar que não é criado de "qualquer".

Depois chamou a minha atenção para os cocheiros de casa-grande, mais empertigados que o amo, para os criados de hotel, cuja solicitude obedece às variações sociais da freguesia, etc. E concluiu que era tudo a expressão daquele sentimento delicado e nobre — prova cabal de que muitas vezes o homem, ainda a engraxar botas, é sublime.

157. FASE BRILHANTE

— Sublime és tu — bradei eu, lançando-lhe os braços ao pescoço. Com efeito, era impossível crer que um homem tão profundo chegasse à demência; foi o que lhe disse após o meu abraço, denunciando-lhe a suspeita do alienista. Não posso descrever a impressão que lhe fez a denúncia; lembra-me que ele estremeceu e ficou muito pálido.

Foi por esse tempo que eu me reconciliei outra vez com o Cotrim, sem chegar a saber a causa do dissentimento. Reconciliação oportuna, porque a solidão pesava-me, e a vida era para mim a pior das fadigas, que é fadiga sem trabalho. Pouco depois fui convidado por ele a filiar-me numa **Ordem Terceira**; o que eu não fiz sem consultar o Quincas Borba:

Ordem Terceira: confraria composta de fiéis que seguem as regras de alguma ordem religiosa, mantendo, porém, sua condição de leigos.

— Vai, se queres — disse-me este —, mas temporariamente. Eu trato de anexar à minha filosofia uma parte dogmática e litúrgica. O Humanitismo há de ser também uma religião, a do futuro, a única verdadeira. O cristianismo é bom para as mulheres e os mendigos, e as outras religiões não valem mais do que essa: orçam todas pela mesma vulgaridade ou fraqueza. O paraíso cristão é um digno **êmulo** do paraíso muçulmano; e quanto ao nirvana de **Buda** não passa de uma concepção de paralíticos. Verás o que é a religião humanística. A absorção final, a fase contrativa, é a reconstituição da substância, não o seu aniquilamento, etc. Vai aonde te chamam; não esqueças, porém, que és o meu califa.

E vede agora a minha modéstia; filiei-me na Ordem Terceira de ***, exerci ali alguns cargos, foi essa a fase mais brilhante de minha vida. Não obstante, calo-me, não digo nada, não conto os meus serviços, o que fiz aos pobres e aos enfermos, nem as recompensas que recebi, nada, não digo absolutamente nada.

Talvez a economia social pudesse ganhar alguma coisa se eu mostrasse como todo e qualquer prêmio estranho vale pouco ao lado do prêmio subjetivo e imediato; mas seria romper o silêncio que jurei guardar nesse ponto. Demais, os fenômenos da consciência são de difícil análise; por outro lado, se contasse um, teria de contar todos os que a ele se prendessem, e acabava fazendo um capítulo de psicologia. Afirmo somente que foi a fase mais brilhante da minha vida. Os quadros eram tristes; tinham a monotonia da desgraça, que é tão aborrecida como a do gozo, e talvez pior. Mas a alegria que se dá à alma dos doentes e dos pobres é recompensa de algum valor; e não me digam que é negativa, por só recebê-la o obsequiado. Não; eu a recebia de um modo reflexo, e ainda assim grande, tão grande que me dava excelente ideia de mim mesmo.

Êmulo: concorrente, rival.

Buda (560-480 a.C. aproximadamente): referência a Sidarta Gautama, príncipe indiano conhecido por Buda (Iluminado), fundador do budismo. O ideal budista é conduzir o fiel ao nirvana ou estado eterno de graça e paz interior.

158. DOIS ENCONTROS

No fim de alguns anos, três ou quatro, estava enfarado do ofício, e deixei-o, não sem um donativo importante, que me deu direito ao retrato na sacristia. Não acabarei, porém, o capítulo, sem dizer que vi morrer no hospital da Ordem adivinhem quem?... a linda Marcela; e via-a morrer no mesmo dia em que, visitando um cortiço, para distribuir esmolas, achei... Agora é que não são capazes de adivinhar... achei a flor da moita, Eugênia, a filha de dona Eusébia e do Vilaça, tão coxa como a deixara, e ainda mais triste.

Esta, ao me reconhecer, ficou pálida, e baixou os olhos; mas foi obra de um instante. Ergueu logo a cabeça, e fitou-me com muita dignidade. Compreendi que não receberia esmolas da minha algibeira, e estendi-lhe a mão, como faria à esposa de um capitalista. Cortejou-me e fechou-se no cubículo. Nunca mais a vi; não soube nada da vida dela, nem se a mãe era morta, nem que desastre a trouxera a tamanha miséria. Sei que continuava coxa e triste. Foi com essa impressão profunda que cheguei ao hospital, onde Marcela entrara na véspera, e onde a vi expirar meia hora depois, feia, magra, decrépita...

159. SEMIDEMÊNCIA

Compreendi que estava velho, e precisava de uma força; mas o Quincas Borba partira seis meses antes para Minas Gerais, e levou consigo a melhor das filosofias. Voltou quatro meses depois, e entrou-me em casa, certa manhã, quase no estado em que eu o vira no Passeio Público. A diferença é que o olhar era outro. Vinha demente. Contou-me que, para o fim de aperfeiçoar o Humanitismo, queimara o manuscrito todo e ia recomeçá-lo. A parte dogmática ficava completa, embora não escrita; era a verdadeira religião do futuro.

— Juras por Humanitas? — perguntou-me.

— Sabes que sim.

A voz mal podia sair-me do peito; e aliás não tinha descoberto toda a cruel verdade. Quincas Borba não só estava louco, mas sabia que estava louco, e esse resto de consciência, como uma frouxa lamparina no meio das trevas, complicava muito o horror da situação. Sabia-o, e não se irritava contra o mal; ao contrário, dizia-me que era ainda uma prova de Humanitas, que assim brincava consigo mesmo. Recitava-me longos capítulos do livro, e **antífonas**, e **litanias** espirituais; chegou até a reproduzir uma dança sacra que inventara para as cerimônias do Humanitismo. A graça **lúgubre** com que ele levantava e sacudia as pernas era singularmente fantástica. Outras vezes **amuava-se** a um canto, com os olhos fitos no ar, uns olhos em que, de longe em longe, fulgurava um raio persistente da razão, triste como uma lágrima...

Morreu pouco tempo depois, em minha casa, jurando e repetindo sempre que a dor era uma ilusão, e que Pangloss, o caluniado Pangloss, não era tão tolo como o supôs Voltaire.

160. DAS NEGATIVAS

Entre a morte do Quincas Borba e a minha, mediaram os sucessos narrados na primeira parte do livro. O principal deles foi a invenção do emplasto Brás Cubas, que morreu comigo, por causa da moléstia que apanhei. Divino emplasto, tu me darias o primeiro lugar entre os homens, acima da ciência e da riqueza, porque eras a genuína e direta inspiração do céu. O acaso determinou o contrário; e aí vos ficais eternamente hipocondríacos.

Este último capítulo é todo de negativas. Não alcancei a celebridade do emplasto, não fui ministro, não fui califa, não conheci o casamento. Verdade é que, ao lado dessas faltas, coube-me a boa fortuna de não comprar o pão com o suor do meu rosto. Mais; não padeci a morte de dona Plácida, nem a semidemência do Quincas Borba. Somadas umas coisas e outras, qualquer pessoa imaginará que não houve míngua nem sobra, e conseguintemente que saí quite com a vida. E imaginará mal; porque, ao chegar a este outro lado do mistério, achei-me com um pequeno saldo, que é a derradeira negativa deste capítulo de negativas:

— Não tive filhos, não transmiti a nenhuma criatura o **legado** da nossa miséria.

Antífonas e litanias: cânticos e ladainhas.

Lúgubre: fúnebre.

Amuava-se: entristecia-se.

Legado: herança.

MEMÓRIAS PÓSTUMAS DE BRÁS CUBAS

Comentários sobre a obra

Esse romance, publicado em 1881, marca o início do Realismo no Brasil. Em vez de oferecer uma trama cheia de peripécias e lances de suspense e emoção, como faziam os outros escritores da época, Machado apresenta uma história lenta, repleta de divagações e narrada de maneira irreverente e irônica por um "defunto autor". Escrito em capítulos curtos, o romance começa com Brás Cubas, o narrador, contando a própria morte; depois, em retrospectiva, ele vai expondo os principais momentos de sua vida.

Livre e descompromissado com as normas sociais, Brás Cubas, à medida que conta sua vida, revela e analisa não só os motivos secretos de seu próprio comportamento como também põe a nu as hipocrisias e vaidades das pessoas com quem conviveu. A ordem da narrativa não é linear, pois se desenvolve de acordo com os pensamentos de Brás Cubas, não obedecendo a uma rígida sequência cronológica. As reflexões do narrador pontuam todo o texto, impregnando-o de um pessimismo radical, que vê a vida como um campo de batalha e os homens como seres corruptos, hipócritas, egoístas e oportunistas. Nada resiste a essa análise impiedosa do comportamento humano, e suas últimas palavras resumem bem essa visão amarga da existência: "Não tive filhos, não transmiti a nenhuma criatura o legado de nossa miséria".

O aspecto fantástico do romance (afinal, é um defunto contando sua história) e o tom irônico e zombeteiro do narrador fazem de *Memórias póstumas de Brás Cubas* uma obra ímpar na literatura brasileira, marcando, segundo a crítica, o começo da chamada fase realista de Machado de Assis.

CONVERSANDO SOBRE A OBRA

1. Explicar por que a estratégia de pôr em cena um "defunto autor" favorece a expressão da visão crítica do narrador em relação a si mesmo e às demais personagens.

2. Com base no capítulo 2 ("O emplasto") e no capítulo 21 ("O almocreve"), justificar a afirmação de que Machado de Assis se interessa em analisar o interior do ser humano para desvendar os motivos secretos do seu comportamento.

3. O romance transcorre no século XIX, quando o Brasil era um país escravocrata. Reler os capítulos 11 ("O menino é o pai do homem") e 68 ("O vergalho") e explicar o modo como o autor vê a questão do relacionamento entre senhores e escravos.

4. Reler o capítulo 28 ("Contanto que..."), que apresenta uma espécie de esboço de uma "teoria" do comportamento humano em sociedade. Em seguida, abrir um debate a respeito da atualidade ou não dessa "teoria".

5. Reler o capítulo 70 ("Dona Plácida"), em que a personagem se vê diante de um problema ético. Explicar qual é esse problema e como foi resolvido o impasse. Na posição de Dona Plácida, você agiria do mesmo modo?

6. Brás Cubas formula uma espécie de "lei" para explicar o comportamento humano; é a "lei da equivalência das janelas". Reler os capítulos 51 ("É minha!"), 104 ("Era ele!") e 105 ("Equivalência das janelas") e discutir em que consiste essa "lei". Essa análise do comportamento humano pode ser considerada válida ainda nos dias de hoje?

7. Reler o capítulo 17 ("Do trapézio e outras coisas") e discutir a concepção de amor expressa nessa passagem, comparando-a com a tradição romântica do século XIX.

8. Escolher um episódio do romance que possa ser visto como um exemplo da filosofia de vida expressa pelo narrador. Justificar a escolha.

9. A ironia é uma das marcas do estilo machadiano, principalmente nesta obra. Pesquisar o significado de ironia e indicar uma passagem em que ela ocorre, justificando a escolha.

10. Comentar o tipo de "realismo" dessa obra. Embora se trate das "memórias póstumas" de uma personagem (o que dá dimensões fantásticas ao texto), em que sentido o romance pode ser considerado realista?